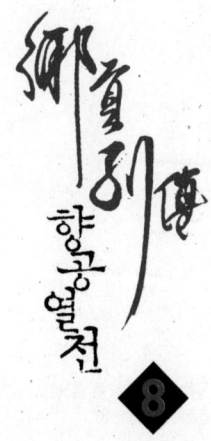

향공열전 8

조진행 신무협 장편소설
ORIENTAL FANTASY STORY & ADVENTURE

dream books
드림북스

향공열전(鄕貢列傳) 8
풍운강호(風雲江湖)

초판 1쇄 인쇄 / 2009년 4월 25일
초판 1쇄 발행 / 2009년 5월 6일

지은이 / 조진행

발행인 / 오영배
편집장 / 김경인
펴낸 곳 / (주)삼양출판사 · 드림북스

주소 / 서울특별시 강북구 미아8동 322-10호
대표 전화 / 02-980-2112 팩스 / 02-983-0660
편집부 전화 / 02-980-2116 팩스 / 02-983-8201
홈페이지 / www.sydreambooks.com

등록번호 / 제9-00046호
등록일자 / 1999년 3월 11일

ⓒ 조진행, 2009

값 8,000원

(주)삼양출판사 · 드림북스의 서면 허락 없이는 어떠한
형태나 수단으로도 이 책의 내용을 이용하지 못합니다.

ISBN 978-89-542-3029-2 04810
ISBN 978-89-542-2235-8 (세트)

* 지은이와 협의하에 인지는 생략합니다.
* 잘못된 책은 구입한 곳에서 바꾸어 드립니다.

향공열전
鄕貢列傳

조진행 신무협 장편 소설
ORIENTAL FANTASY STORY & ADVENTURE

⑧

풍운강호(風雲江湖)

제1장 싸움의 방식 7

제2장 전법륜(轉法輪), 진리의 수레바퀴를 굴리다 37

제3장 전쟁의 씨앗 73

제4장 끼리끼리 잘 사는 방법 103

제5장 금강(金剛)의 눈 속에 보검이 있다 133

제6장 내가 마제(魔帝) 화운비다 *169*

제7장 마기중독(魔氣中毒) *201*

제8장 초보영웅과 토사구팽(兎死狗烹) *229*

제9장 청룡(靑龍)의 여의주(如意珠) *263*

제10장 행복 끝 지옥 시작 *297*

제1장
싸움의 방식

　무당산 자소궁(紫宵宮)에 자리한 활선당(活仙堂)은 자소궁의 마지막 도기인 약선(藥仙)의 거처다. 활선당은 오대도기의 거처 치고는 지나치게 적막했다.
　약선의 까탈스러운 성격 탓도 있지만, 활선당에서 하는 일이 단약을 제조하는 것인지라 부잡스러움과는 거리가 멀었다.

　그런데 평소 고요하기만 하던 활선당의 앞마당이 오늘은 도사들로 가득했다. 마당은 이미 도사들로 발 디딜 틈도 없었지만, 근처를 지나던 도사들까지 쉬지 않고 마당으로 발걸음을 놀렸다.

마치 불빛을 향해 불나방이 몰려가듯이 말이다. 한낮이라 바쁠 만도 한데, 도사들은 발자국 소리는 물론 숨소리까지 죽이고서 계속 모여 들고 있었다.

귀를 기울이고 있던 도사들이 움찔 놀라 몸을 떨었다. 또다시 활선당의 내부에서 격렬한 음성이 터져 나왔던 것이다.

"못합니다! 못해요! 소질(小姪)에게 죽으라는 겁니까!"

뒤이어 나지막한, 그러나 은근히 강압적인 음성이 흘러나왔다.

"어허, 왜 이리 언성을 높이시나? 누가 자네에게 죽으라고 했다고……."

"그 소리가 그 소리지요!"

"어허, 그 사람, 듣던 대로 소심하기는……."

천하에서 자소궁의 도기인 약선에게 소심하다고 말할 수 있는 사람은 없다. 무당파로 합치기로 한 뒤에 무당파 사람들은 오대도기를 태상장로라고 부르기로 했다.

하지만 아직 태상장로보다는 도기라는 말이 입에 붙어 도기와 태상장로를 혼용하고 있는 요즘, 누가 감히 자소궁의 마지막 도기이자 태상장로인 약선에게 소심하다고 말할 수 있으랴!

하지만 마당에 모인 자소궁의 도사들은 멀뚱멀뚱 서서 눈빛만 교환했다.

나지막한 저 목소리의 주인공이 바로 무당파의 살아 있는

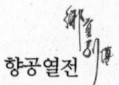
향공열전

전설 천하무쌍 고적산인이기 때문이다.

마당 한쪽에 서 있던 자소궁의 장로인 공천도사(空天道師)의 귓속으로 전음이 파고들었다.

『공천 장로, 무슨 일로 도우(道友)들이 활선당에 모여 있는 겝니까?』

공천도사가 고개를 이리저리 돌려 자신에게 전음을 보낸 사람을 찾았다. 멀지 않은 곳에 태허궁의 도기인 일월선인(日月仙人)의 모습이 보였다.

공천도사와 눈이 마주치자 일월선인이 가볍게 목례를 해보였다. 자신이 전음을 보냈다는 것을 간접적으로 확인시켜 준 것이다.

일월선인의 귓속으로 공천도사의 전음이 흘러들었다.

『대사백께서 약선께 단약을 하나 만들어 내라고…….』

일월선인이 고개를 갸웃거렸다. 공천도사의 내력이 깊지 않아 소리는 가늘었지만, 알아듣는데 어려움은 없었다. 그런데 대체 무슨 단약이기에 온 자소궁의 도사들이 쥐 죽은 듯이 모여 있단 말인가?

잠시 생각하던 일월선인은 저도 모르게 "헉!"하는 소리를 내고 말았다.

"쉿!"

"……"

자소궁에 모여 있던 도사들의 시선이 일제히 일월선인에게로 향했다. 결코 호의적이지 않은 그 시선에 일월선인은 급히 허공으로 시선을 돌렸다.

'설마, 정말 약선에게 그것을 만들어 달라고 하시는 중인가?'

곧이어 들려오는 공천도사의 전음이 그 설마에 쐐기를 박았다.

『도기, 아니 태상장로께서는 대사백께서 왜 태청단을 만들라고 하시는지 알고 계십니까?』

『모르오.』

일월선인이 고개를 설레설레 저었다. 사백에게 약선의 이름을 가르쳐준 일이 마음에 걸려 발뺌하려는 것이 아니다. 정말 모르는 일이다.

단약이 필요한 천도상인도 이미 죽었는데, 이제 와서 태청단이 왜 필요하다는 말인가?

멍하니 서 있는 일월선인의 귓가로 고적산인의 음성이 들려왔다.

"약선, 그대는 무조건 태청단을 만들어야 하네. 비슷하거나 대충해서는 안 될 일이야. 대대로 내려오는 무당파의 그 태청단을 꼭 만들어야 해."

"아니, 누가, 태청단을 만들어 드린다고 했습니까? 저는 분명히 '절대 만들지 않는다'고 말씀 드렸습니다."

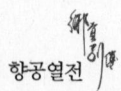
향공열전

마당에 모인 도사들이 흥미진진한 얼굴로 서로를 바라보았다. 고적산인의 우격다짐에도 불구하고 약선은 끝까지 물러서지 않았다.

하기야 자신의 생명이 걸린 일이니 존장(尊丈)의 눈 밖에 난다고 해도 어쩔 수 없는 일일 것이다.

하지만 고적산인 역시 쉽게 물러설 태세가 아니었다.

"알았으니까, 시간이 얼마나 걸리는지를 말해보게."

"사백님, 저는 만들지 않는다고요. 왜 이렇게 소질의 속을 뒤집어 놓습니까?"

"허어, 진정하시게. 그러니까 내 말은, 만든다면 시간이 얼마나 걸리느냐 하는 걸세."

"하아! 만들지 않는다는 것을 다시 한 번 말씀 드리고요. 태청단을 만드는 데는 꼬박 보름이 걸립니다."

"보름이라……. 서두른다면 얼추 맞을 것도 같군. 고맙네. 아무쪼록 날짜에 늦지 않도록 힘써 주시게."

"사백님, 안 된다고요! 그걸 만들면 제가 죽습니다! 태청단을 만들어서 제가 바로 먹는다면 혹 모를까? 그렇지 않으면 저는 바로 우화등선(羽化登仙)을 하게 될지도 모릅니다. 절대, 절대, 할 수가 없습니다."

"우화등선은 우리 모두의 꿈이 아니던가? 잘됐구먼."

고적산인의 말에 마당에서 엿듣고 있던 도사들은 가볍게 몸을 떨었다. 고적산인은 희생이 따르더라도 태청단을 손에 넣으려고 하는 것 같았다.

평소 강호의 출입이 잦던 도사들은 기묘한 표정으로 서로를 바라보았다. 고적산인은 그 귀한 영단을 대체 어디에다가 쓰려고 저러는 것일까?

단심맹의 맹주가 주화입마에라도 든 것일까? 하지만 도사들은 이내 고개를 저었다.

고적산인은 단심맹의 맹주를 구하기 위해 약선을 희생시킬 사람이 아니었다.

약선의 침중한 음성이 뒤를 이었다.

"사백님, 농담 아닙니다. 소질이 죽을 수도 있습니다."

"……."

잠시의 시간을 두고 고적산인의 음성이 흘러나왔다.

"자네가 죽지 않으면 무당파와 단심맹의 제자들이 죽을 수도 있네. 나에게 태청단을 만들 능력이 있었다면, 내가 죽었을 것이네."

비장한 고적산인의 음성이 활선당 구석구석까지 퍼져 나갔다.

활선당에 모여 있던 도사들이 멍한 표정으로 서로를 바라보았다. 고적산인이 저렇게까지 말할 줄은 짐작도 하지 못했다. 하지만 더욱 놀란 것은, 상상할 수도 없는 내용을 담고 있는 고적산인의 말속에서 진심이 느껴진다는 점이다.

 약선이 고적산인과 눈을 맞추었다. 어린아이처럼 해맑기만 하던 고적산인의 눈에는 어느새 연민이 가득 담겨 있었다.
 돌연 약선이 자리에서 일어나 고적산인에게 허리를 숙여 보였다.
 지금까지 태청단을 만들지 않겠다고 버텼지만, 약선 역시 생사를 초탈한 도사다.
 천하무쌍 고적산인의 요청이 무당파와 단심맹의 제자들을 위한 것임을 알게 된 뒤에도 망설인다는 것은 있을 수 없는 일이었다.
 "보름 후에 오시겠습니까? 아니면 사람을 보낼까요?"
 "등봉현의 용문객점에서 만나세."
 고적산인이 씁쓰름한 미소를 지어 보였다. 약선의 곁을 지켜주고 싶었지만 먼저 단심맹으로 떠나야 했다. 아무래도 마제(魔帝) 화운비(華運悲)를 상대하는 일이 우선이었던 것이다.
 약선이 희미하게 웃어 보였다. 고적산인의 말은 태청단을 만들되 죽지 말라는 격려였다.
 "소질이 가져갈 수 있도록 애를 써 보겠습니다."
 "그래주시게. 무당파에도 자네 같은 사람이 있음을, 꼭 보여주고 싶은 사람이 있다네……."
 "그 사람이 누구인지 알 수 있습니까?"

싸움의 방식 15

"청룡(靑龍)이네. 그런데 구름 속에 숨어 좀처럼 몸을 드러내지 않으려고 하지. 기대해도 좋을 걸세."
"꼭 만나보고 싶군요."
"허허, 그러니 자네더러 태청단을 가지고 오라 하지 않았나."
"꼭 그렇게 하겠습니다."

고적산인이 활선당의 문을 열고 밖으로 나갔다.
마당에 옹기종기 모여 있던 도사들이 화들짝 놀라 사방으로 흩어졌다.
도사들 틈 속에서 머뭇거리던 일월선인이 고적산인에게 다가갔다. 고적산인이 왜 태청단을 필요로 하는지 알아 두어야 한다는 생각에서다.
"사백님, 태청단을…… 어디에 쓰시려고 하시는지요?"
"사람을 살리는 일에 쓰지 어디에 쓰겠느냐?"
"맹주가 다치기라도 했습니까?"
일월선인은 괜히 건강한 단심맹의 맹주를 입에 올렸다. '태청단의 주인이 되려면 그 정도는 돼야 한다'는 자신의 생각을 돌려 말한 것이다.
"너 같으면 태허궁의 도기가 죽어 갈 때도 만들지 않았다는 태청단을, 상청궁의 도기를 위해 만들어 내라고 하겠느냐?"
"……"

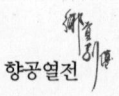
향공열전

일월선인이 머쓱한 표정으로 고개를 떨구었다.

태허궁의 도기는 얼마 전에 사망한 천도상인이고, 상청궁의 도기는 단심맹의 맹주가 된 청암진인을 가리키는 말이다.

맹주인 청암진인을 위해서 태청단을 만드는 것이 아니라는 대답인지, 사망한 천도상인을 위해 태청단을 만들지 않은 무당파를 비난하는 말인지 모를 소리였다.

잠시 후 일월선인의 입에서 가느다란 한숨이 흘러나왔다. 아무리 봐도 무당파에서 오대도기를 위해서 태청단을 만들 일은 없을 것 같다.

설상가상(雪上加霜)으로 고적산인의 말속에는 '죽어가는 천도상인에게 태청단을 쓰지 않았으니, 다른 도기들도 탐내지 말라'는 경고가 담겨 있었다.

"소질의 생각이 짧았습니다."

일월선인은 태청단에 대한 미련을 버리기로 했다. 어차피 무당파 도사들은 살아생전 태청단의 냄새도 맡지 못할 것이다.

자소궁의 도기인 약선이 이번에 태청단을 만들면 더 이상 태청단을 만들 수 있는 사람도 없다. 약선만 해도 백 년 만의 기재(奇才)라는 소리를 듣던 도사인데, 어느 세월에 약선과 같은 도사가 나온단 말인가!

"단심맹으로 갈 것이다."

더 이상 남아 있을 이유가 없다는 듯, 고적산이이 휘적휘적

싸움의 방식 17

걸어갔다.

"사백님, 수발을 들 제자들이라도……."

"일 없다."

고적산인은 더 이상 긴말하기 싫다는 듯 훌쩍 몸을 날렸다. 무당파의 제자들이 달라 붙을까봐 도망이라도 가는 듯한 모습이다.

고개를 젓던 일월선인의 입에서 한숨이 길게 흘러나왔다.

"하아! 맹주도 아니고, 무당파 사람도 아니라면…… 대체 누구에게 태청단을 주시겠다는 건지……."

*　　　*　　　*

소림사 속가제자인 백만호(伯卍湖)가 자신을 검공(劍公)이라고 소개한 청년의 아래위를 조심스럽게 살폈다. 운검(雲劍)이니 검공이니 하는 이름은 처음이지만, 그렇다고 상대를 경시할 생각은 없었다.

특별히 상대의 기도가 느껴져서가 아니다. 실력이 없다면 소림사의 앞마당에서, 소림사의 제자에게, 저런 식으로 말하지는 못할 것이었다.

어쨌든 소림사의 영역에서 벌어지고 있는 일이니 서두를 일이 아니라는 생각에 백만호가 헛기침을 터뜨렸다.

"험, 험, 자네가 대림사의 제자라고 하니 남은 아니로구먼.

향공열전

자네는 송안석에 대해 얼마나 알고 있는가? 만약 모르고 있다면 내가 알려 주도록 하지."

서문영이 백만호를 무심한 눈으로 바라보며 답했다.

"함께 지낸 시간은 길지 않지만 훌륭하신 분이시지요. 소림사 출신 중에 아직 그만한 분은 만나지 못했습니다."

"자네는 감히 송안석과 같은 자가 소림사에서 가장 훌륭하다고 말하고 있는 건가? 아래위도 모르는 후안무치(厚顔無恥)한 자를?"

"처음 보는 사람의 앞에서 동문의 사람을 욕하는 행위야말로 수치스러운 짓이 아닙니까?"

"뭐, 뭐라고? 지금 나에게……."

백만호의 입술이 경련을 일으켰다.

뒤쪽에 서 있던 소림사의 제자들이 한걸음 나서며 백만호와 서문영의 사이를 막았다. 하지만 자세히 보면 서문영이 빠져나가지 못하도록 에워쌓은 것이었다.

그중 하나가 차가운 음성으로 말했다.

"젊은이가 아무리 대림사의 속가제자라고 해도 소림사의 일에 함부로 나설 수는 없다네. 자네와 송안석의 관계가 어떠한지는 알 수 없지만, 그래서는 안 되지. 누가 봐도 자네는 지금 소림사의 제자에게 시비를 걸고 있네. 아무리 세상이 흉흉해서 강호의 법도가 땅에 떨어졌다 해도 이곳은 등봉현일세. 자네를 그냥 내버려 둔다면 사람들이 소림사를 어떻게 생각하겠는가."

"아! 그렇군요. 그런데 낯선 사람 앞에서 동문을 욕하는 것과 그런 행동의 부당함을 지적하는 것 중 어느 것이 더 소림사의 이름을 욕되게 만드는 것입니까?"

"험, 험, 송안석은 사문의 어른에게 대드는 것으로도 부족해 몸에 상처까지 입히고 달아난 중죄인일세. 파문당해 마땅한 죄인이지만 그의 스승을 봐서 덮어 주었지. 그런 패륜을 저지른 자를 비난하는 것이 잘못된 일이라고 말하는 건가?"

"……."

서문영이 당황한 눈으로 소림사의 속가제자들을 바라보았다. 근엄해 보이던 송안석이 과거에 그런 일을 저지르고 달아났을 줄이야! 만약 눈앞에 있는 소림사 속가제자들의 말이 사실이라면 그런 말을 들어도 싸지 않은가?

서문영이 머뭇거리고 있을 때다.

뒤쪽에서 담담한 음성이 들려왔다.

"허허! 당사자가 자리에 없다고 자기들 편하게 말을 해서야 되겠소?"

사람들의 시선이 일제히 돌아갔다.

송안석이 흐릿한 미소를 지으며 객점의 입구에 서 있었다.

"송 호법님!"

서문영이 반가운 얼굴로 송안석에게로 다가갔다.

송안석이 서문영에게 미소로 화답한 후에 소림사의 속가제

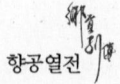

자들을 향해 말했다.

"자아, 당사자가 왔으니 천천히 말을 맞춰 보십시다. 내가 사문의 어른에게 대드는 것으로도 모자라 상처를 입히고 달아났다고 했소?"

한쪽에 비켜서 있던 백만호가 치를 떨며 소리쳤다.

"너 이놈! 감히 그 낯짝을 들고 소림사까지 오다니! 정녕 죽고 싶었던 게로구나!"

송안석이 씁쓰름한 미소로 백만호를 바라보았다.

"사백(師伯), 이미 십 년도 더 전의 일이오. 그때 사백이 나와 스승님을 골탕 먹이지 않았다면 내가 왜 사백과…… 싸웠겠소?"

본래 백만호와 송안석은 비슷한 나이이지만, 각자 모신 스승 때문에 서열이 하늘과 땅 차이였다.

백만호의 스승인 원명선사는 송안석의 스승인 해월선사보다 배분이 높다. 그러다 보니 자연히 백만호는 송안석의 사백이 되었다.

하지만 둘 다 나이가 비슷하다 보니 괜한 다툼이 끊이지 않았다. 젊은 혈기 탓도 있지만, 두 사람 모두 속가제자인 것이 원인이었다.

철없던 시절 두 사람은 소림사를 '무공을 배우기 위해 잠시 거쳐 가는 곳' 정도로만 생각했던 것이다.

사실 전하가 넓으니 그 생각은 틀린 것도 아니다. 일단 소림사를 떠나면 백만호와 송안석이 다시 얼굴을 마주할 일은 없다고 해도 과언이 아니다.

만약 단심맹에서의 대대적인 소집이 없었다면, 대환단이 필요하지 않았다면, 두 사람이 만날 일은 없었을 것이다.

"흥! 누가 누구를 골탕 먹였다는 게야!"

말과는 달리 백만호의 얼굴이 가볍게 일그러졌다. 매사에 고분고분하지 않은 사질 송안석을 길들이기 위해 다소 유치한 짓을 했었다.

사형제들을 부추겨 그와, 그의 스승인 해월선사를 상당히 번거롭게 만들었던 것이다. 하지만 크게 문제가 되지 않는 범위 내에서였다.

그에 반해 평소 시건방지게 행동하던 송안석은 해서는 안 될 짓을 했다. 감히 사백인 자신에게 상처를 입히고 달아났던 것이다.

문규가 엄하기로 소문난 소림사 내부의 치부이기도 한지라 쉬쉬하고 덮었지만, 그 일로 인해 피해자인 백만호는 석 달이나 면벽을 해야 했다.

"허어! 정말 송안석이로군. 너, 무슨 생각으로 소림사에 나타난 것이냐? 소림사라는 이름이 그렇게 가벼워 보이더냐?"

지금까지 구경만 하고 있던 백만호의 일행이 송안석의 앞뒤를 막아섰다.

그들 모두는 소림사의 속가제자들로 송안석의 사백들이기

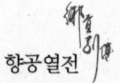

도 했다. 그들 모두 하극상(下剋上)의 죄를 짓고 달아난 송안석에 대해 좋지 않은 감정을 품고 있었다.

백만호와 세 명의 소림사 속가제자들이 송안석을 에워싸자 객점 안은 한순간 조용해졌다. 말 그대로 일촉즉발(一觸卽發)의 상태가 되고 만 것이다.

잠시 지켜보던 서문영이 백만호의 앞으로 막 나서려고 할 때다.

송안석이 서문영을 제지하며 한 걸음 나섰다.

"이번 일에 나서지 말게. 분명히 내가 잘못한 일이네. 내 잘못으로 자네와 소림사의 관계가 불편해진다면…… 나는 그 죄의 무게를 감당할 수 없을 걸세."

"……."

서문영이 한숨과 함께 물러섰다. 지금 송안석의 마음이 어떠한지 이해할 수 있었기 때문이다.

순간 소림사의 속가제자들이 황당한 얼굴로 서로를 바라보았다. 소림사의 앞마당에서 소림사와의 관계를 운운하고 있다니? 그것도 고작 속가제자인 송안석과 강호 초출로 보이는 청년이 말이다.

적어도 소림사와의 관계를 운운하려면 일파의 장로급 이상은 되어야 한다는 게 그들의 생각이었다.

결국 백만호가 참지 못하고 한마디 툭 던졌다.

"하룻강아지 범 무서운 줄 모른다더니 딱 그 모양이로다.

잘못을 안다니 길게 말하지 않겠다만, 우리 앞에서 감히 소림사와의 관계를 운운하다니! 너희가 무슨 일파의 지존이라도 된다고 생각하느냐? 송가 네놈은 십 년이 지났어도 허풍과 과대망상을 고치지 못했구나!"

"사백, 그만 합시다. 나의 죄는 그저 나에게만 물으시오. 그게 우리 소림사의 방식이 아니오? 나와 알고 지내는 사람에게 무슨 죄가 있소?"

송안석은 사백들과 서문영이 얽히게 하고 싶지 않았다. 그렇지 않아도 서문영과 소림사의 관계가 좋지 않은데, 여기서 일이 더 벌어지면 감당할 자신이 없었던 것이다.

하지만 백만호의 생각은 달랐다. 송안석이 자꾸 서문영을 뒤로 빼돌리려고 하자 그를 보호하기 위한 것으로 착각한 것이다.

시비가 벌어졌을 때 상대가 약해 보이면 양보하기 어려운 것이 인지상정(人之常情). 백만호는 서문영을 곱게 놔주고 싶은 생각이 없었다.

"흥! 그에게 어찌 죄가 없다고 할 수 있겠느냐? 방금 전까지 나에게 훈계를 내리고, 스스로 공경 받을 만하다고 높이던 사람이다. 무림의 선배가 되어 후배의 그릇된 행실을 고쳐주지 않는다면, 강호의 동도들이 우리 소림사를 비웃지 않겠느냐?"

서문영이 담담한 표정으로 송안석을 바라보았다.

"그나저나 송 호법님, 가셨던 일은 잘 됐습니까?"

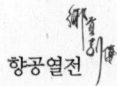
향공열전

뜬금없는 서문영의 물음에 송안석이 어색한 미소로 답했다.
"대환단은 구하지 못했네. 그 대신 소환단 세 개를 얻을 수 있었네. 부족하지만, 이거라도 도움이 되었으면 좋겠군."
말과 함께 송안석이 품안에서 작은 주머니를 꺼내 서문영에게 건네주었다.
서문영이 미미하게 고개를 끄덕였다. 현재 송안석의 입장에서는 소림사에 온 것만도 큰일이었다.
돌아가는 상황을 보니 소환단을 구한 것도 거의 기적에 가까웠다. 배분이 낮은데다가 사고까지 치고 달아났던 송안석이 무슨 힘으로 대환단을 구한단 말인가!
"감사합니다. 소환단도 쓸모가 있을지 모릅니다."
서문영이 주머니를 받아 품안에 갈무리했다.
소림사 속가제자들의 얼굴이 더욱 사납게 일그러졌다. 자신들을 무시하는 것은 물론, 이제는 소환단까지 별것 아닌 것처럼 말하고 있었기 때문이다.
소환단은 무림의 보물이라고 해도 과언이 아니다. 그런데 송안석은 그런 소환단을 가리켜 부족하다고 했고, 서문영은 선심 쓰듯 쓸모가 있을지 모른다고 말하고 있었다. 그것도 소림사의 제자들 앞에서 말이다.
'이놈들이 감히······.'
속으로 치를 떨던 백만호가 막 발작을 하려 할 때다.
서문영이 계산대 위에 있던 죽통에서 대나무 젓가락을 한

움큼 집어 들었다.

그리고 어정쩡하게 서 있는 강일품을 향해 웃으며 말했다.

"주인장, 이제 보니 상판이 조금 떴군요. 이렇게 해두면 앞으로도 십 년은 이상이 없을 겁니다."

말과 함께 서문영이 젓가락을 뽑아 상판에 꾹꾹 눌러 박았다.

갑자기 무슨 소린가 싶어 바라보던 강일품의 눈이 경악으로 부릅떠졌다.

상판이라고 하지만 두께가 한 뼘이 넘는 미송원목이다. 그런 상판에 청년은 손가락 하나만으로 대나무 젓가락을 눌러 심고 있었다.

끝이 뭉툭한 대나무 젓가락은, 마치 두부 속을 파고들어가듯 아무렇지도 않게 송판 속으로 사라져 갔다.

잠시 후 서문영이 빈손을 탁탁 털며 백만호를 바라보았다.

"귀하는 조금 전에 뭐라고 했소? 내가 얼핏 들으니 행실이 어쩌고 하는 것 같던데……."

"……."

백만호는 저도 모르게 한 걸음 뒤로 물러났다. 다른 속가제자들과 마찬가지로 그 역시 상대의 공력에 기가 질린 얼굴이었다.

하지만 그대로 물러나자니 소림사 제자의 체면이 서지 않는다. 백만호는 더듬거리며 서문영에게 경고를 보냈다.

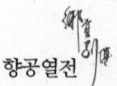
향공열전

"다, 당신은 지금 이곳이 어디인지를 기억해야 할 것이오."

소림사의 영역이니 함부로 설치지 말라는 말이다.

서문영이 고개를 끄덕이며 답했다.

"알고 있소. 여기는 대림사의 앞마당이 아니오?"

"대, 대림사라니, 그런……. 여기는 우리 소림사의 영역이오."

"오호! 그동안 소림사가 등봉현의 땅을 다 사들인 거요?"

"그, 그건 아니지만……."

"그런데 무슨 영역 운운하는 거요? 그나저나 하던 말이나 계속해 봅시다. 그래서 당신은 나와 어떻게 하겠다는 거요? 나에게 가르침을 주겠다는 거요? 아니면……."

"아니면?"

백만호가 실낱같은 희망을 발견하고 되물었다. 어떻게든 싸움을 피하고 싶다는 뜻이 얼굴을 통해 그대로 드러났다.

"가르침을 받겠다는 거요?"

"……."

백만호의 얼굴이 긴장으로 굳어갔다. 결국 그냥 보낼 생각이 없다는 소리로 들렸기 때문이다.

서문영이 무심한 표정으로 중얼거렸다.

"시비를 가리고 싶지 않다면 지금 당장 조용히 떠나든가."

"……."

애꿎은 주먹만 쥐었다 폈다 하던 백만호가 송안석을 향해 고개를 돌렸다. 자존심에 큰 상처를 입은 백만호의 눈에는 원독이 서려 있었다.

"이대로 끝날 거라고 생각하지 말아라."

순간 서문영이 '쾅!' 소리가 나도록 계산대를 후려쳤다.

"정녕 끝까지 시비를 가려보자는 말인가!"

"……"

백만호는 부들부들 떨뿐 가타부타 말이 없었다. 무인의 자존심 때문에 어떤 대답도 하기 어려운 상황에 처해 버린 것이다.

"사제, 그만 가세."

강호에서 잔뼈가 굵은 백만호의 사형들이 우두커니 서 있는 백만호의 팔을 잡아 밖으로 이끌었다. 백만호가 서문영과 같은 고수와 싸우는 것은 그들도 바라는 바가 아니었다. 겨우 속가제자 넷이 상대할 수 있는 사람이 아니라고 판단한 까닭이다.

용문객점에서 조금 멀어지자 사형제 중 하나가 백만호에게 말했다.

"백 사제, 지금은 잠시 참자고. 십팔나한은 아직 단심맹으로 가지 않았으니…… 사숙들께 말씀드려서 송가 놈과 서문영이라는 애송이를 잡아들이자고."

그제야 백만호의 얼굴에 혈색이 돌았다. 십팔나한은 사숙뻘 되는지라 과거에도 종종 무공을 사사받곤 했었다.

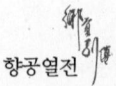
향공열전

"사숙님들께서 아직 소림사에 남아 계셨습니까?"

"그래, 나도 어제 사부님께 들었네. 천명회가 무슨 짓을 벌일지 몰라 늦게 출발할 거라고 하시더군."

"그럼 서둘러야겠습니다. 놈들이 달아나기라도 한다면 소림사의 명예를 회복할 길이 없으니까요."

백만호의 말에 사형제들의 걸음이 빨라졌다.

본산의 제자가 하나라도 있었든지, 혹은 그들이 무림의 사정에 밝았다면 서문영을 알 수도 있었을 것이다. 그러나 변방에서 생업에 종사하던 속가제자들인지라 서문영이라는 이름은 그저 무림초출일 뿐이었다. 그래서 더욱 분한지도 모르지만 말이다.

　　　　＊　　　＊　　　＊

소림사 속가제자들이 떠나자 송안석이 씁쓰름한 표정으로 말했다.

"미안하게 됐네. 대환단은 구하지도 못하고 괜한 시비에만 휘말리게 했구먼."

"괜찮습니다. 저와 소림사와의 관계에 있어 이 정도 일은 시비 축에도 들지 못합니다."

"……"

뜨악한 표정으로 서문영을 보고 있던 강일품이 고개를 설레

설레 저었다.

서문영이 아무리 고수라고 해도 소림사와 척을 지고 강호에서 살아남을 수 있을까? 아마 불가능할 것이다.

정파의 협객들은 소림사와의 의리를 생각해서라도 서문영과 관계를 맺지 않을 것이 분명했다. 당장 자신만 해도 아무리 송안석과 사형제간이라고 해도 서문영의 뒤까지 봐줄 생각은 없었다.

"송 사형, 백 사백께서 다시 오기 전에 떠나는 것이 좋지 않겠습니까?"

송안석을 염려하는 말 속에는 소림사와 서문영의 시비에 휘말리고 싶지 않은 강일품의 바람도 함께 담겨 있었다.

강일품은 그래도 서문영이 반응하는 기색이 없자 송안석에게 연신 눈짓을 보냈다.

송안석 역시 소림사와 서문영의 충돌을 바라지 않는지라 떠날 것을 종용했다.

"더 이상 대환단을 구할 길이 없으니 이만 장안으로 가세나. 고적산인과 만날 날도 가까웠으니 서둘러야 할 걸세."

"예, 그런데 아직 한 가지 해야 할 일이 남아 있는 듯하군요."

서문영이 소림사가 있는 방향을 바라보며 중얼거렸다.

"해야 할 일이라니?"

송안석이 의아한 눈으로 서문영을 바라보았다. 대환단을 구

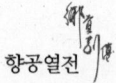
향공열전

하는 것 외에 무슨 특별한 볼일이 있던가?

"얼마 전까지는 모호했지만 이제는 알 수 있을 것 같습니다. 저는 확실히 그들을 만나야 합니다."

"그들이라니?"

점입가경이라더니, 서문영의 표정에는 점점 굳은 결의가 떠오르고 있었다.

"송 호법님께서도 그들이 누군지 곧 알게 될 것입니다."

서문영은 창가의 자리로 가서 느긋하게 자리를 잡고 앉았다.

당황한 강일품이 상체를 기울여 계산대 밖의 송안석에게 속삭였다.

"송 사형, 지금 후딱 떠나야 합니다. 일이 커지면 저도 더 이상 뒤를 봐드릴 수 없게 돼요. 아시지 않습니까? 저 여기에 터를 잡기 위해서 무진 애를 썼다고요. 좀 도와주십쇼. 사형도 소림사의 자존심이 어느 정도인지 아시지 않습니까? 이러고 있다가는 큰일 난다고요."

"알고 있네. 나도 가고 싶다고."

"아, 그럼 얼른 데리고 가세요. 좀."

"휴우! 저 친구는 내가 어떻게 할 수 있는 사람이 아니야. 소림사가 아니라 황상(皇上)의 이름으로도 그를 좌우할 수 없을 걸세."

"사형, 농담이 아니라고요. 천명회 때문에 다들 신경이 날

싸움의 방식 31

카로워져 있어서, 이전처럼 관대하지 않단 말입니다."

"사제는 내가 소림사 앞에서 농담을 할 사람으로 보이는가?"

말과 함께 송안석이 휑한 눈으로 강일품을 바라보았다.

"……."

송안석의 공허한 표정에 놀란 강일품은 할 말을 잃고 눈만 끔뻑거렸다. 그리고 보니 송안석은 귀영마살(鬼影魔殺)로 불리는 철혈의 무인이다.

별호에 살(殺)자가 들어간 사람 치고 어디 평범한 사람이 있던가! 손속이 잔혹하기로 유명한 송안석이 저럴 때는, 정말 그럴 수밖에 없는 거다.

송안석이 서문영의 곁으로 돌아간 뒤에도 강일품은 한동안 멍한 표정으로 서 있었다.

송안석과 강일품의 피가 마르는 동안에도 세상은 부지런히 돌아갔다.

몇몇 손님이 나가고, 새로운 손님이 들어왔다.

겨우 강일품이 정신을 수습하고 대책마련에 부심할 즈음이다.

객점의 문을 열고 두 사람이 들어왔다. 행색을 보니 탁발 수도 중인 승려들이다.

명색이 소림사의 속가제자인 강일품인지라, 직접 계산대 밖으로 나가 시주를 했다.

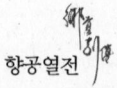
향공열전

"고생이 많으십니다. 어느 절에서 오셨습니까?"
"감사합니다. 저희는 대림사의 중입니다."
"아! 그러시군요."

강일품이 안쓰럽다는 표정으로 승려들을 바라보았다. 대림사라면 승려들의 절반이 독살을 당해 거반 망해가는 절로 더 유명했다.

한 사람은 아직 소년의 티를 벗지 못한 청년이고, 다른 이는 삼십 대의 중년이었다. 아마도 중년의 승려가 젊은 승려와 함께 탁발 수행을 하고 있는 것이리라.

중년의 승려가 합장을 한 후 돌아섰다.

그를 따라 돌아서던 젊은 승려가 우뚝 멈춰 섰다. 젊은 승려의 얼굴에 갑자기 함박웃음이 떠올랐다.

"태사조(太師祖)님!"

깜짝 놀라 돌아선 중년 승려의 입에서도 탄성이 흘러나왔다.

"아! 사숙조(師叔祖)님?"

두 명의 승려가 황급히 서문영에게로 달려갔다. 몇 남지도 않는 대림사의 제자들인지라 절 밖에서의 만남이 무척이나 놀라웠던 것이다.

게다가 서문영은 산문 밖을 나돌아 다니는 제자들 가운데 가장 항렬이 높았으니 반가움은 이루 말할 수가 없었다.

아까부터 웃으며 두 사람을 바라보고 있던 서문영이 자리에서 일어나 합장(合掌)을 해보였다.

"하하, 두 분 반갑습니다. 탁발 중이신가 봅니다?"

소명(小銘)으로 불리던, 소사미 시절부터 서문영을 알고 지내던 원명(元銘)이 환하게 웃으며 고개를 끄덕였다.

"예, 이번에 큰스님께서 제자들을 모두 밖으로 내보내셨습니다. 중들의 수행 중에 탁발과 노동을 따라갈게 없다고 하시면서요."

"그랬군요. 모처럼 만났으니 식사라도 함께 하시지요. 앉으십시오."

서문영의 권유에 소명이 각원(覺原)을 힐끔 쳐다보았다. 아무래도 각원이 스승인지라 그의 눈치를 살피지 않을 수 없었던 것이다.

각원이 웃으며 고개를 끄덕였다.

"사숙조님의 말씀이니 따라야지요. 본래 탁발은 얻어먹는 것이니 문제될 것도 없습니다."

"아, 그리고 저와 동행 중인 이분은 성가장의 호법이신 송대협이십니다."

서문영이 송안석을 소개하자 송안석이 급히 포권을 하며 인사를 했다.

"성가장의 송안석이라고 합니다. 대림사의 이름은 많이 들었습니다. 두 분을 뵙게 되어 영광입니다."

송안석의 말은 단지 인사치레가 아니었다. 검공 서문영이

향공열전

대림사의 제자임을 알고 있는 송안석에게 대림사의 이름은 가볍지 않았다.

"소승은 각원입니다. 이 녀석은 이번에 제자로 받아들인 원명이라고 합니다."

"제가 원명입니다."

서문영이 웃으며 원명을 바라보았다. 대림사에서 바쁘게 심부름을 하던 소사미가 정식으로 대림사의 승려가 되었다니, 왠지 대견스러웠다.

잠시 후 서문영은 각원과 원명을 위해 몇 가지 음식을 추가했다.

제2장
전법륜(轉法輪), 진리의 수레바퀴를 굴리다

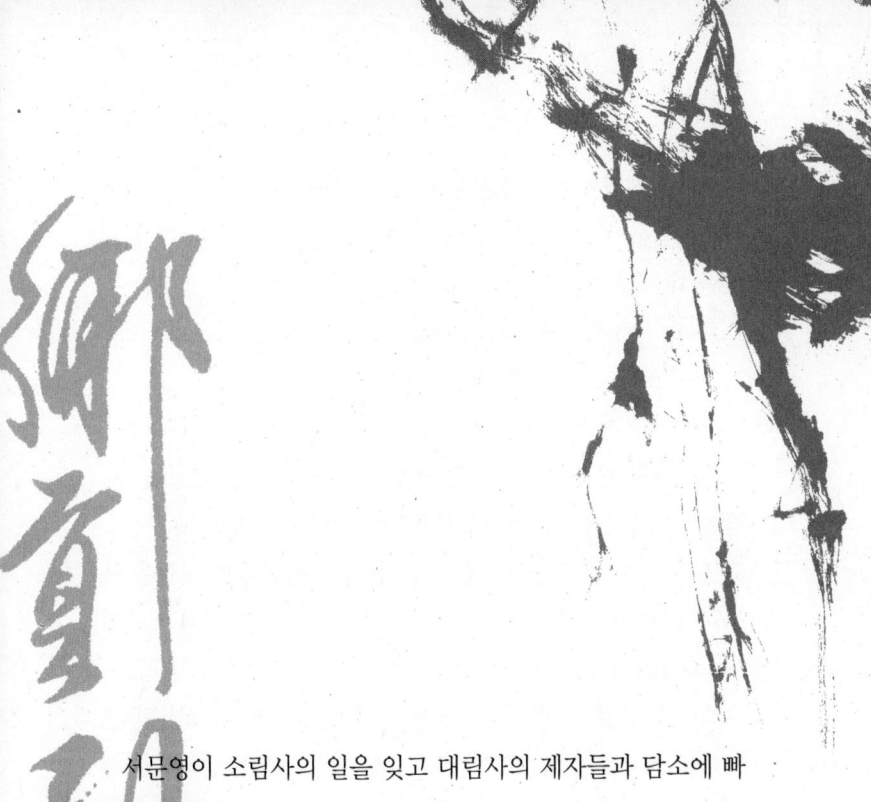

서문영이 소림사의 일을 잊고 대림사의 제자들과 담소에 빠져있을 때다.

객점의 문이 열리며 일단의 사람들이 우르르 들어왔다. 후발대로 소림사에 남아 있던 제자들이었다. 그들의 선두에 서 있는 사람은 역시나 속가제자 백만호였다.

백만호는 서문영과 눈이 마주치자마자 짧게 말했다.

"밖으로 나오시오."

하지만 서문영은 별반 반응을 보이지 않았다. 여전히 아무렇지도 않은 얼굴로 먹고 마시며 대림사의 사람들과의 이야기에 열중했다.

"흥! 언제까지 여유를 부릴 수 있는지 보자!"

잡아먹을 듯 노려보던 백만호가 다시 돌아섰다. 그와 함께 왔던 대여섯 명의 소림사 제자들이 서문영 일행을 냉랭한 눈으로 쏘아본 후에 백만호의 뒤를 따랐다.

"사숙조님, 소림사와는 아직도?"

각원이 조심스럽게 물었다.

대림사의 제자들 치고 대림사와 소림사의 은원을 모르는 사람은 없다. 언젠가 소림사의 방장이 대림사를 찾아와 유감을 표명하고 돌아갔지만, 그렇게 끝날 일이 아니라는 것쯤은 누구나 알고 있었다. 결정적으로 은원의 당사자인 운검 서문영이 그 자리에 없었기 때문이다.

게다가 그날 소림사의 방장은 운검 서문영에 대해서 단 한마디도 하지 않았다. 그저 천년 사찰 대림사와 소림사의 오랜 인연을 거론하며 아픈 상처를 씻자고만 했다.

소림사의 방장은 공원의 죽음에 대해서 책임을 통감하며 사죄했지만, 운검 서문영에 대해서는 침묵했다. 마타선사가 몇 번 운을 뗐지만, 소림사의 방장은 화답하지 않고 돌아갔다.

"본래 목이 마른 사람이 우물을 파는 법이지요."

서문영의 뜬금없는 대답에 각원이 어색하게 웃으며 말했다.

"그 일 뒤로 소림사의 방장이 한차례 방문한 적이 있습니다."

"그랬군요."

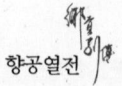
향공열전

서문영의 얼굴에는 별반 표정이 떠오르지 않았지만, 목소리는 가라앉아 있었다. 그 일이란 공원선사의 죽음을 말하는 것이리라.

"큰스님께서는 소림사에도 말 못할 사정이 있는 것 같다고 말씀하셨습니다."

"그렇겠지요."

"혹시 무슨 사정인지 알고 계십니까?"

"불법(佛法)에 정진하는 자들이 고승(高僧)을 쳐 죽였을 때에는…… 말 못할 사정이 있지 않겠습니까?"

"아, 예……."

각원이 무거운 표정으로 고개를 끄덕였다.

여전히 사숙조는 그 사정이라는 것에 대해 말하지 않았지만 더 이상 묻지 않았다.

대림사의 마지막 희망이라는 사숙조의 표정은 어느새 굳어 있었다. 그리고 보니 눈앞의 젊은 사숙조는 소림사와의 일로 상처를 많이 받은 사람이기도 했다.

객점의 분위기가 무겁게 가라앉았다.

무림과 관계가 없는 사람들은 기이한 눈으로 서문영 일행을 힐끔거렸다.

감히 소림사의 영역으로 알려진 등봉현에서 소림사의 제자들을 상대로 시비를 일으키다니? 그러고도 달아나지 않고 느긋하게 앉아 담소를 나누다니? 구대문파의 장문인들이라고 할지라도 할 수 없는 행동이었다.

　사람들을 놀라게 한 일은 계속해서 일어났다.

　또다시 한 사람의 승려가 객점 안으로 들어왔던 것이다.

　계산대에 조마조마한 마음으로 앉아 있던 강일품이 튕겨지듯 자리에서 일어났다.

　"헉! 선사(禪師)님!"

　홀로 객점 안으로 들어온 사람은 집법당(執法堂)의 수좌인 무제선사(無制禪師)였다.

　그간 먼발치에서만 무제선사를 보아왔던 강일품은 급히 계산대에서 뛰어나와 머리를 조아렸다.

　"서, 선사님, 이곳까지 어인 일로……."

　"허허! 됐으니 자네는 그만 가서 일이나 보시게."

　"예? 예, 예……."

　딱히 할 일이 없었지만, 강일품은 계산대로 돌아갔다. 마음 같아서는 직접 모시고 싶었지만, 무제선사의 말을 거역할 수는 없었다.

　무제선사가 객점 안을 천천히 둘러보았다.

　객점은 달그락거리는 소리도 나지 않았다. 손님들이 극도로 긴장하여 숨소리마저 죽이고 있었던 것이다.

　깜짝 놀란 송안석이 급히 자리에서 일어나 무제선사의 앞으로 달려갔다.

　"제자 송안석이……."

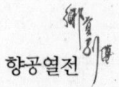

송안석의 인사가 끝나기도 전에 무제선사가 가볍게 손을 흔들며 말을 끊었다.

"너는 소림사의 계율을 범하고 달아났으니 그 죄가 실로 가볍지 않다. 그에 합당한 처벌이 있을 것이다. 물러나 있거라."

"예……."

송안석이 고개를 떨구며 비켜섰다.

무제선사의 눈이 대림사의 승려들과 서문영에게로 향했다.

곧이어 무제선사가 담담한 표정으로 물었다.

"빈승(貧僧)은 소림사의 집법당을 책임지고 있는 무제라 하오. 대림사의 스님들께서도 이 일에 관여하실 생각이시오?"

"……."

긴장한 원명이 각원과 서문영의 안색을 살폈다.

고명한 무제선사의 이름 앞에 주눅이 든 것도 사실이지만, 소림사 앞에서 무조건 머리를 숙이고 싶지는 않았다. 게다가 이 자리에 함께한 운검 서문영은, 큰스님의 말에 의하면 천하제일인이었다. 마타선사는 요즘 툭하면 "소림사에 달마가 있다면 대림사에는 운검이 있다"고 했다.

각원이 자리에서 일어나 합장을 하며 말했다.

"소림사의 무제선사님이시군요. 소승은 대림사의 각원이라고 합니다. 그런데 이 일이라는 것은 어떤 일을 말씀하시는 것인지요?"

한순간 무제선사의 눈썹이 꿈틀거렸다. 감히 대림사의 일반 승려가 자신의 말에 반문을 하게 되는 날이 오다니! 속이 부글부글 끓어올랐다. 하지만 상대가 무승이 아닐지도 모른다는 생각에 애써 평온한 신색을 유지하며 답했다.

"강호의 일이라 모르시겠지만, 스님들과 한자리에 있는 검공 서문영은 단심맹에서 무림의 공적으로 선포한 사람입니다. 물론 소림사와도 적지 않은 은원을 가지고 있는 사람이기도 하고요. 그런 그가 이 자리에 나타나 소림사의 제자들을 핍박하기까지 했으니, 이제 소림사와 단심맹의 이름으로 그에게 죄를 물어야 하지 않겠습니까? 그것이 집법당의 책임자인 제가 이곳에 온 이유이지요."

무제선사는 상대의 반응을 즐기려는 듯 잠시 말을 끊었다.

하지만 각원이라는 중년의 승려는 물론 그 옆의 젊은 승려까지도 표정에 별반 변화가 없다.

약간 실망한 무제선사가 근엄한 표정으로 말을 이어나갔다.

"대림사의 스님들께서 모르고 합석을 하신 듯한데, 잠시 비켜나 주심이 어떠신지요?"

각원이 아무렇지도 않다는 얼굴로 답했다.

"하하! 모르다니요? 그럴 리가 있겠습니까? 이분은 법명이 운검(雲劍)으로 마타선사님의 제자이자, 소승에게는 사숙조가 되십니다. 아무리 소림사의 위명이 천하를 울린다고 해도…… 대림사의 제자가 되어 어찌 존장(尊丈)을 모른다고 부정할 수 있겠습니까?"

향공열전

묵묵히 듣고 있던 무제선사가 짜증이 섞인 음성으로 되물었다.

"그러니 어떻게 하시겠다는 말씀이시오? 두 분도 대림사의 제자이니, 소림사의 행사에 관여하기라도 하겠다는 말씀이시오?"

"그럴 리가 있겠습니까? 소승과 소승의 제자는 무공이라고는 한 자락도 모르는 보통의 불제자입니다. 그저 사숙조님과 우리의 관계가 그렇다는 것만 알려 드리는 게지요. 사숙조님과의 은원은 알아서들 잘 푸셔야지요. 대림사의 중들은 게송이라면 모를까, 다른 쪽으로는 영 재주가 없어서요."

"……"

무제선사는 아무런 말도 하지 않았다.

듣기에 따라 각원의 말은 상당히 신랄한 비난이기도 했다. 불제자니, 게송에 능하고 다른 재주가 없다느니 하는 말은, 너도 중이라면 무력을 앞세우지 말라는 뜻이 아닌가!

각원을 노려보던 무제선사의 얼굴에 비웃음이 떠올랐다. 그래봤자 모두가 연약한 자들의 자기 합리화에 불과한 소리였다. 소림사도 유명한 선종(禪宗)이다.

만약 대림사에 달마와 같은 무승(武僧)이 존재했었다면, 저런 식으로 말하지는 못했을 것이었다. 결국 불제자로서의 정체성이 아니라, 총체적인 역량의 부족함이 문제인 것이다.

"잘 알겠소이다. 그럼 대림사의 승려들께서는 한쪽에서 무림공적인 동문(同門)을 위해 게송이나 부지런히 읊어 주시구려. 우리 소림사에서는 천하 중생을 위해 마두(魔頭)를 직접 잡아 가겠소이다."

무제선사의 선언에 각원이 원명을 데리고 한 걸음 비켜섰다.

"참으로 옳은 말씀이십니다. 게송은 중에게, 칼은 무인에게 어울리는 법이지요. 사숙조님, 저희들이 바리때로 막아주기를 바라지는 않으시겠지요?"

그제야 서문영이 웃으며 자리에서 일어섰다.

"하하! 대림사의 고승들에게 속된 싸움박질을 맡길 수는 없지요. 대림사의 대표 싸움꾼인 운검이 여기 있질 않습니까?"

무제선사가 마른 웃음을 흘렸다. 소림사를 어려워하지 않는 대림사의 승려들과 서문영의 언행에 비위가 상한 것이다.

"후후! 듣던 바와는 다른 젊은이로군."

서문영이 고개를 갸웃거렸다. 무제선사가 '좋은 소문을 들었는데 실제로 보니 그렇지 않다'는 투로 말하고 있었기 때문이다. 그러나 아무리 생각해도 소림사나 단심맹에서 자신에 대해 호의적으로 말할 이유가 떠오르지 않았다.

"그다지 좋은 이야기는 없었을 텐데요."

"녹림의 도둑들과 어울려 위아래도 구별 못하는 언사를 한다고 하지만, 대체로 조용한 사람이라고 들었지. 헌데 실제로 보니 시정잡배들처럼 경망되어 보이는구먼. 한때 문재(文才)로 이름을 날렸다는 사람이 어쩌다가 그렇게 되었을꼬……."

"어이쿠! 이거 미안하게 됐습니다. 본인도 과거에는 제법

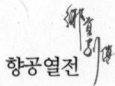

청정무구한 사람이었습니다. 그런데 소림사 분들과 몇 번 어울리고 나서부터는 이렇게 변해버렸네요. 어떤 사람을 만나는가가 중요하다는 것을 새삼 깨닫게 됩니다."

"……."

서문영을 노려보던 무제선사가 냉소를 치며 말했다.

"흥! 천둥벌거숭이가 따로 없구나! 언제까지 그렇게 안하무인(眼下無人)으로 행세할지 실로 궁금하도다!"

곧이어 무제선사가 대림사의 승려들에게 시선을 돌렸다.

"오늘 소림사의 이름으로 미친 망아지처럼 날뛰는 마두에게 응징을 가할 것이오. 대림사는 저런 마두를 받아들인 것에 대해 책임을 져야 할 것이오."

서문영이 피식 웃으며 물었다.

"무제선사라고 했습니까? 선사께서는 나에게 어떤 응징을 내리실 생각이십니까?"

무제선사가 기다렸다는 듯 되받아쳤다.

"너는 당대의 십팔나한과 맞설 자신이 있느냐!"

서문영이 피식 웃음을 흘렸다. 법륜(法輪)이 완성되기 전에도 십팔나한을 두려워하지 않았는데, 하물며 지금에 와서 피할까?

"그렇지 않아도 십팔나한에게는 돌려받을 빚이 있었습니다. 선사께서 안내해 준다면 십팔나한이 아니라 백팔나한이라도 사양하지 않겠습니다."

"허! 광오함이 정도를 넘어선 자로다! 그렇다면 내가 친히 너의 길잡이를 맡도록 하겠다. 어디 한번 따라와 보거라."

말이 끝나기가 무섭게 무제선사는 객점 밖으로 나가 버렸다.

서문영이 느긋하게 그 뒤를 따라 나갔다.

대림사의 승려들이 서문영의 뒤를 따라 밖으로 나가자, 남아 있던 손님들도 우르르 그 뒤를 따랐다.

객점에 있던 사람들 중에서 가장 늦게 나간 사람은 주인인 강일품이다. 구경하러 나가는 손님들의 식대를 계산하다가 늦어진 것이다.

허둥지둥 밖으로 나간 강일품은 입을 쩍 벌리고 말았다.

객점 밖은 소림사의 제자들과 구경꾼들로 인산인해(人山人海)를 이루고 있었다. 소림사의 신승(神僧)이라 일컬어지는 무제선사와 십팔나한을 구경하기 위해 사람들이 모여든 까닭이다.

"이런! 큰일이야. 일이 너무 커졌어."

강일품은 십여 년 전 송안석의 주먹질로 시작된 분란의 씨앗이 이렇게 큰 열매를 맺게 될 줄은 꿈에도 몰랐다.

이런 사단이 일어날 줄 알았다면, 사형인 송안석이 객점에 투숙하겠다고 했을 때 거절했을 것이다. 송안석과 교분을 맺은 죄로 사문에 누를 끼치게 되었다고 생각하니 눈앞이 캄캄했다.

'서문영과 대림사가 깨지고 나면 그 다음은 송 사형의 차례

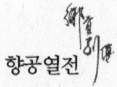
향공열전

일 테지?'

사문의 죄인인 송안석에게 은밀히 방을 내주는 바람에 벌어진 일이니, 자신에게도 약간의 문책이 따르게 될 것이었다.

강일품의 입에서 연신 한숨이 흘러나왔다.

이 말도 안 되는 싸움에서 소림사가 이길 것은 자명한 일이다. 하지만 어느 쪽이 이기더라도 자신의 처지는 별반 다르지 않을 것이었다.

'송 사형은?'

설마 또 십 년 전처럼 달아난 것은 아닐까?

주변을 살피던 강일품의 얼굴이 묘하게 일그러졌다.

판을 제대로 키운 송안석은 멍한 표정으로 북쪽, 즉 숭산(嵩山)이 있는 방향을 바라보고 있었다.

불가항력적인 싸움은 객점 앞에서 벌어지고 있는데 소림사는 왜 바라보는지? 그곳에서 구원의 손길이 내려올 것도 아닌데……

'송 사형도 참 답이 없는 인생이다.'

강일품은 갑자기 밀려오는 편두통에 눈을 질끈 감고 말았다.

내용을 잘 모르는 사람들은 쉬지 않고 "소림사를 질투한 대림사의 도발"이라느니, "무림공적 검공과 단심맹의 싸움"이라느니 떠들어 댔다.

소림사의 속가제자들이 길의 양편에 늘어서 사람들의 통행을 막았다.

신승 무제선사와 십팔나한이 무림공적을 잡아 가기 위해 떴다는 소문은 계속해서 퍼져나갔다. 그 바람에 구경을 하기 위해 몰려온 사람들로 골목은 미어터질 지경이었다. 사람들은 서로 잘 보이는 위치를 선점하겠다며 자기들끼리 드잡이질까지 벌였다.

그렇게 구경꾼들이 일대 소란을 일으키고 있었지만, 정작 싸움의 당사자들은 고요하기만 했다.

먼저 말문을 연 사람은 뜻밖에도 서문영이었다.

"당신들은 왜 사는가?"

서문영이 십팔나한을 뚫어져라 바라보았다.

십팔나한은 아무도 대답하지 않았다.

무제선사가 어이없다는 표정으로 서문영에게 되물었다.

"녹림의 도적과 내통하여 의기(義氣)를 저버린 네가 감히 소림사의 제자들에게 왜 사느냐고 묻고 있느냐? 너의 그 하찮은 질문에 선선히 대답해 줄 사람이 이 자리에 있다고 생각하느냐?"

그러나 서문영은 무제선사에게 눈길 한 번 주지 않았다.

서문영이 다시 한 번 크게 소리쳤다.

"당신들은 무엇을 위해 사는가!"

"……."

서문영에게 무시당했다고 생각한 무제선사가 얼굴을 붉히

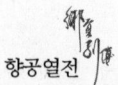
향공열전

며 한 걸음 나섰다. 무림에서의 높은 배분 때문에 십팔나한에게 맡기고 물러나 있으려고 했는데 도저히 참고 있을 수가 없었던 것이다.

순간 서문영이 또다시 버럭 소리를 내질렀다.

"대답해라! 나는 당신들이 무엇을 위해 사느냐고 물었다!"

"우리는…… 나는…… 나는…… 모른다."

"……."

원각(元覺)의 대답에 무제선사는 물론 다른 소림사 제자들까지 굳어버리고 말았다. 어눌한 음성은 둘째 치고, 모른다는 답은, 십팔나한의 수좌가 무림의 공적에게 할 소리가 아니었다.

무제선사가 원각을 위해 급히 거들고 나섰다.

"깨달음은 상대적인 것이니 설령 모른다고 해도……."

"나도…… 모른다."

"나도…… 모른다."

"모른다."

"모른다."

원각의 대답을 시작으로 열일곱 명의 나한이 모두 모른다고 답했다. 결국 십팔나한 모두가 무엇을 위해 살아가는지 모른다고 답한 셈이다.

그것도 하필이면 자신들이 목숨 걸고 싸워야 할 적의, 전례 없이 무례한 질문에 말이다.

"이게 대체 무슨 망발들이냐!"

뜻밖의 사태에 놀란 무제선사가 십팔나한에게 버럭 소리를 질렀다.

그러나 십팔나한의 눈은 사문의 어른인 무제선사가 아닌 서문영에게 향해 있었다.

다급해진 무제선사가 십팔나한의 앞으로 나섰다.

"십팔나한은 들어라! 강호 무림의 안녕을 위하여! 무림공적 서문영을 제압해 소림사로 압송(押送)할 것을 명한다!"

"……"

그러나 아무도 대답하지 않았다.

십팔나한의 반란인가?

당황한 무제선사는 급히 십팔나한의 수좌인 원각에게 시선을 돌렸다.

원각은 여전히 서문영만 바라보고 있다.

한순간 무제선사는 '원각이 독이나 사술에 당한 건지도 모른다'는 생각을 했다. 하지만 그렇다고 하기에는 원각의 눈은 맑고 깊었다.

생사를 초탈한 저 모습은 누가 봐도 독이나 사술에 당한 게 아니다. 오히려 지금의 원각을 비롯한 십팔나한의 눈동자는 열반에 든 고승들처럼 그윽하기만 했다.

무제선사는 그 기묘한 분위기에 휩싸여 원각, 아니 십팔나한과 서문영을 멍하니 바라보았다.

조금 전까지 머리를 지배하고 있던 모멸감과 분노는 어디론가 사라진 뒤였다. 십팔나한과 서문영의 사이에 자신이 미처 모르는 뭔가가 있었다. 십팔나한이 소림사의 명예나 자신의 지시보다 서문영의 눈치를 살피고 있는 것은 그것 때문이리라.

"그렇다면 그대들은 왜 이곳에 있는가!"

"……."

서문영의 물음에 장내는 다시 조용해졌다.

무제선사조차도 이번에는 십팔나한의 대답을 기다렸다. 십팔나한이 왜 자신의 명을 따르지 않으면서 이곳에 있는지 궁금했던 것이다.

순간 원각의 눈에서 광망이 뿜어져 나왔다.

"우리가 여기에 있는 것은 바로 당신, 검공 서문영을 상대하기 위해서다."

원각의 말에 십팔나한들이 유령처럼 움직이기 시작했다.

눈 깜작할 사이에 십팔나한은 서문영을 중심으로 원을 그리듯 둘러섰다.

서문영이 담담한 눈으로 원각을 바라보았다.

그리고 뜻밖의 말을 건넸다.

"생각해 봐라. 그대들이 살아가는 이유는, 바로 나를 상대하기 위해서다. 그렇지 않은가?"

얼토당토하지 않은 말에 무제선사가 한마디 하려는 순간이다.

원각이 답했다.

"그렇다. 그러고 보니 우리가 아니, 내가 살아가는 이유는 당신을 상대하기 위해서였던 것 같다. 그래 서문영 당신을 상대하는 것이 내 삶의 유일한 목적이다."

"허! 대체 이게 무슨……."

무제선사가 허탈한 눈으로 십팔나한을 바라보았다.

'고작 서문영과 같은 무림공적을 상대하는 것이 삶의 유일한 목적이라고?'

무제선사의 입에서 저도 모르게 "나무아미타불"이 흘러나왔다.

살아 있는 동안 불법(佛法)의 수호와 백성들의 구제(救濟)에 헌신하겠다던 뜨거운 다짐은 어디로 갔단 말인가! 아니 강호행을 앞두고 한 서약은 둘째 문제다.

한사람의 승려로서 그 길고 긴 고행(苦行)의 목적이 해탈이나 열반에 있는 것이 아니라, 고작 서문영을 상대하는 것이었다니?

'그런데 서문영은 그걸 어떻게 알았을까?'

무제선사의 시선이 서문영에게로 옮겨져 갔다.

서문영은 이 기괴한 일들이 왜 일어나는지 알고 있다는 듯한 얼굴이었다.

문득 서문영의 시선이 무제선사를 향했다.

"선사님, 십팔나한의 성불(成佛)을 원하십니까?"

"무, 무슨 소리인가!"

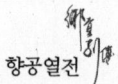
향공열전

무제선사가 당황한 얼굴로 소리쳤다. 자신의 말투가 변해 있었지만 그런 것조차 생각할 틈이 없었다. 지금과 같은 상황에서 성불이라니? 설마 십팔나한을 죽이기라도 하겠다는 말인가?

 말의 진의(眞意)를 파악하기 위해 골몰하고 있는 무제선사의 귀로 서문영의 말이 들려왔다.

 "아직도 모르시겠습니까? 십팔나한은 이미 죽어 있습니다."
 "그게 무슨 소리인가! 멀쩡히 살아 있는 사람들을……."
 무제선사는 채 말을 맺지 못했다. 아무리 좋게 받아들이려고 해도 이상하다.

 터무니없는 서문영의 말에 십팔나한 중 어느 누구도 반박을 하고 있지 않았다. 불심(佛心)이 깊어서 일까? 왠지 그런 이유가 아닐 거라는 생각이 스치고 지나간다.

 답답해진 무제선사가 십팔나한의 수좌인 원각에게 소리쳤다.

 "원각! 왜 말이 없느냐? 무슨 문제라도 있느냐?"
 "……."
 잠시 생각하던 원각이 천천히 답했다.
 "사백님, 아무 문제노 없습니다."
 "그렇다면 저 기막힌 말에 대답을 해야 할 것 아니냐?"
 "어떤 말 말씀이십니까?"
 "그가 멀쩡하게 살아 있는 너희를 죽었다고 하지 않느냐?"

"생(生)과 사(死)가 여일(如一)하니 그런 말에는 일일이 대꾸하고 싶지 않을 뿐입니다."

"오오! 과연!"

원각의 현기 어린 대답에 무제선사의 표정이 대번에 밝아졌다. 서문영의 요설(妖說)에 흐려졌던 마음이 일시에 밝아지는 듯했다.

하지만 계속된 원각의 말에 무제선사의 얼굴은 다시 일그러지고 말았다.

"우리가 원하는 바는 오직 서문영을 상대하는 것입니다. 그것이야말로 우리의 존재 이유인 것입니다."

"허허, 좋은 뜻이기는 하나 고작 무림의 악적 하나를 상대하기 위해 살아간다는 것은 좀……."

"오직 그것만이 우리가 살아가는 이유입니다."

"……."

무제선사가 넋이 나간 표정으로 원각과 십팔나한을 바라보았다. 이제는 의심의 여지가 없다. 십팔나한은 이상 행동을 보이고 있었다.

'그러고 보니, 묵언수행은 왜 갑자기 그만 둔 거지?'

지난 몇 달 동안 말 한마디 없던 사질들이다. 그런데 서문영의 질문에 답하는 것을 시작으로 다시 말을 하고 있다.

갑작스러웠던 묵언수행만큼이나 납득이 가지 않는 상황이다. 모두 서문영과 관계가 있는 것 같은데 도무지 확인할 길이

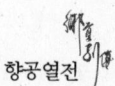

없다.

혼란에 빠져 있는 무제선사에게 서문영의 음성이 들려왔다.

"아직도 모르시겠습니까? 저들은 이미 이승에 속한 사람들이 아닙니다."

"허면?"

무제선사는 저도 모르게 되물었다.

너무도 충격적인 현실 앞에서 서문영에 대한 적대감은 어디론가 사라진 뒤였다. 지금 무제선사의 관심은 서문영이 아니라 십팔나한에게 향해 있었다.

"죽지도 못하고 살지도 못하는 존재들이지요."

"그대는…… 그런 일이 가능하다고 생각하는가?"

무제선사는 십팔나한을 둘러보았다. 서문영을 당장 공격할 것처럼 포위하더니, 지금은 뭔가를 기다리고 있는 것 같았다.

"그것을 가능하게 하는 한 가지 방법이 있습니다."

"강시?"

무제선사는 저도 모르게 중얼거렸다. 자신이 아는 한 시체를 이용하는 술법은 강시술이다. 하지만 십팔나한은 강시가 아니다.

그들은 조금 전까지 소림사의 선방에서 소림사의 승려들과 함께 수행을 하고 있었다. 강시라면 그렇게 할 수 없을 것이었다.

"강시술이 아니라 고대 바라밀교의 비전입니다."

"……."

서문영의 말에 무제선사가 다시 십팔나한을 바라보았다. 그게 무엇인지는 모르지만 지금의 십팔나한은 보통 때의 십팔나한과 달랐다.

'그런데 십팔나한은 왜 가만히 있는 거지?'

마치 서문영과 자신의 대화가 끝나기를 기다리고 있는 것 같지 않은가? 이런 식의 대화가 길어지면 자신들도 의심 받을 텐데…….

무제선사가 이해할 수 없다는 얼굴로 물었다.

"그대는 지금 십팔나한이 무엇을 기다리고 있는지 혹 아는가?"

무제선사의 물음에 서문영이 짧게 답했다.

"십팔나한은 저의 허락을 기다리고 있는 겁니다."

"허락이라니?"

"그들이 원하는 것은 접니다. 하지만 그들은 저의 허락이 없이는 감히 손을 쓸 수가 없습니다. 그것이 그들과 저의 운명입니다."

"그대가 십팔나한을 저렇게 만들었는가!"

무제선사의 음성에 분노가 깃들었다. 십팔나한의 정신을 지배하고 있는 사람이 서문영이라고 생각한 것이다. 만약 그게 사실이라면 십팔나한을 죽지도 살지도 못하게 만든 사람도 서문영이지 않겠는가?

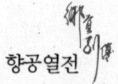
향공열전

그런 무제선사의 마음을 짐작한 서문영이 고개를 저었다.

"제가 그들을 만들었다면, 오늘 제 앞을 막아서게 했겠습니까?"

"허면 십팔나한을 저렇게 만든 사람은 누구며, 그대와는 대체 어떤 관계인가?"

"선사께서는 몇 달 전에 누군가 대림사로 마검을 보낸 것은 알고 계십니까?"

"알고 있네."

"그 마검을 보낸 사람이 십팔나한을 저렇게 만들었을 것입니다."

"……."

무제선사의 얼굴이 어둡게 가라앉았다. 서문영은 지금 마검 적혈비에 대해 말하고 있었다. 공교롭게도 마검 적혈비의 주인이 단심맹을 뒤집어 놓은 이 시점에 말이다. 그렇다면 마검 적혈비의 주인이 이 모든 일의 배후자란 말인가?

"그가 누구며, 그대는 그런 일들을 어떻게 아는가?"

"적어도 마검의 주인이 그 배후자가 아니라는 것 정도는 알고 있습니다. 제가 이 일들을 알고 있는 것은 저도 바라밀교의 비전을 이었기 때문입니다."

"나무아미타불……."

무제선가의 입에서 탄식 같은 염불이 흘러나왔다.

잠시 후 무제선사가 침중한 음성으로 말했다.

"나는 그대의 말을 모두 믿을 수가 없네. 허나 그대의 말이 사실이라면, 그대에게는 그럴 만한 능력이 있겠지. 십팔나한을 성불시킬 수 있다면 그렇게 하시게. 만야 그대에게 그럴 능력이 없다면…… 십팔나한이 오늘 그대를 성불시키게 될 걸세."

"저는 십팔나한의 일로 소림사와 은원이 깊어지기를 바라지 않습니다."

서문영이 무제선사를 지그시 바라보았다. 무제선사에게 십팔나한의 비밀을 말해 준 것도 그와 같은 이유에서였다.

무제선사가 십팔나한과 서문영을 번갈아 바라보았다.

십팔나한은 아무도 입을 열지 않았다. 심지어 자신과는 눈도 마주치려 하지 않았다. 그러고 보니 지금까지 십팔나한은 자신들에게 직접 묻는 말에만 마지못해 대답을 했다. 확실히 보통 때의 십팔나한과는 다른 모습이었다.

무제선사가 갈라진 목소리로 물었다.

"십팔나한은 나에게 할 말이 없느냐!"

"……"

역시나 아무도 대답하지 않았다.

무제선사는 눈을 질끈 감고 말았다. 십팔나한의 침묵은 서문영의 말이 옳다는 것을 강변하고 있었다. 믿고 싶지 않고, 믿어지지도 않지만, 현실이 그렇다면 받아들여야 했다.

"검공, 오늘의 일로 그대에게 책임을 묻는 일은 없을 것이오. 빈승의 이름을 걸고 약속하리다."

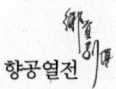
향공열전

"그럼, 시작하겠습니다."

서문영은 망설이지 않았다. 단순한 복수심에서가 아니다. 십팔나한에게 가지고 있던 적의(敵意)는 이미 측은함으로 바뀌어져 있었다. 물론 처음부터 그랬던 것은 아니다. 서문영은 공원선사를 죽인 십팔나한을 용서할 마음이 없었다.

그러나 법륜(法輪)을 얻고 난 이후 변하고 말았다. 죽은 사람에게 복수를 할 수는 없지 않은가! 대림사에서 법륜이 완성되기 이전에는, 모든 것이 흐릿했다. 산자와 죽은 자의 경계도 명확히 알지 못했다. 하지만 구마선사와의 만남 이후로 달라졌다. 모든 것이 선명해진 것이다.

등봉현에서 십팔나한의 기운이 느껴지던 순간, 지난날의 적의는 한순간에 사라져 버렸다. 그들이 이미 이승에 속한 사람들이 아니라는 것을 알게 된 까닭이다.

십팔나한을 대면한 순간에는, 그들이 자신을 두려워하고 있다는 것을 알았다. 더 정확히 말해 그들은 법륜을 두려워하고 있었다. 바라밀교의 보물인 '법륜'이 '불사의 인(印), 사자의 서(書)'와 상생 혹은 상극이라는 말의 의미를 알 수 있게 된 순간이다.

"오시오."

서문영의 말과 동시에 십팔나한이 태풍처럼 몰아쳐갔다. 지금까지 맥없이 서 있던 사람들이라고는 생각되지 않을 신속한 움직임이었다. 십팔나한의 손에 들린 철장(鐵杖)이 일으키는 잔혹한 파공성이 사방으로 퍼져 나갔다.
　파츠츠츠.
　쐐애애액.
　열여덟 명의 고수들이 종횡(縱橫)으로 얽히며 서문영을 핍박해 갔다. 십팔나한들이 전력으로 펼치는 나한진(羅漢陳)이다. 몇 달 전 벌어졌던 싸움에서 최선을 다하지 못한 것이 내내 마음에 걸렸던 모양이다. 죽음을 두려워하지 않는 십팔나한들의 나한진은 보는 이에게 전율을 안겨 주었다.
　무제선사는 십팔나한들의 나한진을 넋을 잃고 바라보았다. 맹세코 지금까지 그 어느 나한들도 저렇게 무자비한 진식을 펼친 적이 없다. 백팔나한들이 펼치는 것보다도 더한 살기와 압력이 십팔나한의 주변을 압박하고 있었다.
　누구라고 할지라도 단신으로는 저 나한진을 상대하지 못하리라.
　무제선사의 얼굴이 복잡하게 변해갔다. 이지를 잃은 것처럼 보이는 십팔나한과 무림공적인 서문영 중에 어느 쪽의 승리를 기원해야 할지 갈피를 잡지 못해서다.
　십팔나한들은 하산하기 전에 병장기를 철장으로 통일했다. 병장기의 길이와 쓰임새가 다르면 나한진에도 미세한 변화가 생기기 때문이리라.
　덕분에 지금의 십팔나한들은 열여덟 명이 마치 한 사람과 같은 움직임을 보이고 있었다.

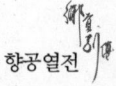
향공열전

무제선사의 입에서 미미한 한숨이 흘러나왔다.

'오늘의 십팔나한은 고적산인과 검성이라 해도 상대할 수 없을 터…….'

아쉽지만 서문영이 했던 기이한 말들은 기억 저편에 묻히게 될 것이다.

신승이라 불리는 자신조차 여전히 십팔나한의 문제에 대한 확신이 없으니, 다른 사람은 말할 것도 없다. 십팔나한은 다시 침묵속의 일상으로 돌아갈 것이고, 소림사는 이전처럼 무림의 태산북두로 기억되리라.

'그것이 옳은지 그른지는 하늘만이 알 일…….'

무제선사가 서문영의 사후(死後) 일처리를 생각할 정도로 상황은 서문영에게 불리해 보였다.

소림사의 사람들은 물론 구경꾼에 이르기까지 서문영이 십팔나한의 철장에서 무사하리라고 생각하는 사람은 없었다.

십팔나한의 철장에서 일어난 광풍이 서문영을 향해 휘몰아쳐 갔다.

순간 서문영의 신형이 하나에서 둘로, 둘에서 넷으로, 넷에서 여덟로 늘어났다. 절정에 이른 취팔선보가 펼쳐진 것이다.

갑작스러운 변화에 십팔나한의 움직임이 멈칫거렸다. 갑작스럽게 공격의 대상이 늘어나 당황한 것이다.

그 짧은 순간, 여덟 개로 늘어난 서문영의 검에서 검광이 치솟았다.

　　일검만천(一劍滿天) 만물무루(萬物無累).

　성무십결의 일단공이 펼쳐졌다.
　서문영의 검에서 뻗어 나온 검기가 여덟 명의 나한을 강타했다. 검기에 맞은 여덟 명의 나한이 석상처럼 굳었다.
　"헉! 모두가 실체다! 남김없이 쳐라!"
　원각이 호통과 함께 가까이 있는 서문영에게로 달려들었다.
　그제야 다른 나한들도 손이 닿는 거리에 있는 서문영에게 철장을 휘둘렀다.
　순간 서문영의 몸이 고속으로 회전하며 허공으로 떠올랐다.
　따다당. 따당. 챙.
　서문영의 박도와 철장이 만날 때마다 허공에서 불꽃이 튀었다.
　허공으로 떠오른 서문영의 몸이 가볍게 뒤집어지는가 싶더니 이내 지면으로 검광이 떨어져 내렸다.

　　오행기환(五行奇幻) 월양명휘(月揚明輝).

　성무십결의 오단공이다.
　검 하나당 다섯 개의 검영(劍影)이 쏟아져 내려오니, 그 숫자가 무려 마흔 개나 된다. 사십 개나 되는 검영이 나한들의 머

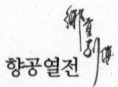
향공열전

리 위로 우박처럼 쏟아져 내렸다.

어떤 이는 멀리 몸을 피하고, 어떤 이는 철장으로 검영을 맞받아쳤다.

몸을 피한 이는 그나마 화를 피할 수 있었다. 그러나 오기로 검영을 맞받아친 나한들은 부서진 철장과 함께 지면으로 나뒹굴고 말았다. 검영은 철장을 부수고도 위력이 약해지지 않았다. 쓰러진 나한들의 몸 위로 번쩍이는 검영이 파고들었다.

지면을 구르다 검영에 맞은 나한들의 몸도 더 이상 움직이지 않았다.

겨우 몸을 피한 원각이 떨리는 음성으로 외쳤다.

"서문영! 우리는 처음부터 그대의 목숨을 취할 뜻이 없었다! 그런데 그대는 왜 우리의 목숨을 취하려고 하는가!"

"당신들의 목적이 무엇인지는 모르나…… 당신들의 목숨을 취한 사람은 내가 아니오."

"궤변이다! 그대가 지금 우리를……."

원각의 말이 끝나기도 전이다.

서문영이 멀찍이 떨어져 있던 원각과 원우(元宇)를 향해 바람처럼 달려갔다.

원각과 원우가 좌우로 갈라졌다.

그러나 두 사람은 서문영의 상대가 되지 않음을 알면서도 달아나려 하지 않았다. 오히려 서문영에게서 떨어지려 하지 않는 것처럼 보였다.

전법륜(轉法輪), 진리의 수레바퀴를 굴리다 65

서문영이 다가오자 원각과 원우가 철장을 미친 듯이 휘둘렀다.

서문영의 검 끝이 원우를 향했다.

눈부신 검광이 철장을 무시하고 원우에게로 날아갔다.

"헉!"

원우는 미처 피하지도 못하고 검광에 꿰뚫렸고, 그 즉시 움직임을 멈추었다.

서문영이 원각에게로 몸을 돌렸다.

"서문영! 실로 잔인하구나!"

원각의 외침에는 두려움과 절망이 가득했다.

서문영이 원각의 앞으로 성큼성큼 걸어가 물었다.

"그렇게 두려워하면서, 당신은 왜 나에게서 달아나려 하질 않습니까?"

"우리는 살기 위해 동문을 버리고 도망가지 않는다."

"아닙니다. 당신들 모두는 기회가 있었음에도 달아나지 않았습니다. 그것은 당신들이 나를 상대하기 위해 만들어졌기 때문입니다. 아시겠습니까? 당신들은 숨이 끊어지는 순간까지 내 앞을 막아서는 존재로 만들어졌다는 말입니다."

"나는…… 피하지 않았을 뿐이다."

"……"

원각을 지그시 바라보던 서문영이 박도를 갈무리했다.

"당신이 그렇게 생각하고 있다면, 더 이상 당신을 상대하지

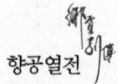

않겠습니다."

말과 함께 서문영이 돌아섰다.

하지만 어느 틈에 왔는지 원각이 서문영의 앞을 막아섰다. 그리고 어눌한 음성으로 말했다.

"나는…… 너를 상대할 것이다."

서문영이 씁쓰름한 눈으로 원각을 바라보았다.

"그것이 바로 당신의 사명이기 때문이지요."

원각이 고개를 저었다.

"너는 우리 십팔나한을 모두 죽였다. 무슨 면목으로 나 홀로 돌아갈 수 있다는 말이냐?"

서문영의 얼굴이 희미한 미소가 떠올랐다.

"좋습니다. 당신의 관점에서 말하자면, 십팔나한은 아직 죽지 않았습니다. 나는 단지 검기로 그들의 기운을 봉하였을 뿐입니다."

서문영이 원각의 눈을 응시했다.

"그래도 당신은 나를 포기하지 않겠지요?"

"……"

묵묵히 서문영을 바라보던 원각이 중얼거렸다.

"그렇다. 나는, 우리는…… 살아 있는 동안 그대를 상대하게 될 것이다. 왜 그래야 하는지 설명할 수는 없지만……."

"하아!"

서문영이 한숨을 길게 내쉬었다. 살아 있지만, 스스로의 의

지로 살아가는 것이 아닌 십팔나한을 보고 있자니 마음이 답답했다. 사람들과 똑같이 먹고, 마시고, 잠자며, 말한다는 것을 제외하면 강시와 다를 것이 없어 보였다.

"그래야 한다면, 그래야겠지요."

부우웅.

서문영의 말이 끝나기가 무섭게 원각의 철장이 날아왔다.

서문영이 미끄러지듯 움직여 철장을 한쪽으로 흘리고는 원각의 곁으로 성큼 다가갔다.

서문영과 원각의 눈이 허공에서 만났다.

순간 서문영이 한쪽 손을 번쩍 치켜들었다.

다음 순간 비어 있던 서문영의 손바닥 안에 금빛 찬란한 륜(輪)이 나타났다.

이윽고 금빛의 륜은 한 마리 새처럼, 서문영의 손을 떠나 원각에게로 날아갔다.

그리고는 번개처럼 원각의 머리를 관통했다.

순간 원각의 목에 걸려 있던 백팔염주가 산산이 부서져 사방으로 흩어졌다.

투두두둑.

곧이어 금빛의 륜은 하늘로 솟구쳤다. 마치 살아 있는 한 마리 불사조처럼 금색으로 빛나는 륜의 움직임은 표홀했다.

허공을 선회하던 금빛 륜은 이내 방향을 바꾸어 땅으로 떨어져 내렸다.

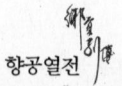
향공열전

그리고 눈 깜짝할 사이에 원우와 열일곱 나한의 머리를 통과 한 후, 다시 서문영의 손으로 돌아갔다.

순간 뻣뻣하게 굳어 있던 십팔나한의 몸이 천천히 무너졌다.

십팔나한이 지면에 눕자 눈부시게 빛나던 금빛의 륜도 홀연히 사라졌다.

나한들의 목에서 떨어져 나온 염주알들이 이리저리 굴러다녔다.

"저, 저건 대체……."

무제선사가 믿어지지 않는다는 눈으로 서문영의 손을 바라보았다. 비정상적이던 십팔나한의 언행도 놀랍지만, 서문영의 손에서 튀어나온 금빛의 륜은 더했다.

저것은 마치 부처님이 굴렸다는 전법륜(轉法輪)을 형상화 한 것 같지 않은가! 숫타니파타의 기록을 보면 부처님은 "나는 법의 바퀴[法輪]를 굴리러 까시의 성으로 가노라"라고 했다. 부처님이 말한 전법륜이란 "진리의 수레바퀴를 굴린다"는 것을 의미한다.

'그런데 왜 저 서문영의 손에서 떠오른 륜이 그 법륜인 것처럼 느껴질까?'

금빛의 륜에서 흘러오는 서기(瑞氣)는 그것이 인세(人世)의 것이 아님을 알 수 있게 했다. 하지만 부처님이 말한 법륜은 그저 진리의 가르침일 뿐이다. 서문영의 손에서 나온 륜은 진리의 가르침이라기보다는 상서로운 기운의 응집 같았다.

'모를 일이로다.'

고개를 설레설레 젓던 무제선사는 급히 십팔나한에게 달려갔다.

십팔나한은 평온한 표정으로 누워 있었다. 자연스러운 표정을 보니 '죽은 게 아니라 깊이 잠든 것 같다'는 생각이 든다.

무제선사는 혹시나 하는 기대 속에 조심스럽게 십팔나한의 맥을 잡았다.

하지만 이내 무제선사의 얼굴은 어두워졌다. 십팔나한은 잠자듯 평온한 얼굴이었지만, 애석하게도 숨은 끊어져 있었다.

무제선사의 입에서 장탄식이 흘러나왔다.

"하아!"

십팔나한이 이미 죽었다고 할 때에 각오한 일이었다. 하지만 막상 살아 움직이던 사질들이 시체로 변하자 참담했다.

소림사의 제자들이 우르르 달려왔다.

모두가 당혹감을 감추지 않았다.

십팔나한이 단 한 사람에게 목숨을 잃은 것이다. 그것도 등봉현에서 말이다.

서문영을 향한 적의와 두려움 속에서 소림사 제자들이 머뭇거리고 있을 때다.

무제선사가 우렁우렁한 소리로 외쳤다.

"십팔나한은 사술에 당해 이미 강시가 되어 있었다. 검공(劍

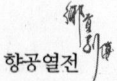
향공열전

公)이 금륜(金輪)의 대법으로 십팔나한을 성불시켜 주었으니, 소림사의 제자들은 오히려 그에게 감사를 해야 할 것이다. 나의 허락 하에 십팔나한을 성불시킨 것이니 검공을 원망하지 말라는 말이다."

"예……."

"예."

"알아들었으면 십팔나한을 소림사로 옮기도록 해라."

책임자라고 할 수 있는 무제선사가 소림사의 입장을 정리하자, 제자들도 우마차(牛馬車)를 구하기 위해 이리저리 뛰어 다녔다.

 소림사의 제자들은 시체를 치우는 동안 사람들이 가까이 오지 못하게 했다.

 그 바람에 서문영은 한동안 홀로 떨어져 있어야 했다.

 어느 정도 주변 정리가 끝나자 무제선사는 서문영에게 다가갔다. 십팔나한에게 일어난 일에 대해 묻고 싶은 것이 많았던 것이다.

 "감사합니다."

 서문영이 다가오는 무제선사에게 읍(揖)을 해보였다. 무제선사가 아니었다면, 오늘 일로 소림사와의 은원은 더욱 깊어졌을 것이다. 사질들의 죽음을 직접 보고도 적의 편을 들어 주기란 쉬운 일이 아니다. 지금도 미심쩍은 눈으로 자신을 바라보는 소림사 제자들이 많았다. 무제선사가 아니었다면 얼마나 일이 더 커질지 알 수 없는 노릇이었다.

"아니오. 마지막까지 빈승도 반신반의(半信半疑) 했었소……."

사실이다. 무제선사는 원각 하나가 남을 때까지도 완전히 믿지 못했다. 전부터 무제선사는 서문영에 대한 편견을 가지고 있었다.

서문영을 녹림도와 내통한 부패한 관리라고 생각했던 것이다. 그런 무제선사가 서문영을 믿게 된 것은 원각의 마지막 말 때문이었다.

"그렇다. 나는, 우리는…… 살아 있는 동안 그대를 상대하게 될 것이다. 왜 그래야 하는지 설명할 수는 없지만……."

그 한 마디 말로 인해 십팔나한과 서문영의 관계는 분명해졌다. 십팔나한은 정말 서문영 하나만을 위해 살아가는 사람들이었던 것이다.

"검기로 십팔나한의 움직임을 봉한 것은……. 자비심 때문이오?"

"……."

서문영은 대답하지 않았다. 자신이 법륜의 전승자이지만, 십팔나한을 성불시킨다는 것에 대해 망설였다. 그래서 머뭇거

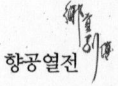
향공열전

리다 보니 점혈만 하게 된 것이다. 솔직히 그것이 자비심의 발로에서인지, 살인에 대한 거부감인지는 지금도 알 수 없었다.

"검공의 자비심 덕분에 빈승의 눈이 뜨였으니, 소림사와 검공을 위해서는 참으로 다행한 일이외다."

서문영이 단숨에 십팔나한을 죽였다면 무제선사의 마음도 지금과는 달랐을 것이다.

평소 서문영에 대한 좋지 않은 정보를 너무 많이 접한 탓이다. 하지만 오늘의 일로 인해 무제선사는 서문영에 대한 자신의 편견을 떨쳐 버릴 수 있었다.

그렇다고 해도 기분이 좋은 것은 아니다. 눈앞에서 사질들이 죽어가는 것을 보아야 했다. 이상하게 변했다고 해도 그들은 사질들이다. 그중에는 자신이 직접 무공을 가르친 제자도 있었다. 서문영에게 원한은 없었지만 마음은 무거웠다.

"아무쪼록 잘 수습해 주시기를 바랍니다."

"그 문제라면 염려하지 마시구려. 빈승이 고작 집법당의 수좌로 있지만…… 그래도 소림사에서 신승이라고 하면 제법 말이 서는 위치외다."

"예."

"그런데 소림사의 십팔나한을 누가……."

무제선사가 막막한 표정으로 서문영을 바라보았다.

자신이 아는 한 십팔나한을 상대할 수 있는 사람은 많지 않다. 아니 거의 없다고 해도 과언이 아니다. 고적산인과 검성이라고 해도 그토록 은밀하게 십팔나한을 제압하지는 못했을 것이다. 더구나 그들의 짧은 활동 경력을 생각하면 더더욱 불가능한 일이다.

　누군가와 은원을 맺을 틈도 없었다. 그렇다면 대체 누가, 그리고 언제 십팔나한을 죽이고 대법까지 걸었다는 말인가?

　"소림사를 드나들만한 인물이라면 단심맹과 관계된 사람이지 않겠습니까?"

　"빈승도 그렇게 생각하고는 있지만…… 단심맹을 드나든 사람들 중에는 그럴 만한 고수가 없었다는 것이 문제외다."

　"보이는 것이 전부는 아니니까요."

　"하아! 역시 그렇겠지요."

　무제선사가 한숨을 길게 내쉬었다.

　서문영의 말마따나 눈에 보이는 것이 전부는 아니다. 당장 눈앞에 있는 검공 서문영만 해도 평범해 보였다. 하지만 조금 전에 목격한 그의 무위는 상상을 초월한 것이었다. 어둠 속에 숨어 있는 흉수도 자신의 능력을 감추고 있을 것이다. 그렇게 생각하니 전율이 일어났다.

　대체 누가 그런 악마를 막을 수 있단 말인가?

　문득 서문영의 손에서 솟아났던 금빛 법륜이 떠올랐다. 악마를 상대하려면 그에 버금가는 능력이 있어야 하지 않겠는가?

　"그런데, 그 손에서 나온 것은 얼핏 법륜처럼 보이던데…… 혹시 그것이 바라밀교의 비전이오?"

향공열전

무제선사가 서문영의 손바닥을 유심히 살폈다.
"그렇습니다."
"그것의 이름을 가르쳐 줄 수 있겠소?"
"적멸의 륜이라고 합니다."
"아아! 적멸의 륜……."
무제선사가 고개를 끄덕였다. 그러고 보니 그 금빛의 륜에 맞은 십팔나한들이 잠자듯 쓰러졌다. 점혈이나 사람을 살상하는 기공과는 다른 모습이었다.

"혹시 이번 일에 대해 빈승이 더 알아야 할 것은 없소?"

무제선사는 강시술과 서문영의 기공에 대해 자세히 알고 싶었다. 앞으로 또 누가 강시술에 당할지 모른다는 위기의식 때문이다.

"고대의 바라밀교에 전해져 오는 보물은 네 가지가 있습니다. 무상의 법(法)과 적멸의 륜(輪), 그리고 불사의 인(印)과 사자의 서(書)가 그것이지요."

"아!"

"법륜(法輪)과 인서(印書)는 그 쓰임새가 각기 다르지요. 음양으로 비유 하자면 법륜은 양(陽)에 속하고, 인서는 음(陰)에 속하는 기물(奇物)입니다. 법은 내가기공과 비슷하고, 륜은 아까 보셨듯이 혼의 속박을 깨부수는 효능을 가지고 있습니다."

"아아!"

무제선사의 입에서 연신 탄성이 흘러나왔다. 역시나 하늘은 공평하지 않은가! 악마가 출현하면 반드시 그에 대적하는 신인(神人)도 나타나니 말이다.

　죽은 사람을 살리고 혼의 속박을 끊는다니? 서문영은 당연한 듯 말하고 있지만, 어느 것 하나 인간의 능력이라고 볼 수는 없었다.

"불사의 인은 몸에 도장을 새겨 불멸의 존재가 되는 것이며, 사자의 서는 죽은 사람을 되살리는 수법입니다. 십팔나한이 사자의 서에 의해 되살아난 경우이지요. 그들은 권능자가 부여한 어떤 목적을 위해 남은 생을 살아갑니다."

"허어! 그런 일이! 허면 사자의 서로 다시 살아난 사람을 어떻게 알아볼 수 있소?"

"저의 경우, 제 속에 있는 법륜의 울림으로 알 수 있었습니다. 법륜을 완성하기 전에는 저도 몰랐으니…… 다른 사람들 역시 알지 못할 것입니다."

"맞소. 나 역시도 사질들과 오랜 시간 함께 지냈지만…… 조금 이상하다는 것 외에 특별히 다른 문제는 발견하지 못했소이다. 자랑같이 들리겠지만, 우리 소림사에서 알아내지 못한다면 다른 누구도 알아낼 수 없을 것이오."

"그럴 거라고 생각합니다."

"……."

무제선사는 서문영을 새삼스러운 눈으로 바라보았다. 무공이 뛰어난 부패한 전직 관료로 알고 있었는데, 그와 관련된 일

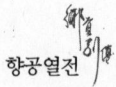
향공열전

들이 하나같이 범상치가 않다. 특히나 고대 바라밀교에 관한 것은 직접 목격하지 않았다면 믿어지지 않을 정도다.

남에게 들은 것과 실제의 모습이 너무 차이가 나서, 같은 사람인지 의심스러울 지경이었다. 하지만 검공 서문영의 이력이 너무 독특하니 동명이인(同名異人)일 리는 없다. 결국 소문이 크게 잘못된 것이리라.

잠시 침묵하던 무제선사가 담담한 음성으로 말했다.

"이 모두가 다 인연인 듯하오. 소림사의 무승들은 어제 단심맹으로 떠났다오. 빈승이 남아 있게 된 것은 십팔나한을 인솔하라는 장문인의 지시 때문이었소."

무제선사가 숭산이 있는 곳으로 시선을 돌렸다. 장문인은 십팔나한이 변한 것 같다며 잘 지켜봐 달라고 특별히 부탁을 했었다.

어디가 어떻게 달라졌는지 구체적으로 알지는 못했지만 뭔가 이질적인 느낌을 받은 것이 틀림없다. 그런 장문인에게 십팔나한의 죽음을 설명해야 한다고 생각하니 마음이 무거워졌다.

"십팔나한은 어제까지만 해도 선방(禪房)에 틀어박혀 미동도 하지 않았다오. 그러다 오늘 무슨 바람이 불었는지 모두가 선방을 나오지 않았겠소? 때마침 속가제자들이 올라와 도움을 요청하고…… 솔직히 빈승은 십팔나한과 함께 그대를 잡아 참회동에 가두어 둘 생각으로 하산(下山)했던 것이라오. 그런데 오늘 그대를 직접 만나고 보니 참으로 부끄럽구려."

"……."

"그대가 녹림과 내통을 했다는 죄목에 대해서도 조금 더 신중했어야 하는데…… 지금 돌아보면 무엇에 홀린 듯 생각이 짧았다고 밖에는…… 드릴 말씀이 없소."

서문영의 신위를 떠올리자니 녹림의 도적들과 내통을 했다는 말이 얼마나 무상한 소리인지 알 수 있었다.

십팔나한을 혼자서 상대하고도 남음이 있는 절대의 고수가 녹림과 내통해서 얻을 게 뭐가 있다고 그렇게 요란을 떨었는지!

"검공을 무림의 공적으로 만든 사람 중에 하나가 빈승이 아니겠소? 이제라도 빈승의 과오를 용서해 주시기 바라오."

무제선사가 서문영에게 고개를 숙였다.

인연이라고 한 것은 바로 이 말을 하기 위해서였다. 소림사에서 자신의 손으로 서문영의 죄상을 밝혀냈는데, 자신이 가장 먼저 사죄를 하게 생겼던 것이다.

"잘 알겠습니다. 그렇게 말씀해 주시니 감사합니다."

서문영은 무제선사의 사과를 선선히 받아들였다. 십팔나한과의 은원이 이미 사라진 뒤인지라 더 이상 소림사와는 시비를 가리고 싶지도 않았다.

"이번에 단심맹으로 가게 되면…… 검공이 억울한 누명에서 벗어날 수 있도록 힘써 보겠소."

"……."

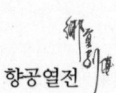
향공열전

서문영은 그 부분에 대해서는 뭐라 말하지 않았다. 소림사의 십팔나한이 대림사의 공원선사를 죽였지만, 십팔나한이 목숨을 잃었으니 은원이 상쇄되었다고 할 수 있다.
　하지만 단심맹은 그렇지 않았다. 담운은 물론 누구라도 독고현의 죽음에 책임이 있는 사람들은, 반드시 죽을 것이었다. 그런 이유로 서문영은 단심맹의 무림공적 소리가 그다지 귀에 거슬리지는 않았다.
　생각에 잠겨 있는 서문영의 귀로 무제선사의 담담한 음성이 들려왔다.
　"이제야 마음이 홀가분해 지는구려. 그건 그렇고 검공께서는 단심맹에 가실 일이 없소?"
　"단심맹이라면 조만간 방문할 계획입니다. 하지만 지금은 아닙니다. 지인의 치료를 위해 이곳을 떠날 수가 없는 상황이거든요."
　한순간 서문영의 눈에서 광망이 번득였다. 얼마 전의 일이 떠오른 것이다. 장안 근교에서 보국왕과 만날 즈음, 은밀히 단심맹을 정탐한 적이 있다.
　희대의 위선자 담운에게 받아낼 빚이 있어서다. 하지만 공교롭게도 담운은 모종의 일로 단심맹을 비우고 있었다. 담운이 늘 데리고 다닌다는 제자 금산인과 허임생도 보이지 않았다. 누구를 붙잡고 물어볼 처지가 아닌지라, 그날은 그냥 돌아서야 했다.

"아! 치료라면, 누가 아프신 거요?"

"예, 소생의 무공사부께서 내상을 입어 위중(危重)한 상황인지라……."

"어허! 그런 일이……."

검공 서문영의 무공사부가 내상을 입어 위태롭다는 말은 무제선사에게 충격이었다. 검공 서문영의 무공사부라면 실로 대단한 자가 아닌가!

"그분께서는 이곳에서 치료를 받고 계십니까?"

"아닙니다. 약을 구하기 위해 저와 송 호법님께서 이곳에 온 것입니다."

"송 호법이라면 본사의 속가제자를 말하는 것이오?"

"그렇습니다."

그제야 무제선사가 고개를 끄덕였다. 말썽을 피우고 달아났다는 속가제자 송안석이 갑자기 등봉현에 온 이유를 알 것도 같았다.

무림에서 내상에 특효라고 할 만한 비약을 가진 문파는 많지 않았다. 검공 정도의 인물이 구하는 약이라면 설마 대환단일까?

"혹여 소림사의 도움이 필요하시다면 말씀해 주시오. 힘닿는 데까지 도와 드리리다."

무제선사가 의미심장한 눈으로 서문영을 바라보았다. 소림사와 검공 서문영의 관계를 개선할 수만 있다면 무슨 일이든

향공열전

해줄 생각이었다.

"말씀만이라도 감사합니다."

서문영은 대환단이 필요했지만, 그 말은 차마 하지 못했다. 십팔나한을 성불시킨 자리에서 부탁할 말은 아니라고 생각한 것이다.

"참, 나중에라도 장안에 가게 되거든 조심하기 바라오. 전대(前代)의 살귀 하나가 출현하여 단심맹에 잡아 두었다는데…… 상황이 그다지 좋은 것 같지 않더이다."

"살귀요?"

서문영으로서는 처음 듣는 소리인지라 의아한 표정으로 되물었다.

"빈승도 자세한 이야기는 아직 모른다오. 다만 이 일로 고적산인과 검성께서 단심맹으로 가셨다는 소식밖에는……. 두 분이 가신다고 하니 별일이야 있겠소만, 반대로 말하면 그 두 분이 아니면 안 될 정도의 고수라는 소리이기도 하니……."

"그렇군요."

서문영은 고개를 끄덕였다. 무제선사는 단심맹을 도와 살귀를 처치했으면 좋겠다는 바람을 은연중에 내비치고 있었다. 하지만 애석하게도 자신에게는 단심맹에 그 정도의 애착이 없다. 게다가 지금은 설지의 약을 구하는 일이 더 중요했다.

"가르침 감사합니다. 조심하겠습니다."

서문영이 짧게 답하자 무제선사의 얼굴에 아쉬움이 가득했다. 무제선사가 보기에 서문영의 무위는 고적산인이나 검성의 아래가 아니었다. 단심맹의 일원으로 서문영과 같은 고수를 그냥 내버려 두고 가자니 발걸음이 떨어지지 않았다.

그렇다고 단심맹에 의해 무림공적이 되어버린 서문영에게 단심맹을 도와 달라고 말하기도 어려웠다. 서문영의 마음도 모르지만, 단심맹의 분위기도 자신할 수 없는 까닭이다. 괜히 서문영을 끌어들였다가 단심맹에서 일대격돌이 일어나기라도 한다면, 살귀보다 더한 악재가 될 것이 아닌가!

"그럼, 빈승은 이만……."

무제선사가 합장을 해보인 후 돌아서 갔다.

서문영은 한동안 무제선사의 뒷모습을 바라보며 자리를 떠나지 않았다.

"잠시 다녀오겠네."

그 말을 남기고 송안석이 황급히 무제선사의 뒤를 따라갔다.

고개를 갸웃거리던 서문영은 뒤늦게 자신의 머리를 툭 쳤다. 무제선사가 집법당의 수좌이니 사면을 청하러 간 것이 분명하다.

소림사 출신의 사람들과 다투지 않고 등봉현에 남아 있으려면 더더욱 무제선사의 말 한마디가 절실하니 말이다.

무제선사가 사라지자, 소림사 제자들의 봉쇄도 느슨해졌다.

잠시 후 조금씩 사람들의 왕래가 재개되자 서문영은 대림사

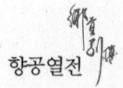

항공열전

사람들과 함께 객점으로 향했다.

 마주치는 사람마다 "대림사 천하제일"이라고 소리치며 서문영과 각원, 원명에게 엄지손가락을 치켜들어 보였다.

 서문영은 본래 떠들썩함을 싫어하는지라 어색한 표정으로 고개를 돌렸다.

 하지만 함께 가던 각원과 원명은 여유 있게 합장을 해보이며 화답했다. 지난 수백 년간 형성되어온 대림사의 열등감을 한순간에 날려 버린 날이니 자축하지 않을 수 없었던 것이다.

 물론 십팔나한의 일이 안됐기는 하지만 이미 오래전에 죽은 사람들이었다. 서문영이 그들을 성불시켜 주었다고 생각하면 마냥 슬퍼할 일도 아니지 않은가! 이래저래 대림사의 제자들에게는 기분 좋은 날이라고 할 수 있었다.

*　　*　　*

 호남성 장사(長沙)에 천명회가 자리를 잡았을 때, 사람들은 장사가 곧 망할 거라고 했다. 사파의 온갖 떨거지들이 몰려가 소란을 떨게 분명하니 망하지 않으면 이상하지 않겠는가! 하지만 그런 사람들의 예상은 무참히 깨졌다. 천명회가 장사에 자리 잡고 난 뒤, 장사는 오히려 이전보다 더 차분한 도시가 되고 말았던 것이다.

 많은 사람들의 예상과 달리 장사가 평화를 유지하게 된 것은 전적으로 칠대마인들 덕분이었다. 칠대마인은 하극상(下剋上)을 극도로 혐오해서, 아랫것들이 윗분들에게 기어오르는 꼴을 용납하지 않았다.

물론 윗분들은 칠대마인이고 아랫것들은 나머지 모두다. 칠대마인은 사파의 고수들이 장사에서 싸움을 벌이면 이유여하를 막론하고 병신을 만들어 쫓았다. 그렇게 무자비한 징치(懲治)속에 일 년이 지나자 장사는 사파인들의 성역(聖域)이 되고 말았다.

장사를 사파의 성역으로 만드는데 가장 큰 공을 세운 사람은 잔혈검귀와 옥면수라다. 본래 단심맹과의 전쟁이 벌어졌다면 두 마인이 그렇게 날뛰지도 않았을 것이다.

하지만 단심맹과의 전쟁이 차일피일 미루어지는 바람에 천명회의 충성심도 약해져 가는 듯하자, 두 마인은 기괴한 쪽으로 광기를 발산했다.

천명회, 아니 솔직히는 태상(太上)들의 권위를 위해 당분간 아랫것들을 쥐 잡듯이 잡기로 결의한 것이다. 장사의 주민들이 살맛나게 된 평화는 그런 이유로 만들어진 것이었다.

장사의 중심부에 성처럼 보이는 거대한 장원이 바로 천명회다. 본래 어느 몰락한 왕조의 왕족이 살던 곳인데, 소면시마가 헐값에 사들여 천명회의 본부로 사용하는 중이었다. 그중에서도 태상들이 모여 노닥거리는 곳은 장원에서 가장 경관이 좋

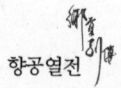

다는 풍월루(風月樓)다.

"요즘 소면시마가 안 보인다?"

혈불(血佛)이 천명회의 회주(會主) 도살어부(屠殺漁父)를 야릇한 눈으로 바라보았다.

흑룡채의 채주로 떵떵거리며 지내다가 얼떨결에 회주가 된 도살어부가 급히 머리를 조아렸다.

"하남성에 가신 것으로 알고 있습니다."

"하남성에는 왜?"

도살어부의 눈알이 정신없이 돌아갔다. 소면시마의 일이라면 자다가도 일어나 딴죽을 건다는 혈불의 질문이다.

까딱 잘못했다가는 흑룡채의 채주가 갈릴지도 모를 일이었다. 물론 흑룡채의 채주가 갈리면 천명회의 회주도 갈린다. 한마디로 쫄딱 망하고 마는 것이다.

"아! 예, 그것이 두어 달쯤 전에 벌어졌던 일 때문인 줄로 압니다."

"무슨 일?"

이번에는 무료한 표정으로 빈둥거리고 있던 잔혈검귀까지 관심을 보였다. 소면시마 같은 마인이 하남성까지 달려갔다니 궁금한 모양이다. 그것도 다른 태상들에게는 아무런 언질도 없이 말이다. 물론 할 일이 없으니 절로 관심이 가는 것뿐이지만 말이다.

도살어부가 가볍게 몸을 떨었다. '칠대마인이 관심을 보이면 반드시 혈풍(血風)이 분다'는 사파인들의 격언 때문이다.

"그러니까 그때 무슨 일이 벌어졌냐면 말입니다. 십대문파 제자로 보이는 놈이 은밀하게 포목점(布木店)에 드나든다는 첩보를 입수해서 급습한 적이 있었습니다. 알고 보니 단심맹의 장사 분타더군요. 그날 포목점을 급습한 수하들 중에 삼로(三老)라는 하오문의 늙은이들이 있었는데……."

"아, 씨벌, 짧게 좀 하자."

잔혈검귀가 짜증을 내자 도살어부의 목소리가 더욱 빨라졌다.

"예, 예, 그 삼로라는 하오문의 늙은이들이 그 자리에서 공천(孔泉)이라는 놈을 하나 생포했는데, 그 공천이라는 놈이 호남성 출신의 무당파 속가제자라고 하더군요."

"아! 그래서 뭐? 그 별 볼일 없는 무당파 놈 하나 때문에 하남성까지 갔다는 거냐?"

"예. 속하는 그렇게 알고 있습니다."

도살어부는 저도 모르게 회주의 체면도 잊고 납작 조아렸다.

"헐! 저런 병신을 회주로 앉혀 놓은 놈이 누구지?"

옥면수라가 한심하다는 눈으로 도살어부를 내려다보았다.

도살어부의 상체가 가볍게 흔들렸다. 이제는 정말 채주도 갈리고, 회주도 갈릴 일만 남은 셈이었다.

녹림의 도적들 가운데 가장 잘 나간다던 동정호의 흑룡채

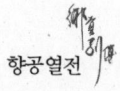
향공열전

채주로 살던 과거가 그리웠다. 소면시마가 마인들을 끌고 내려와 "네가 천명회 회주다"라고 할 때만 해도 천하를 다 가진 듯했다. 그러나 이제는 채주 자리도 보존하기 어려운 지경이 되고 말았다.

"흥! 바보들끼리 누구 탓을 한담?"

초혼요마의 냉소에 풍월루는 한순간 고요해졌다.

옥면수라가 이를 갈며 되물었다.

"으드득. 그렇다면 너는 소면시마가 하남성에 간 이유를 알고 있다는 말이냐?"

"나는 그런 늙은이의 일에 관심이 없거든."

"너도 어차피 모르면서 왜 다른 사람을…… 비방하느냐!"

"호호호! 나는 알고 싶지 않으니까 생각을 하지 않을 뿐이야. 내가 아주 조금이라도 관심을 두고 생각하면 바로 알게 되지. 하지만 너희들은 미치도록 알고 싶어도 모르잖아? 그러니 바보들이랄 밖에."

"다, 닥치거라!"

"저 이기적인 주둥아리는 정녕……."

잔혈검귀와 옥면수라가 끓어오르는 노기를 참지 못해 부들부들 떨었다.

하지만 그뿐이다. 소면시마마저 없는 지금 초혼요마를 당해낼 마인은 없었다. 그렇다고 보란 듯이 합공을 할 수도 없다. 다른 사파인들의 눈과 입이 두려운 까닭이다. 칠대마인은 무공이 큰 차이가 없는 것으로 알려져 있다.

그런 상황 속에서 합공을 하면 이겨도 진 것이고, 만에 하나 지기라도 한다면 곧바로 은거를 해야 한다. 그것이야말로 꿈속에서라도 칠대마인이 합공을 하지 않으려는 이유였다.

소란스러움을 뚫고 스산한 음성이 흘러나왔다. 혈불의 목소리였다.

"요마야, 우매한 우리 늙은이들을 위해서 관심을 조금 기울여 주면 안 되겠느냐?"

"그래도 주제를 아는 늙은이가 있으니 신경을 조금 써 줄까나?"

"그래, 네가 약간의 신경을 써서 모두에게 좋은 일이 생긴다면…… 그것이야말로 보살행이 아니겠느냐?"

"허! 아무리 그래도 그렇지 어째 저런 요물이 보살이 될 수가 있겠나?"

"보살 다 죽었지…… 씨벌!"

잔혈검귀와 옥면수라가 반사적으로 비아냥거렸다. 아무리 궁하다고 해도 초혼요마에게 보살이라는 말은 정말 어울리지 않는다고 생각한 것이다.

초혼요마가 손에 들고 있던 책으로 시선을 돌리며 중얼거렸다.

"싫으면 말고."

순간 소면시마의 일에 지극한 관심을 가지고 있던 혈불이

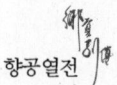

향공열전

버럭 소리쳤다.

"이 미친놈들아! 어차피 다 빈말인 것을 알면서 왜들 훼방이냐! 네놈들은 소면시마가 어디서 무슨 짓을 하고 다니는지 궁금하지도 않느냐! 그 음흉한 놈이 칠대마인이라는 이름을 어떻게 팔아먹고 다니는지 알고 싶지도 않냐는 말이다!"

그제야 잔혈검귀와 옥면수라가 딴청을 부렸다. 확실히 그들도 소면시마가 왜 하남성으로 달려갔는지 궁금했던 것이다.

두 마인이 수그러드는 듯하자 혈불이 억지로 웃으며 다시 물었다.

"요마야, 보살행이나 다시 하자꾸나. 그 빌어먹을 놈이 왜 하남성에 갔는지 너는 알고 있느냐?"

"어깨 위에 달린 건 잠잘 때 베개 위에 얹어 놓으라고만 있는 건 아니니까."

"허허, 그래 무슨 이유인지 나도 좀 알자꾸나?"

"알아 뭐하게?"

초혼요마가 천연덕스러운 표정으로 혈불을 바라보았다.

혈불이 주먹을 쥐락펴락하며 겨우 흥분을 가라앉히고 답했다.

"아무섯노 보르면서 그놈에게 끌려 다니고 싶지 않아서다. 천명회를 만들어 단심맹을 처단하자고 하더니, 처단은 개뿔! 너는 이 웃기는 평화가 너무 길다는 생각이 들지 않느냐?"

"아하! 이제 보니 싸우고 싶어 안달이 난 거야?"

"아니, 그놈의 말대로 되는 게 하나도 없었다는 뜻에서 한 말이다."

"좋아. 나와는 전혀 관계없는 일이지만 가르쳐 주지. 귓구멍을 후비고 잘 들어야 할 거야. 이 아름다운 아가씨께서는 두 번 말하기를 싫어하니까."

초혼요마가 오연한 표정으로 세 명의 마인을 둘러보았다.

세 명의 마인은 인상을 구겼지만 이 순간만큼은 아무도 발작을 하지 않았다.

"삼로라는 하오문 출신의 늙은이들이 무당파 속가제자인 공천을 잡았다면서? 뻔한 거 아냐? 삼로와 공천 사이에 뭔가 뒤구린 일이 있었겠지. 출세하고 싶은 삼로가 소면시마에게 보고했을 거고, 소면시마는 하남성으로 간 거야. 요즘 단심맹의 분위기가 이상하다니까, 겸사겸사 내막도 알아보고, 이용해 먹을 게 있나 슬쩍 떠보겠다는 거겠지. 그렇게 머리 쓸 일은 대신 해줄 사람이 없잖아. 여기도 돌, 저기도 돌이니……."

듣고 있던 도살어부가 고개를 주억거렸다. 자신이 하지도 않은 말을 초혼요마는 너무도 잘 알고 있었다. 그러니 요마라고 하는 것일까?

혈불이 그런 도살어부에게 시선을 돌렸다. 도살어부가 감동한 얼굴로 고개를 끄덕이니 뭔가 이상하다는 생각이 든 것이다.

"어부야, 너는 지금 요마의 말이 맞다고 고개를 끄덕이고 있는 게냐?"

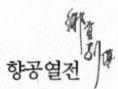
향공열전

"예, 예, 그렇습니다. 요마님의 말씀이 확실히 맞습니다."
"요마의 말이 그럴 듯하지만, 그걸 어찌 확신하느냐?"
"아! 그것은 하오문의 삼로가 처음 찾아온 사람이 바로 속하였기 때문에, 감히 그렇다고 말씀 드리는 것입니다."
"이 똥물에 담궈 죽일 개놈아! 네놈이 처음부터 그렇게 설명했다면 내가 요마에게 묻지 않아도 되는 일이 아니더냐!"
"헉! 그것이, 검마(劍魔: 잔혈검귀)께서 짧게 말하라고 하셔서……."

잔혈검귀가 옆에 있던 의자를 도살어부에게 냅다 집어 던졌다.

"에라! 이 병신 같은 새끼야! 아무리 짧게 말하라고 해도 그렇지! 정작 중요한 얘기는 다 건너뛰고 말하면 되느냐! 그냥 이 길로 단심맹의 문지기에게 찾아가서 그 더러운 목이라도 내밀어라. 쌀이 아깝다! 쌀이 아까워!"

콰지직.

도살어부의 몸에 맞은 의자가 박살이 났다.

도살어부가 어깨를 움츠리며 더욱 쪼그라들었다.

"왜? 짧게 말하란다고 앞뒤 다 떼고 결론만 말하더니, 단심맹에 가서 죽으라는 말은 왜 못 따라하느냐! 이 동정호에 떠다니는 똥 덩어리 같은 놈아!"

"왜 소심한 어부를 괴롭히는 거야? 시키는 대로 한 죄밖에 더 있어? 나중에 난리 칠 거였으면 처음부터 찬찬히 이야기를 듣던지."

초혼요마의 말에 잔혈검귀가 입술을 실룩였다.

그 와중에도 뭔가 골똘히 생각하던 혈불이 결심한 듯 자리에서 벌떡 일어섰다.

"더 이상 소면시마의 꿍꿍이에 놀아나면 안 돼!"

"어쩌자고?"

옥면수라가 혈불을 바라보며 인상을 찡그렸다. 소면시마가 하는 짓이 마음에 들지 않았지만, 그렇다고 당장 뾰족한 수가 있는 것도 아니지 않은가?

"여러분, 나에게도 소식통은 있소이다. 지금 단심맹은 전대의 영웅 한 분이 단신으로 쳐들어가서…… 아주 작살이 난 상태요."

"헐! 정말이오?"

"오오! 어느 선배께서 그런 일을?"

"확인되지는 않았지만 마제 화운비의 제자라는 풍문이 떠돌고 있소."

"……."

마인들의 눈빛이 복잡해졌다.

단심맹을 홀로 뒤흔들어 놓은 것까지는 좋은데, 마제 화운비의 제자라면 이야기가 좀 달라진다. 칠대마인이 감당하기 버거운 상대일 수도 있었다.

만약 그게 사실이라면 천명회의 최고 지도자인 태상보다 더

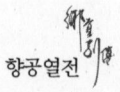

높은 자리를 내주어야 할지도 모른다. 사파 최고의 자리에서 밀려날지도 모른다는 생각은 그다지 기분 좋은 것이 아니었다.

"마제 화운비의 제자를 상대하기 위해 단심맹에서 고적선사와 검성을 불러들였다고 하오. 십중팔구는 죽겠지만…… 잘돼야 양패구상(兩敗俱傷)일 거라는 게 나의 생각이외다."

"쯧쯧!"

"헐! 그런……."

안타까운 말과 달리 잔혈검귀와 옥면수라의 표정이 밝아졌다.

"흥! 부끄러운 줄도 모르고……."

초혼요마의 비웃음에 잔혈검귀와 옥면수라가 다시 인상을 찡그렸다.

초혼요마는 남부끄러운 장면에서 단 한 번도 곱게 넘어가 주는 일이 없었다. 마치 백도의 협객이라도 되는 듯이 매사에 정정당당한 척을 했다. 만약 그녀가 무림고수들의 정혈을 갈취하여 죽이지만 않았다면, 칠대마인이 아니라 무림성녀라고 해도 될 판이다.

참다못한 잔혈검귀가 나직이 중얼거렸다.

"씨벌, 사내의 성혈이나 쏙쏙 빨아 먹는 주제에…… 고고한 척은……."

그러나 다음 순간 잔혈검귀는 자신의 방정맞은 입을 저주해야 했다. 초혼요마가 냉기가 풀풀 날리는 음성으로 물었던 것이다.

"잔혈검귀, 살기가 지겨워진 거냐? 동정호에 가서 빠져 죽지 않은 것을 보니, 풍월루에 피칠을 하고 싶었구나?"

초혼요마의 몸에서 일어난 살기가 잔혈검귀의 전신을 강타했다.

잔혈검귀가 초혼요마의 살기를 당해내지 못하고 땀을 줄줄 흘리며 말했다.

"느, 늙은이가…… 노망이 들었는지…… 실언을 했다. 너와 내가 싸우다가 풍월루가 부서지기라도 하면…… 어디 가서 경치를 즐길 테냐……. 회, 회를 위해서라도…… 용서해라……."

"……."

그러나 초혼요마는 소름끼치도록 잔인한 눈으로 잔혈검귀를 노려보기만 했다.

돌변한 초혼요마의 분위기에 당사자인 잔혈검귀는 물론 옥면수라와 혈불까지도 당황한 표정이다. 그들도 초혼요마가 지금처럼 화를 내는 것은 본 적이 없었던 것이다.

칠대마인의 세 사람이 초혼요마의 눈치를 살피는 기괴한 광경에 놀란 사람은 명목상 회주인 도살어부다. 도살어부는 초혼요마의 무공이 저 정도나 될 줄은 몰랐다. 아무리 봐도 세 명의 마인은 초혼요마가 뿜어내고 있는 요기(妖氣)에 눌려 있었다.

"흥!"

냉소와 함께 요기가 씻은 듯이 사라졌다.

그제야 다 죽어가던 잔혈검귀의 얼굴에 생기가 돌았다.

혈불이 재빨리 화제를 돌렸다.

"나무(南無)…… 무량혈불(無量血佛)…… 입들 지나치지 않게 놀리고, 어린 아가씨의 마음이란 본래 변화무쌍한 것이니…… 다들 적당한 선에서…… 그러려니…… 반 푼쯤 양보도 하면서 이해합시다. 우리가 자중지란(自中之亂)을 일으켜봐야 단심맹의 위선자들만 돕는 것이니…… 매사에 그러려니…… 하면서……."

죽이면 죽였지 평생 중재라는 것을 해본 적이 없는 혈불이다. 초혼요마와 잔혈검귀의 싸움을 말려야 한다는 일념에 안 하던 짓을 하려니 혀가 뻣뻣해질 지경이었다.

그래도 혈불은 "그러려니"라는 말을 대여섯 번쯤 반복했다. 여기서 칠대마인이 싸우게 되면 천명회는 분해가 된다. 그 뒤로 칠대마인의 운명은 뻔하다. 단심맹의 추격대에 각개격파 당하는 것이다.

'안 되지. 안 되고말고.'

비록 소면시마가 마음에 들지 않지만, 초혼요마가 쉬지 않고 속을 뒤집어 놓지만, 그래도 칠대마인이라는 이름으로 뭉친 덕에 지금까지 살아 있는 것인지도 모른다.

솔직히 무림사에 칠대마인보다 더 흉악한 인물이 많았지만, 그들 중 어느 하나도 칠대마인만큼 장수하지는 못했다. 모두가 뭉치지 못한 까닭이다.

"우리는 뭉쳐야 하오."

가슴 절절한 혈불의 마지막 말에 다들 인상을 찡그렸다. 하지만 그 말에 반박한 사람은 없었다. 초혼요마조차도 그 말은 비웃지 않았다.

"단심맹이 우환꺼리를 만났을 때야말로 우리가 움직여야 할 때라고 생각하오. 평화가 너무 길다 보니 내분까지 생길 뻔하지 않았소?"

"어쩌자는 말이오?"

옥면수라가 기대가 가득한 눈으로 혈불을 바라보았다. 혈불의 말을 듣고 있자니 이제는 한바탕 싸우자고 하는 것 같다. 아닌 게 아니라 너무 몸을 사리고 있자니 '이래서야 천명회를 만든 의미도 없다' 는 생각이 들던 참이다.

"오악검파(五嶽劍派; 무당, 화산, 청성, 곤륜, 공동) 놈들이 만든 추혼대(追魂隊)의 분대(分隊)가 호북성 무한에 있다는 첩보가 있소. 일단 놈들을 없애고, 내친김에 조금 더 북상하여 단심맹의 분위기까지 염탐하자는 게 나의 생각이오. 봐서 단심맹의 전력이 시원치 않다 싶으면 바로 박살을 내버리고, 아니다 싶으면 돌아와 소면시마가 꾸미는 일에 동참하는 것이 어떻겠소?"

"노부는 무조건 찬성이오. 사실 그동안 너무 소면시마에게 의지한 것도 있소. 우리가 추혼대를 없애면 소면시마도 고맙

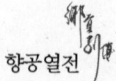
향공열전

게 생각할 것이와다."

말과 함께 옥면수라는 초혼요마를 노골적으로 바라보았다. 초혼요마가 반대하면 골치가 아프게 되니 어떻게든 설득할 생각이었다.

그러나 무슨 일인지 초혼요마는 생글생글 웃으며 화답했다.

"잘됐네. 나도 슬슬 지겨워지던 참이야. 오랜만에 여행이나 좀 즐겨볼까? 이왕이면 단심맹까지 가보는 게 어때? 무서우면 말고."

"……."

옥면수라의 얼굴이 어색하게 굳었다. 천하의 칠대마인에게 무서우면 관두라니? 죽어도 단심맹에 가자는 말보다 더 한 소리가 아닌가!

'이런 씨벌! 좀 봐줄만 하면 저 지랄이니. 나중에 어떤 놈이 데려갈지 참 궁금하구나.'

마음과 달리 옥면수라는 만면에 환한 미소를 지어 보였다.

"요마도 좋다고 하니 만장일치(滿場一致)로구먼. 이 정도면 소면시마도 나중에 뭐라고 못 할 테지!"

옥면수라는 자리에도 없는 소면시마를 새삼 들먹였다. 어지간히 신경이 쓰이는 모양이나.

혈불과 잔혈검귀도 미미하게 고개를 끄덕여 보였다.

그리고 잠깐 동안이지만 세 사람의 시선이 허공에서 얽혔다. 순간 세 사람 모두의 얼굴에 야릇한 미소가 스치고 지나갔

전쟁의 씨앗 101

다. 이른바 말이 필요 없다는 염화미소(拈華微笑)다. 지금까지 천명회를 이끌어 온 것은 소면시마라고 해도 과언이 아니다. 그런데 소면시마가 없는 동안에 천명회를 움직여 추혼대와 싸우기로 결정한 것이다. 그것은 지금까지 주인 행세를 하던 소면시마의 뒤통수를 후려친 것과 같았다.

잠시 후 혈불이 도살어부에게 일갈했다.

"도살어부는 들어라! 태상들이 직접 추혼대를 치러 갈 것이다! 천명회 최고의 고수 삼백을 모아라!"

"존명(尊命)!"

천명회 회주 도살어부가 주먹을 불끈 말아 쥐며 답했다. 단심맹 최고의 무력단체인 추혼대를 치러 간다는 말에 잔뜩 긴장한 것이다.

지금까지 녹림은 오악검파를 보면 꼬리를 말고 달아났다. 그러던 녹림이 드디어 오악검파를 향해 먼저 칼을 빼들게 생겼다.

도살어부의 목울대로 마른침이 꿀꺽 하고 넘어갔다.

말 그대로 '모 아니면 도'인 상황이 벌어지게 된 것이다. 이제는 천명회가 망하든, 단심맹이 망하든 달려가는 수밖에 없다.

천명회와 단심맹의 전쟁은 그렇게 예고 없이 시작되고 있었다.

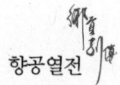
향공열전

제4장
끼리끼리 잘 사는 법

 석양 무렵 하남성 낙양(洛陽)의 여래객점(如來客店)에 네 사람의 노인이 찾아들었다. 낙양의 외곽에 자리한 이유도 있지만, 워낙 낡고 오래된 객점이라 손님은 거의 보이지 않았다. 계산대에 앉아서 졸고 있던 객점의 주인이 졸음이 가득한 눈으로 손님들을 바라보았다.
 "어서옵…… 헛!"
 노인들 중 하나를 알아본 주인이 화들짝 놀란 얼굴로 자리에서 일어섰다.
 노인이 짜증스럽게 손을 휘저었다.
 그제야 자신의 실태를 알아챈 주인은 자연스러움을 가장해 노인 일행에게 다가갔다.

"어서 오십쇼. 어떻게 모실 깝쇼?"

"주인장, 별채가 있으면 비워 주시오."

"아! 예! 마침 비어 있는 별채가 있는데, 지금 그리로 모실 깝쇼?"

"그럽시다. 그리고 잠시 후에 고 노야(孤老爺)를 찾는 사람이 하나 올 거요. 그럼 별채로 안내해 주시구려."

"예, 그렇게 하겠습니다. 저를 따라오십시오."

주인이 쪽문을 열고 별채가 있는 곳으로 앞장섰다.

네 명의 노인이 그 뒤를 따라 안으로 들어갔다.

별채로 들어가자마자 세 명의 노인은 누가 시키지도 않았는데 후다닥 아래쪽으로 내려가 자리를 잡았다.

상석에 홀로 남겨진 노인이 세 노인을 내려다보며 말했다.

"고(孤) 가만 자리에 남고, 둘은 나가서 주변 동정을 살피도록 해라. 행여나 그놈이 다른 생각을 가지고 온다면 귀찮아질 수도 있으니."

"예, 예."

노인 둘이 나가고 고 노야라던 한 사람만 자리에 남았다.

고 노야가 상석에 앉아 있는 소면시마의 눈치를 살피며 운을 뗐다.

"태상님, 설마 그놈이 다른 마음을 먹을 리가 있겠습니까?

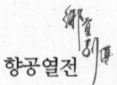
항공열전

그놈이 제자들을 시켜 무슨 짓을 벌였는지 태상께서 다 알고 오셨는데요."

"유비무환(有備無患)이라고 했느니……. 본래 위선자들일수록 생각지도 못한 흉악한 술수를 다 부리는 법이니라."

"옳으신 말씀이십니다."

"……"

두 사람 사이에 잠시 침묵이 흘렀다.

무료해진 소면시마가 고 노야에게 물었다.

"너희가 하오문의 삼로라고 했더냐?"

"예."

"이번에 너희가 큰 공을 세웠으니 돌아가면 중책을 맡길 것이다."

"견마지로(犬馬之勞)를 다하겠사옵니다."

"글줄이나 읽은 모양이로군."

"헛! 태상의 심기를 어지럽혔다면 용서해 주십시오."

고 노야가 납작 엎드렸다.

소면시마의 취향을 모르니 무조건 빌고 보는 것이다.

"……"

그런 고 노야를 바라보던 소면시마가 가볍게 인상을 찡그렸다. 하오문의 사람이라 그런지 지나치게 굽실거린다는 생각이 들었던 것이다.

소면시마는 한마디 하려다가 그냥 고개를 돌리고 말았다.

어차피 노는 물이 다르다. 이번 일이 끝나면 다시 볼 일이 없는 늙은이들이 아닌가! 특별히 은밀함을 요하는 일에 길잡이 겸, 증인으로 데리고 나온 것뿐이었다.

'하오문의 놈들이 다 그렇지……'

소면시마는 나중에 삼로에게 어떤 일을 맡겨야 할지 잠시 망설였다. 하지만 딱히 떠오르는 게 없었다. 워낙 하오문이 저급한 까닭이다.

차라리 녹림의 도적이라면 그들을 위해 어떤 자리를 마련해주는 게 좋은지 금방 알 수 있다. 하지만 하오문은 녹림의 도적보다 한참 아랫줄이었다.

결국 소면시마는 다시 묻는 수밖에 없었다.

"원하는 것이 있으면 말하라."

"저희 삼로로 하여금 대륙의 하오문을 지배할 수 있게 해주시면…… 소원이 없겠사옵니다."

고 노야가 기다렸다는 듯 답했다. 이 한마디를 하기 위해 오랜 세월 천명회의 주변을 맴돌았다. 다소 억지스럽더라도 꼭 해야 할 말이었다.

소면시마가 새삼스러운 눈으로 고 노야를 바라보았다. 모든 하오문을 지배하고 싶다는 말은 의외였던 것이다.

'지금까지 하오문 중에 저런 생각을 가진 자가 있었던가?'

당연히 모른다. 하오문을 모르니 그런 자가 있었는지도 알 수가 없는 것이다. 하지만 지금 고 노야의 표정은 무림의 맹주

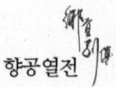

자리를 달라고 하는 것만큼이나 장엄해 보였다.
"흠! 하오문의 맹주가 되고 싶다는 말이냐?"
"그러하옵니다."
눈치로 먹고사는 고 노야였지만, 이 부분에 있어서는 말을 돌리지 않았다. 괜히 소면시마가 다르게 받아들이면 곤란했던 것이다.
"그것은 너의 바람이냐? 삼로의 바람이냐?"
"저희 삼로의 바람이옵니다."
"한 산에 호랑이가 셋이나 살 수 있다고 생각하느냐?"
고 노야가 소면시마의 눈치를 살피며 답했다.
"하오문은 단심맹이나 천명회와는 달라서 그것이 가능하옵니다. 속하 혼자서 다스릴 수 있는 능력도 없지만……."
소면시마는 문득 하오문의 삼로에 대해 궁금해졌다. 아무리 작은 문파라 하더라도 최고 권력은 나눌 수가 없는 법이다.
그런데 삼로가 원하는 것은 대륙의 모든 하오문을 통괄하는 자리다. 그런 자리를 달라고 하면서 권력을 나눌 수 있다고 하니 신기했던 것이다.
"삼로……. 대체 너희는 어떤 인간들이냐? 한날한시에 태어난 형제라도 되느냐?"
말을 하면서도 소면시마는 고개를 갸웃거렸다. 설사 그런 형제라 할지라도 권력은 나누지 못한다는 것을 알기 때문이다.
"아니옵니다. 저희는 그저 하오문에서 만난 사람들이옵니다."

"전혀 피가 섞이지 않았다?"
"예."
"재밌는 자들이로군. 그런데……."
 소면시마가 말끝을 흐리며 고 노야를 바라보았다.
 아까 고 노야가 한 말이 은근히 신경에 거슬렸던 것이다.
"너는 분명히 하오문은 천명회와 달라 셋이서 다스릴 수 있다고 했다. 그 말은 무슨 뜻이더냐?"
 현재 천명회는 다섯 명의 태상이 다스리고 있었다. 그런데도 고 노야는 단심맹처럼 한 명이 다스릴 수밖에 없다는 식으로 말했다. 태상 중의 하나이자, 천명회의 실제 지배자인 소면시마에게 의미심장한 소리가 아닐 수 없었다.
"단심맹과 같은 거대 집단과 맞서야 하는 천명회니…… 단심맹처럼 맹주가 필요하지 않겠사옵니까? 일사불란(一絲不亂)한 움직임을 위해서라도 언젠가는……."
"네 말에도 일리는 있으나 우리 태상들은 권력을 잡기 위해 천명회를 만든 것이 아니다. 그러니 살아서 하오문의 맹주가 되고 싶으면 함부로 입을 놀리지 말거라."
"예."
 고 노야는 더 이상 토를 달지 않았다. 자신의 뜻이 충분히 전해졌다고 생각한 까닭이다. 그게 아니라면 "살고 싶으면 입을 놀리지 말라"는 경고도 하지 않았을 것이었다. 소면시마는 지금까지 누군가에게 경고를 한 적이 없기 때문이다.

"너는 아직 하오문의 삼로에 대해 설명하지 않았다."

소면시마가 화제를 돌렸다. 하오문의 조무래기들과 천명회의 운영을 두고 대화를 나누고 싶은 마음이 없는 까닭이다.

"예, 삼로에 대해 간단히 설명 드리자면, 속하는 고 노야라 불리 우는데 각종 독(毒)과 떳떳하지 못한 약을 제조하고 유통하는 일을 하옵니다."

"그쯤은 들어서 알고 있느니……."

무당파와 고 노야의 관계에 대해 듣다 보니 절로 알게 된 사정이었다.

"염소수염의 늙은이가 관(棺) 노야인데 각종 암기를 제조하여 유통시키고 있사옵니다. 그리고 입이 무거운 늙은이는 무명(無名) 씨인데…… 하남성 살수들은 거의 다가 그의 제자라고 할 수 있습니다."

"오호! 독과 암기와 살수라……."

소면시마가 이해했다는 듯 고개를 끄덕였다. 삼로가 왜 붙어 다닐 수 있는지도 어렴풋이 알 것 같았다.

서로 전문분야가 다르니, 저렇게 어울려 다니며 부족한 점을 채우는 것이리라.

'과연 하오문의 늙은이들이로군…….'

무림에 널리 알려진 살수들은 혼자서 독과 암기까지 잘 다룬다. 그런데 저 하오문의 세 늙은이는 평생토록 한 가지씩만 팠다.

끼리끼리 잘 사는 법 111

그리고도 하오문에 몸담고 있다는 말은 여전히 그 분야에서 경지가 깊지 못하다는 뜻이다. 만약 그 한 가지 길로 이름을 얻었다면, 하오문에서 떠나 이미 일가(一家)를 이루지 않았겠는가! 평생 외길을 가고도 대성(大成)하지 못한 인간 셋이 늘 그막까지 한 몸처럼 뭉쳐 다니고 있다니…… 어찌 보면 대견하고, 어찌 보면 비루해 보인다. 실로 하오문스럽지 아니한가!

소면시마는 삼로에게 향하던 일말의 호기심을 거두어 들였다. 사람이 기대하는 것과 눈앞에 나타난 결과는 이처럼 다른 것이다.

소면시마가 관심을 끊자 고 노야도 입을 다물었다. 칠대마인의 앞에서 묻지도 않았는데 혼자서 주절거릴만한 담력을 가진 사람은 많지 않았다.

그러는 가운데 해가 졌다.

유등(油燈)이 하나둘 밤을 밝힐 무렵, 소면시마가 기다리던 손님이 찾아왔다.

어둠 속에서도 방문객은 죽립을 깊게 눌러쓰고 있었다.

죽립인은 선뜻 별채로 오르지 못했다. 별채에 있는 사람이 소면시마라는 것을 알기에 더욱 그런지도 모른다.

정파인 치고 소면사마의 앞에서 주눅이 들지 않는 사람은 없었다. 웃으면서 시체를 먹는 마인이 소면시마였던 것이다.

별채 안에서 소면시마의 음성이 흘러나왔다.

"어서 들어오시오. 우리 사이에 내외(內外)할 일이 뭐가 있

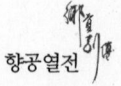

겠소."

 순간 죽립인의 전신에서 살기가 치솟았다. 무림 최악의 마두가 자신을 향해 친근한 척 "우리 사이" 운운하니 분노한 것이다.

 잠시 망설이던 죽립인은 체념한 듯 살기를 지우고 별채로 올라갔다. 어쨌든 자신은 저 소면시마를 만나야 했다. 아무리 모멸감으로 속이 뒤집혀도 들어가야 만날 수 있지 않은가!

 죽립인은 방 안으로 들어가서도 죽립을 벗지 않았다. 소면시마에게 얼굴을 보이지 않으려는 것이다. 어쩌면 그것이 그의 마지막 자존심인지도 몰랐다.
 하지만 무림의 대마두이자, 먹이 다루기에 능한 소면시마가 그런 것을 용납할 리가 없다.
 "그대가 얼굴을 보이지 않으면 무당파의 장로인지, 하오문의 늙은이 중에 하나가 수작을 부리는 것인지 어찌 알겠는가?"
 죽립인이 허리에 차고 있던 고풍스러운 검을 슬쩍 내보이며 말했다.
 "이것은 나의 상징과도 같은 무망(無妄)이오. 나의 신분을 의심하지 마시오."
 무망은 무당파 장로이자 단심맹 총관인 담운(淡雲)의 애검(愛劍)이었다. 물론 그 사실을 아는 사람은 그리 많지 않지만 말이다.

눈치를 살피고 있던 고 노야가 소면시마에게 시선을 돌렸다. 소면시마의 뜻을 알고 싶었던 것이다.

소면시마가 가소롭다는 표정으로 고개를 저었다.

눈치 빠른 고 노야가 한마디 거들고 나섰다.

"미안한 말이지만…… 은자 한 냥이면 그것과 같은 검을 나도 들고 다닐 수 있소이다. 우리 태상께서 원하시는 것은 그런 신외지물(身外之物)이 아니외다."

"……"

죽립인의 숨결이 거칠어졌다. 한눈에 보아도 시정잡배로 보이는 늙은이가 자신을 모욕하고 있었다. 하지만 그 말이 딱히 틀린 것도 아닌지라 맞받아치지 못했다.

무거운 침묵이 별채를 맴돌았다.

더 이상 아무런 진전이 없자 아쉬운 담운이 죽립을 벗었다.

담운은 죽립을 벗으면 탄식을 터뜨렸다.

"하아! 제자를 잘못 두어 이런 수치를 당하게 되는구나. 빈도가 담운이오. 귀하가 무슨 의도로 그런 편지를 보냈는지 모르지만, 나는 제자들에게 대림사에 독을 풀라고 명하지 않았소. 과거 하오문에 몸담고 있던 제자 하나가 그런 짓을 벌인 것이오. 그건 다른 제자들도 증언해 줄 것이오."

"허허, 알 만한 사람들끼리 왜 이러시나. 만약 너의 그 말이 사실이었다면, 너는 이 자리에 나오지도 않았을 것이다. 네가 이 자리에 나왔다는 것은 스스로 떳떳하지 못하기 때문이지.

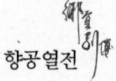

구차하게 내가 그런 것까지 지적을 해줘야 하겠느냐?"

소면시마는 담운의 기를 꺾기 위해 하대를 했다.

담운은 감히 소면시마에게 대들지 못하고 검을 쥔 손만 부르르 떨었다. 소면시마가 대뜸 자신을 어린아이 다루듯 하니 분노한 것이다.

"네 옆에 있는 고 노야가 바로 칠보단장산을 판 사람이다. 이제라도 서로 통성명을 하는 게 어떻겠느냐? 흐흐흐."

계속된 조롱을 견디다 못한 담운이 이를 갈며 말했다.

"내 비록 제자를 잘못 두어 이 지경에 처하게 되었지만…… 더 이상의 모욕은 참지 않겠소. 말장난은 그만하고 나에게 원하는 바가 있으면 말하시오."

"단심맹의 총관으로 있다더니 제법 머리가 돌아가는구나. 좋다. 내가 원하는 것은 너의 위치에서 어렵지 않은 일이다."

"무엇을 원하는 거요?"

"단심맹에서 추혼대나 천의대를 파견할 때마다 그 인원과 목적을 나에게 알려야 한다는 것이다."

"허허! 당신은 감히 나를 세작(細作)으로 쓰겠다는 것이오?"

"세작이라니 그 무슨 격이 떨어지는 소리냐? 그저 서로 간에 피해 없이 살아가자는 바람에서 하는 소리다. 너도 도사이니 죽고 죽이는 일이 좋지만은 않을 것 아니냐?"

"……"

"너를 세작으로 쓸 생각이었으면 단심맹의 동향을 알려달라고 했을 것이다. 하지만 내가 원하는 것은 단심맹의 내부 문제가 아니다. 당장 만나면 칼부림이 일어날 수밖에 없는 추혼대와 천의대의 행보다. 물론 그 정보는 서로에게 이로운 쪽으로 사용될 것이다."

"……."

담운이 기이한 눈으로 소면시마를 바라보았다. 단심맹을 와해시키기 위해 정보를 빼내라고 하는 줄 알았는데, 하는 말을 들어 보면 그렇지만도 않은 듯했다.

"네가 믿든 말든…… 나는 단심맹과 천명회가 평화롭게 공존하기를 바란다."

"단심맹을 없애기 위해 천명회를 만든 사람이 하는 말을 믿으라는 것이오?"

"그것은 너의 오해다. 우리 칠대마인이 천명회를 만든 것은 단심맹으로부터 우리 자신을 지키기 위해서지, 결코 단심맹을 없애기 위해서가 아니다."

"설사 당신의 말이 사실이라고 해도, 그것은 단지 당신의 꿈에 불과하오. 단심맹은 칠대마인을 결코 용납하지 않을 테니까……."

"호호, 그러니 너희가 움직일 때 정보를 달라고 하는 것이 아니냐? 너희를 치기 위해서가 아니라 불필요한 싸움을 피하기 위해서 말이다."

"거부한다면?"

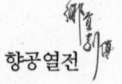

소면시마가 말없이 한 장의 종이를 내밀었다.

"너의 제자 공천이 직접 쓰고 수결까지 한 벽보다. 서문영을 암살하라는 스승의 지시와 대림사에 하독을 하기까지의 과정이 소상히 적혀 있지. 지금까지 만들어 놓은 것이 백 장쯤 된다. 네가 허락한다면, 단심맹과 등봉현 일대에 붙일 생각이다."

"감히 그따위 거짓 벽보로 나를 협박하는 것이오!"

"거짓인지 아닌지는 붙여 보면 알게 될 일. 아니면 말고. 그렇지 않으냐? 단심맹의 총관이라면 좀 더 대범 해야지."

"……."

담운이 부들부들 떨며 소면시마를 노려보았다.

소면시마가 만면에 미소를 띠우며 말했다.

"내가 원하는 것은 피차간에 불필요한 피를 흘리지 않기 위한 사전 정보일 뿐이다. 나의 제안이 오히려 구도자(求道者)의 입맛에 맞을 것 같은데. 강호의 기인들 치고 사마외도(邪魔外道)와 교분을 맺어보지 않은 자가 없다. 그러니 너도 천명회에 대해 너무 편견을 가지지 말도록 해라. 너희가 잘 쓰는 말 중에 활검(活劍)이라는 경지가 있지 않느냐? 우리가 하고자 하는 일이 바로 그 활검이다. 너희는 너희대로 우리는 우리대로 각자 잘 살자는 말이니까 말이다."

"좋소. 당신이 볼모로 잡고 있는 나의 제자를 돌려준다면…… 그렇게 해 드리겠소."

"호호! 역시 생각이 트인 사람이었군. 그렇게 하지. 하지만 그전에 네가 해줄 일이 있다. 나에게 추혼대와 천의대의 움직임에 대한 정보를 넘겨야 한다는 것이다."

"천의대는 맹으로 귀환하고 있는 중이오. 그리고 추혼대는……."

소면시마가 담운의 말을 잘랐다.

"아, 잠깐! 앞으로도 나를 찾아와 떠벌릴 생각이라면 그렇게 해도 된다만, 그게 아니라면 서찰을 써라."

"그건…… 불가(不可)하오."

"그렇다면 우리의 거래는 끝이다. 돌아가서 벽보를 뗄 준비나 하거라."

"……."

묵묵히 방바닥을 내려다보던 담운이 맥 빠진 음성으로 물었다.

"허면, 앞으로도 서찰을 보내야 한다는 소리요?"

"그렇다."

"내 주변에는 그런 일을 시킬 만한 사람이 없소."

"그건 네가 신경 쓰지 않아도 된다. 너는 서찰을 내가 지정하는 장소에 두기만 하면 된다."

담운이 한숨을 내쉬었다. 그곳은 아마도 천명회의 위장지부이리라. 소면시마는 도저히 빠져나갈 틈이 없게 몰아붙이고 있었다.

"그곳이 어디요?"

"먼저 서찰을 써라. 그러면 장소도 가르쳐 주고, 공천도 넘겨주겠다."

"휴! 알겠소. 무림의 평화를 위해 서로 맞부닥치지 말자는 선배의 제안을 받아들이겠소. 그러나 만약 천명회에서 천의대와 추혼대를 선공(先攻)하는 날에는 우리의 관계도 끝임을 명심하시오. 내가 선배에게 정보를 주고자 하는 것은 전면전을 피하기 위해서 이니까."

담운은 대마두 소면시마를 선배라고 바꾸어 불렀다. 개인비리를 덮기 위해서가 아니라 대의(大義)를 위해 알려 주겠다는 뜻이 그 한마디 속에 담겨 있었다.

"그건 염려하지 말게. 지역의 작은 분쟁이라면 모를까, 고수들을 동원해서 천의대와 추혼대를 기습하는 일은 없을 것이네."

방금까지 하대를 하던 소면시마 역시 부드럽게 말을 바꾸었다. "시키는 대로 하겠다"는 담운을 괜히 자극할 필요가 없기 때문이다.

담운은 먹을 갈아 천의대와 추혼대의 행보를 적어 소면시마에게 넘겼다.

소면시마가 글을 읽으며 중얼거렸다.

"날빌(達筆)이로군!"

"……"

약점을 틀어쥔 자의 여유가 묻어나는 혼잣말이다.

담운은 애써 듣지 못한 척하며 주변을 둘러보았다. 그리고 마음을 가라앉혔다. 어차피 이런 은밀한 거래는 모든 것을 걸어야 한다. 소면시마와의 거래가 들통 나면 자결 아니면 은거다. 물론 담운은 후자를 생각하고 있었다.

"단심맹의 맞은편 골목에 건양서림(建陽書林)이라는 고서점(古書店)이 있네. 그 주인에게 넘기면 되네."

"알겠소."

담운은 그나마 다행이라는 표정이었다. 만약에 기루나 객점으로 가져다주는 것이었으면 곤란할 뻔했다는 생각에서다.

"그런데 단심맹에 무슨 일이 벌어진 건가? 요즘 들어 움직임이 영……."

"이미 어느 정도 알고 있으리라고 생각하오만."

"흐흐, 우리는 한배를 탄 사람들이 아닌가. 자세히 알려 주게."

담운이 복잡한 표정으로 소면시마를 바라보았다.

무림 최악의 공적 칠대마인과 한배를 탔다고 하니 기분이 묘했다.

하지만 문득 '듣던 것 보다 칠대마인이 악독하지 않다'는 생각이 든다. 소문에 의하면 기분 내키는 대로 살인을 하고 시간(屍姦)은 물론 인육까지 먹는다고 했는데, 실제로 본 소면시마는 차분하고 이성적이었다. 물론 저 저속한 웃음은 여전히 귀에 거슬리지만 말이다.

"마제 화운비의 전인으로 보이는 고수가 쳐들어와 외당 당주 석장명을 비롯한 오십여 명의 경비무사들을 죽였소. 화산

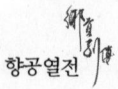
향공열전

파 장문인 태허자께서 화운비의 신물이던 적혈비(赤血匕)로 그를 단심맹에 잡아 두고 있는 형편이오. 선배는 혹시 그 괴인의 정체를 아시오?"

"헐! 마제 화운비의 전인이라고? 나 역시도 그 괴인이 누군지 궁금하구먼. 마제 화운비의 이름은 우리 같은 사마외도에게는 전설이라네."

"그가 삼백 년 전의 천하제일이었다는 것은 나도 알고 있소."

"흐흐, 하지만 그분이 곤륜검선(崑崙劍仙)의 제자였다는 것을 아는 사람은 거의 없지."

"곤륜검선의 제자는 금룡진인(金龍眞人)이 아니오?"

금룡진인은 삼백 년 전 곤륜파 장문인으로 화운비가 사라진 뒤에 강호를 뒤흔들었던 고수다.

지금도 곤륜파하면 금룡진인이 먼저 떠오를 정도로 유명한 사람이었다. 금룡진인의 스승이 곤륜검선이니 담운이 의아해하는 것도 당연했다.

"곤륜검선에게는 두 명의 제자가 있었다네. 첫째가 화운비고 둘째가 금룡진인이지."

"아!"

담운의 입에서 탄성이 흘러나왔다. 그게 사실이라면 무림에 알려지지 않은 비사였다. 그런데 곤륜파의 제자가 어쩌다가 희대의 살성이 된 것일까?

"마제 화운비는 곤륜산에서 우연히 습득한 마공을 연성하다가 파문당했다네. 워낙 은밀하고 신속하게 처리해서…… 사람들은 마제 화운비가 곤륜파 출신이라는 것을 모르고 있지."

"그런 일들을 선배는 어찌 아는 거요?"

"나는 스승에게 전해들은 것이네. 사조(師祖)께서 마제 화운비의 도움을 받은 적이 있다고 하시더군. 아마도 그때 알게 된 것이겠지."

"마제 화운비의 신물인 적혈비에 대해 아는 것은 없소?"

"흐흐, 이제 보니 적혈비의 내력이 궁금한가 보군. 그것은 본래 곤륜검선이 화운비에게 물려준 용린이라는 보물이라네. 영성이 있는 보물이라 용린 때문에 화운비가 파문을 당했다고 해도 과언이 아니지."

"그건 무슨 소리요?"

"화운비가 마공을 익힌 것은 곤륜검선도 몰랐다네. 그런데 화운비의 마공이 깊어지자 용린까지도 마기에 물이 든 거지. 화운비는 자신의 마기를 감출 수 있었지만 용린의 마기는 그러지 못했다네. 결국 용린이 마기에 물들자 곤륜검선도 알게 된 거지."

"아!"

"곤륜검선이 용린을 빼앗아 그것으로 화운비의 가슴을 찔렀다지? 화운비는 고작 마공 하나 때문에 사제 간의 정리를 저버린 곤륜검선을 원망하며 천장단애(千丈斷崖)로 투신(投身)하

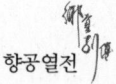
향공열전

고…… 그날 이후로 곤륜파의 제자 화운비는 세상에서 영원히 사라지게 된 거지."

"화운비는 가슴에 용린을 박고 절벽에서 떨어지고도 죽지 않았구려."

"용린의 마기와 그가 익힌 마공 덕분에 산 것으로 알고 있네. 그 절곡에서 상처를 치료하고 마공을 다 익힌 뒤 무림에 나온 게지. 마제 화운비의 전설은 그렇게 해서 시작된 것이라네. 화운비는 자신의 가슴에 박혔던 용린을 적혈비라고 불렀지."

담운이 궁금하다는 듯 물었다.

"화윤비가 곤륜파의 무공을 버리고 취할 정도로 대단한 그 마공은 무엇이오?"

"혈사문(血師門)의 비기인 혈마기공(血魔奇功)이라네. 마도인들이라면 꿈에서라도 한번 익혀 봤으면 하는 마공이지."

"헐! 혈사문이라면 설마 혈마(血魔)가 세웠다는 그 혈사문을 말하는 거요? 그건 이미 오백 년 전에 사라진 것으로 알고 있는데……."

혈사문의 혈마는 소림사의 달마에 비견되는 전설상의 마인이다. 하지만 그런 혈마가 세운 혈사문은 십 년을 가지 못했다. 어이없게도 혈사문이 몰락하게 된 것은 문주인 혈마의 마기 때문이었다.

문도들 대부분이 혈마가 내뿜는 마기를 견디지 못한 것이다. 결국 혈마는 스스로 혈사문을 떠났고, 혈사문은 몰락했다

정파에게는 복이고, 사파에게는 날벼락과 같은 일이었다.

"화운비 같은 곤륜파의 고수가 익힐 마음이 들었다면 바로 그 혈사문이겠지."

"허어! 그런 일이……."

담운이 고개를 설레설레 저었다. 만약 화운비의 전인이 혈마기공을 익혔다면, 마제 화운비가 다시 나타난 것과 비슷하지 않겠는가!

"자네는 내가 마제 화운비의 이야기를 소상히 전해 준 이유를 아는가?"

"그것에 무슨 이유가 있었소?"

담운이 고개를 갸웃거렸다. 소면시마의 의도를 알 수가 없었던 것이다.

"나는 단심맹과 천명회가 적당히 세를 유지하며 양립(兩立)하기를 바라네. 정사(正邪)가 음양(陰陽)처럼 서로의 영역을 침범하지 않고 존재하는 것이지."

"그것과 마제 화운비의 전인이 무슨 관계가 있소?"

"마제 화운비의 전인은 단심맹에도 좋지 않겠지만, 천명회에도 반가운 사람은 아니라네."

"……."

담운이 알 듯 말 듯한 눈으로 소면시마를 바라보았다.

답답한 듯 눈알을 이리저리 굴리던 소면시마가 대뜸 말했다.

"좋아! 우리 사이에 감출게 뭐가 있겠나. 내 까놓고 말함세.

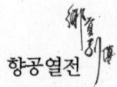
향공열전

천명회는 우리 칠대마인의 것이라네. 우리는 천명회에 마제 화운비의 전인이 개입하는 것을 원하지 않아. 그뿐 아니라 마제 화운비의 전인에게 사마외도의 눈이 쏠리는 것도 싫다네. 그러니 단심맹에서 그를 확실히 처리해 주게."

"선배가 말하지 않아도 단심맹과 그 괴인은 이미 불구대천의 원수요. 하지만 단심맹에서 그를 처리할 수 있을지 없을지는 자신할 수 없소. 고적산인과 검성을 초대했지만…… 솔직히 그분들이 그 괴인을 당해낼 수 있을지도 미지수요."

"이 사람아! 내 얘기를 무엇으로 들었는가? 마제 화운비가 살아난 것은 적혈비의 마기 때문이라고 하지 않았는가? 모르긴 몰라도 그 후인 역시 적혈비의 마기에 영향을 받을 걸세. 적혈비를 부수면 마인도 큰 타격을 받을 게 분명해. 고적산인과 검성이라면 그 틈을 잘 이용할 수 있을 걸세."

"……"

담운이 반신반의의 표정을 짓자 소면시마가 말을 이었다.

"자네는 설마하니 내가 마제 화운비의 전인을 사마외도의 영웅으로 만들어 주기 위해 이렇게 구차한 부탁을 하고 있다고 생각하는가?"

"……"

담운이 소면시마의 집요한 시선을 외면했다. 아무리 소면시마에 대해 잘 알지 못한다 해도, 타인에게 호의를 베풀 정도의 사람이 아니라는 것쯤은 알 수 있다. 천명회를 향한 그의 야망을 생각해도 그건 있을 수 없는 일이었다.

"마제 화운비의 전인에게는 적혈비가 중요한 기물인 게야. 그렇지 않다면 단심맹까지 단신으로 쳐들어갈 리가 없지. 그러니 무조건 적혈비부터 없애 버리게. 적에게 중요한 것은 먼저 없애는 것이 싸움의 기본이지 않은가?"

"쉽지 않은 일이오. 괴인과 장문인들이 적혈비를 약속의 증표로 사용한 이상······."

"알아서 하게. 어차피 단심맹의 일이니까. 마제 화운비의 전인이라면 단심맹에서 목숨을 부지하기란 쉬운 일이 아닐 걸세. 고적산인과 검성을 믿는 건 자유지만 나름 손을 써두는 것도 좋지 않겠나? 물론 자네가 알아서 할 일이겠지만."

"선배의 가르침은 염두에 두겠소."

"······."

담운은 더 이상 그 문제에 대해 할 말이 없다는 태도를 취했다. 사실 적혈비에 대해 담운이 뭐라고 결정할 수 있는 위치도 아니었다.

그런 담운의 처지를 이해한 소면시마는 더 이상 강요하지 않았다.

잠시 후 소면시마가 서찰을 접어 품에 갈무리했다.

"술이라도 한잔 했으면 좋겠지만 자네가 사양할 것 같아 준비하지 않았네."

"공천은 언제?"

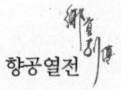

담운의 관심은 온통 공천에게 가 있었다.

피식 웃던 소면시마가 고 노야를 향해 시선을 돌렸다.

"너는 가서 공천을 데리고 오너라."

"예."

고 노야가 급히 방을 빠져나갔다.

소면시마가 변명처럼 말했다.

"자네의 제자는 다른 곳에 있다네. 고 노야가 데리러 갔으니 조금만 기다리면 만날 수 있을 게야. 이해해 주게. 매사에 조심하는 게 좋으니까."

"……."

담운은 눈을 지그시 감았다. 빨리 이 빌어먹을 공간에서 벗어나고 싶다는 마음뿐이었다.

"참! 서문영과 은원이 있는 모양인데……."

담운의 눈이 번쩍 뜨였다. 소면시마 같은 마두가 서문영에게 관심을 두고 있다니 의외였다.

"그를 아시오?"

"불구대천(不俱戴天)의 원수가 아니라면 그를 그냥 내버려 두는 것이 좋을 걸세."

"무슨 소리요?"

"그는 요마(妖魔)의 정인(情人)이라네. 그러니 그를 건드리면 요마가 가만히 있지 않을 게야. 나는 자네가 칠대마인과 얽히지 않기를 바라네. 물론 이것 역시 강요하는 것은 아니니 마음

대로 하게. 강호란 어차피 적자생존(適者生存)의 세계이니까."

"왠지 서문영과 요마를 함께 없애야 한다는 말로 들리는구려?"

담운의 눈에서 안광이 번득였다. 서문영을 위하는 듯하지만 그 속에 담긴 뜻은 흉흉했다.

서문영을 건드리지 말든지, 요마도 함께 제거하라는 것이다. 아마도 후자(後者)가 소면시마가 진정으로 바라는 것이리라. 속이 뻔히 보이는 차도살인(借刀殺人)이다.

'과연 칠대마인이로구나.'

담운이 쓴웃음을 지었다.

요마가 어지간히 눈에 거슬렸나 보다. 보나마나 천명회를 장악하기 위한 속셈이리라. 서문영이 끔찍이도 싫었지만, 요마까지 상대하고 싶지는 않았다.

'당분간 서문영을 잊어야겠군.'

담운은 소면시마의 꼭두각시가 되고 싶은 생각은 없었다. 지금은 칠대마인과 개인적인 은원까지 만들어 갈 상황도 아니다.

소면시마와 얽히게 된 것도 죽을 맛인데, 신출귀몰한 요마까지 자기를 노리게 만든다는 것은 상상하고 싶지도 않았다.

"서문영이 요마의 정인이었다니 뜻밖이오. 서문영의 문제는 찬찬히 생각해 보도록 하겠소."

"그러든가."

소면시마가 시큰둥한 표정으로 대꾸했다.

'이놈, 서문영에 대한 원한이 생각보다 깊지 않았나 보군.'

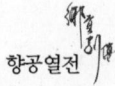
향공열전

실망스러우면서도 한편으로는 의외였다. 고작 요마가 두려워 포기할 정도밖에 안 되는 은원으로 독까지 쓰다니? 그 성정이 어떠한 사람인지 알만 하지 않은가!

두 사람이 각자 상대에 대해 생각하고 있을 때 고 노야가 한 사람을 데리고 들어왔다. 담운의 속가제자 공천이었다.

갑자기 소면시마가 자리에서 일어나 성큼성큼 걸어 나갔다.

"사제 간에 재회의 정을 나누게 해줘야겠지."

고 노야가 영문을 모르겠다는 듯 멍하니 서 있다가 급히 소면시마를 따라 나갔다.

"사, 사부님, 감사합니다."

공천이 엉거주춤하게 서서 담운의 눈치를 살폈다. 담운에게 지은 죄가 있는지라, 구출당한 것을 마냥 기뻐할 수만도 없는 상황이던 것이다.

"고생했다."

"죄, 죄송합니다. 용서해 주십시오."

공천이 무릎을 꿇었다.

담운이 안쓰럽다는 표정으로 공천을 바라보았다.

"아니다. 니의 질못이 아니니 자책하지 말거라. 누구라도 그런 상황에서는 그렇게 했을 것이다."

"크흑! 감사합니다!"

스승의 인간적인 위로에 공천이 눈물을 흘렸다. 마음속에 맺혔던 온갖 감정들이 하나씩 풀어지는 기분이었다.

"그래, 다른 일은 없었더냐?"

벽보를 쓴 것 이외에 다른 일이 또 있었는지를 묻는 것이다.

공천이 황급히 고개를 저었다.

"없습니다. 그들은 저에게 벽보만 쓰라고 했습니다."

"네가 쓴 벽보를 아는 자는 누구냐?"

"소면시마와 삼로라는 늙은이들입니다."

"그나마 다행이로구나. 그런데 네가 본 천명회는 어떠하냐? 단심맹에 맞설 만하다고 생각되더냐?"

"그건…… 죄송합니다. 저는 천명회에는 가보질 못했습니다. 삼로라는 늙은이들에게 잡혀 창고에 갇혀 있다가…… 이곳으로 끌려왔습니다."

"저런, 그랬구나. 알겠다. 좀 쉬도록 해라. 원기를 회복하면 네 사형제들을 만나러 가자꾸나. 그들은 이곳에서 멀지 않은 곳에서 기다리고 있다."

"예."

잠시 후 담운이 눈을 감고 운기조식에 들어갔다.

공천도 부랴부랴 가부좌를 틀고 앉았다. 스승과 함께 먼 길을 가려면 몸에 쌓인 피로를 회복해야 하기 때문이다.

원기를 회복한 담운과 공천이 여래객점을 나선 것은 자정(子正; 밤 12시)이 지나서였다.

내친김에 낙양을 벗어난 담운과 공천은 허름한 관제묘에서

하룻밤을 보냈다.

 날이 밝아오자, 담운은 자리에서 일어나 행장을 꾸렸다.
 "너도 나를 탓하지 말거라. 누구라도 이렇게 했을 것이다."
 "……."
 죽은 지 제법 된 듯 생기를 잃은 눈동자가 허공을 응시하고 있었다.
 담운은 품안에서 사기로 된 병을 꺼냈다. 오늘을 위해 준비한 뼈까지도 녹인다는 화골산이었다.
 담운이 공천의 몸 위로 화골산을 뿌렸다.
 혹시라도 흔적이 남을까봐 구석구석 아끼지 않고 뿌려댔다.
 "부디 좋은 곳으로 가거라……."
 소면시마와 거래를 하기로 한 순간부터 담운은 독해지기로 마음먹었다. 어차피 돌이킬 수 없게 된 일이다. 그렇다면 좀 더 자신을 위해 살아도 되지 않겠는가! 지금까지는 소극적으로 대처했지만 이제는 다르다. 무엇이든 처음 한번이 어려울 뿐이다.
 공천의 몸이 서서히 녹았다. 녹은 물은 이내 바닥으로 스며들었다.
 "너무 외로워하지 말아라. 네 사형세들노 곧 네 뒤를 따라갈 것이다. 맹주가 되는 날, 너희들을 위한 충혼탑을 세워 주도록 하마."

제5장
금강(金剛)의 눈 속에 보검이 있다

　십팔나한들과의 싸움 이후에 서문영은 대림사로 거처를 옮겼다. 뒤늦게 소문을 듣고 몰려온 무림인들 때문이다. 단심맹에 속하지 않은 무림인 중에 '이름 좀 날린다'는 고수들은 거의 다 등봉현으로 몰려왔던 것이다.

　그들 중 서문영에게 호의를 보인 사람도 있지만, 대부분은 서문영에 대한 적의를 감추지 않았다.

　일단 단심맹에 의해 서문영이 무림공적으로 선포된 것이 그 원인이었다. 이래저래 단심맹에 한 다리 걸치지 않은 사람이 없는 까닭이다.

　계속된 시비와 비무 요청에 너더리가 난 서문영은 용문객점을 떠날 수밖에 없었다.

때마침 고적산인으로부터 "태청단의 제조에 들어갔다"는 연락을 받은 것도 이유 중 하나였다. 용문객점은 하는 일 없이 누군가를 기다리며 지내기에는 너무 시끄러운 곳이었다.

대림사로 가기 전에 서문영은 송안석을 성가장으로 돌려보냈다. 태청단의 제조에 최소한 보름이 걸린다니 그동안 소환단이라도 써보자는 생각에서다. 병세에 도움이 될지도 모를 소환단을 이대로 묵히는 것이 아까웠던 것이다.

대림사에서 서문영의 일과는 단순했다.

장경각에 수집된 경서들을 읽거나 산책하기가 전부였다.

물론 시도 때도 없이 부르는 마타선사와의 대화도 주된 일과 중 하나였다.

"허허, 이제야 얼굴에 개기름이 좀 흐르는구나. 마음이 편해졌다는 증거인 게야."

"예."

마타선사의 말에 서문영이 희미하게 웃어 보였다. 확실히 대림사에서 지내는 요 며칠 동안에는 조급한 마음이 들지 않았다.

대림사와 독고현의 원수가 누구인지도 알고, 어떻게 할지도 결정했다. 설지의 약은 만들어지고 있는 중이다. 아무래도 전처럼 미로(迷路)에 빠진 느낌은 아니었다.

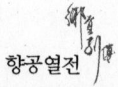

"네 덕분에 대림사의 승방도 꽉 차버렸다. 절반이 넘는 사람이 무승(武僧)이라는 게 좀 문제지만. 대림사에도 천하제일의 무공은 있으니까. 허허허!"

마타선사는 무승들 생각만 해도 웃긴지 한참을 유쾌하게 웃었다. 본래 대림사에도 전해져 오는 무공은 있다.

다만 그게 천하제일인지 아닌지는 모르지만 말이다. 하지만 전설의 구마선사(驅魔禪師)가 익힌 것도 그것이니 영 틀려먹은 것은 아닐 것이다.

"참, 무승들이 너의 지도를 원하고 있으니 당분간 그것으로 밥벌이를 하도록 해라."

"저는 대림사의 무공을 모르고 있는데요?"

마타선사가 탁자 위로 세 권의 책을 올려놓았다.

"대림사권법총람(大林寺拳法總覽)과 항마금강권(降魔金剛拳), 범천십이검(梵天十二劍)이다. 대림사 개파 이래로 전해져 오던 것들이니 읽어 두도록 해라."

"그렇게 귀한 것을……."

서문영은 선뜻 책을 손에 잡지 못했다. 대림사의 기원을 잘 아는 터라 감히 손을 뻗을 수가 없었던 것이다.

"모두 필사본이니 신경 쓰지 말아라."

"그래도……."

"허허, 장경각에 가면 같은 책이 서너 권씩 꽂혀 있느니라. 너는 대림사의 무공이 무슨 절세의 신공인줄 아느냐? 그랬다면 벌써 다 털렸을 것이다."

"예."

그제야 서문영은 세 권의 책을 조심스럽게 집어 들었다.

"장경각의 무술서고에 가면 잡다한 몇 가지 책들이 더 있으니 시간 날 때 읽어 두도록 해라. 혹시 무승들이 막히면 너를 찾아갈 수도 있으니까 말이다."

"그렇게 하겠습니다."

서문영은 스스로를 대림사의 제자로 생각하고 있는지라 마타선사의 말을 당연한 것으로 받아들였다. 아니 오히려 대림사에 더 많은 것을 주지 못해 미안하게 생각하고 있던 참이라, 마타선사의 지시가 고맙기까지 했다.

그날부터 서문영은 책을 옆구리에 끼고 다니며 무승들의 지도를 시작했다. 태청단을 구하면 곧 떠나야 하니 하루라도 미루고 싶지 않았던 것이다.

비록 얼떨결에 시작된 것이지만 무술의 지도는 서문영 자신에게도 득이 되었다. 무승들을 가르치기 위해서라도 대림사의 무술을 익혀야 했던 것이다. 지금까지 성무십결과 취팔선보만 익혔던 서문영에게 대림사의 무공은 가뭄 끝에 단비와도 같았다.

물론 소소한 문제도 뒤따랐다. 이미 서문영의 내공이 법륜과 취팔선보의 구결로 전인미답(前人未踏)의 경지로 들어선지 오래인지라, 그가 펼치는 대림사의 무공 또한 기괴하기 짝이

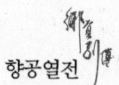

없었다. 지극히 추상적으로 적어 놓은 권법이나 검법의 구결도, 서문영의 손에서는 현실이 되어 버리는 것이다.

서문영이 대림사에서 받은 금강검(金剛劍)을 지면에 늘어뜨리고 무승들과 눈을 맞추었다.

벌써 삼십 명이나 되는 무승들이 초롱초롱한 눈으로 서문영을 바라보았다. 그들 중 상당수는 소림사를 인생의 목표로 삼고 있던 제법 유명한 무승들이다. 하지만 대림사에서 서문영을 만난 이후로 그들의 뇌리에서 소림사는 사라진 지 오래였다.

서문영의 낭랑한 음성이 연무장에 울려 퍼졌다.

"범천십이검의 첫 번째 초식인 범천교화(梵天敎化)는 구결에서 말하는 대로, 일승(一乘)의 도(道)가 있어 모든 존재에서 벗어남을 보는 것입니다. 항하강물이 흘러서 큰 바다로 들어가면 급하고 거센 물결이 자는 것처럼 범천교화의 초식 또한 그러합니다."

서문영의 금강검이 사선을 가르며 허공으로 올랐다가 급하게 떨어져 내렸다.

연이어 금강검은 아이 손에 들린 막대기처럼 이리저리 움직였다. 말 그대로 뜻[意]도 없고 형(形)도 없는 움직임이다.

"……."

몇몇 신입 무승들의 얼굴에 실망한 기색이 떠올랐다.

괜히 울컥해진 원명이 큰소리로 외쳤다.

"그것으로는 이해가 가지 않습니다! 그 궁극의 나타남을 보여 주십시오!"

고참 무승들도 이구동성(異口同聲)으로 외쳤다.

"보여 주십시오!"

금강검이 허공에서 움직임을 멈추었다.

"하아!"

서문영의 입에서 가벼운 탄식이 흘러나왔다. 무승들은 자신들이 익히는 이 범천십이검의 진체(眞體)를 보고 싶어 했다.

제자들이 원한다면 보여 주어야 한다. 그래서 그들이 대림사의 무공에 자부심을 느끼게 만들어야 한다. 아마도 그것이 마타선사가 자신에게 이들을 맡긴 본뜻이리라.

순간 서문영의 단전(丹田)에 갈무리되어 있던 내력이 꿈틀거렸다.

지이잉.

금강검이 은은한 검명(劍鳴)을 흘렸다.

숨을 죽이고 지켜보던 무승들이 허겁지겁 뒤로 물러났다.

서문영의 금강검에서 파도가 일고 있었다.

항하강의 물결처럼 거칠게 날뛰는 검기가 사방으로 넘실거렸다.

이건 어디로 피하고 말고 선택의 여지가 없다.

무승들은 지면에 배를 깔고 납작 엎드렸다.

쉬이이익.

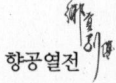
향공열전

솜털까지 곤두서게 만드는 검기가 무승들의 등을 스치고 지나갔다.

무승들은 본능적으로 지면을 힘껏 움켜쥐었다. 그렇게라도 하지 않으면 입에서 비명이 터져 나올 것만 같았다.

실제로 서문영의 무공을 처음 접한 몇몇 신입 무승들은 연신 비명을 내지르고 있었다.

"아아악!"

"으악!"

신입을 제외한 고참 무승들의 눈은, 비록 손으로는 바닥을 긁고 있었지만, 서문영의 금강검에서 떨어지지 않았다.

그들은 이 순간 마타선사가 서문영에게 배우라며 해준 말을 떠올리고 있었다.

"금강의 눈동자 속에 보검이 감추어져 있다."

맞는 말이다. 무승들을 보호하기 위해 허공에 일 장쯤 떠올라 범천십이검을 펼치고 있는 서문영의 모습은 확실히 금강(金剛)이었다. 그게 아니고서는 검기의 바다 위를 제멋대로 떠다니는 금빛 륜을 설명할 수가 없지 않은가!

* * *

단심맹의 분위기는 두 달 전과 달리 많이 차분해져 있었다.

처음 살귀가 방문했을 때만 해도 상갓집 분위기였다. 그러나 지금은 달랐다. 고적산인에 이어 검성까지 찾아와 머무르고 있는 까닭이다. 단심맹은 긴장이 팽배한 가운데 바쁘게 돌아가고 있었다.

"사백, 담운이 일을 마치고 돌아왔다며 뵙기를 청합니다."
맹주인 청암진인(靑巖眞人)이 조심스럽게 운을 뗐다. 워낙 사백인 고적산인이 담운이라면 치를 떨어서 말을 전하기도 어려웠다.
"그놈이 왜?"
"왜라니요? 미우니 고우니 해도 우리 무당파의 제자가 아닙니까?"
"그런 놈은 무당파의 수치일 뿐이요."
"사, 사백, 아무리 그래도 담운은 상청궁의 장로이자 단심맹의 총관입니다. 너무 심한 말씀은 좀……."
"그놈과 모종의 일을 꾸민 적이 있소?"
"모종의 일이라니요?"
"그게 무엇이든, 그놈과 손잡고 벌인 일이 있냐는 말이오."
"담운 장로와는 단심맹에 와서 조금 친하게 된 것 뿐입니다. 그전에는 같이 무슨 일을 할 정도의 관계가 아니었습니다."
"다행인줄 아시오. 내가 일월(日月)에게도 말했지만, 담운과는 가까이 하지 않는 게 좋을 것이오."

"허허, 대체 무슨 일이기에 그토록 신경을 쓰십니까?"
"그놈은……."
고적산인은 뭔가 말하려다가 혀를 차며 입을 다물었다. 자신은 서문영에게 들은 이야기밖에 없는 터라 담운을 잡아 가둘 수가 없다. 그러다가 담운이 지레 겁을 먹고 달아나기라도 한다면 그거야말로 못할 짓이었다.
"사백, 기사멸조(欺師滅祖; 스승을 속이고 역대 조사를 능멸하다)의 대죄가 아니라면 그만 용서해 주시는 것이 어떻습니까? 담 장로가 단심맹에서 하고 있는 일은 실로 중한지라……."
"맹주는 내가 시시한 일로 담운을 멀리하라고 하는 것 같소?"
"그럼 말씀을 좀 해 주시든지요."
"담운의 일은 따로 처리할 사람이 있소이다."
"그가 누구입니까?"
"곧 알게 될 것이오."
"설마 그가 무당파 사람이 아닌 것은 아니겠지요?"
"아닐 수도 있고……."
"사백, 담운이 무슨 죄를 지었는지 모르지만, 어찌 무당파 제자의 일을 외부인에게 맡길 수가 있다는 말씀이십니까?"
"맡길 만하니 맡기는 거겠지……."
"사백께서는 그를 동문(同門)의 제자들보다 더 중히 여기십니까?"

"무당파 이전에 우리가 같은 사람임을 잊어서는 안 되오. 사람에게는 사람의 도리가 있는 법. 어찌 무당파의 법이 사람의 도리보다 앞선다고 할 수 있겠소?"

"……."

묵묵히 고적산인을 바라보던 청암진인이 자리에서 일어섰다. 고적산인이 담운을 원하지 않으니 말해봐야 입만 아픈 것이다.

"어쨌든 저는 무당파의 장문인이자 단심맹의 맹주로 담운의 일을 외인에게 맡길 수는 없습니다."

"나야 무당파가 이전처럼 해체되기를 바라는 사람이니 장문인이 그렇게 한다고 해도 말릴 생각은 없소. 아무것도 모르고 당해야 하는 단심맹이 좀 안 됐지만…… 단심맹도 언젠가는 갈 길을 가야 할 테니…… 뜻대로 하시구려."

"사백!"

화가 난 청암진인이 소리를 빽 내질렀다. 한마디로 고집을 피우다가는 무당파와 단심맹이 망할 거라는 말이다. 아무리 고적산인이 사백이라 해도, 무당파 장문인이자 단심맹의 맹주인 자신에게 대놓고 할 소리는 아니었다.

"사질은 마제 화운비가 두려운가, 내가 두려운가?"

순간 고적산인의 전신에서 쏟아져 나온 기운이 청암진인을 휘감았다.

"……."

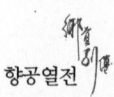
항공열전

청암진인은 숨 막힐 듯한 공포를 느껴야 했다.
 고적산인은 무당산의 오대도관이 정치적인 이유로 합쳐진 것을 싫어하고 있었다. 당연히 그 일을 주관하여 장문인이 된 자신도 싫어할 것이다.
 무당파 최고의 고수로 불리는 고적산인의 분노가 고스란히 느껴지자 청암진인은 함부로 입을 열지 못했다. 지금은 무당파의 장문인이나 단심맹의 맹주를 내세울 때가 아니었다.
 "마제 화운비가 어찌 사백님만 하겠습니까……."
 "나도 마제 화운비는 두렵지 않네. 세상에 강한 인간은 많으니까. 부끄럽지만 한 손으로 안 되면 두 손으로 막으면 되지……."
 고적산인이 기운을 흩었다.
 청암진인은 한숨을 길게 내쉬면서도 속으로 투덜거렸다. 고적산인과 검성이 괴인을 상대로 힘을 합치게 된 상황을 에둘러 말하고 있는 것 같았다. 단지 그 말을 하기 위해 자신을 몰아세운 것이라면 심하다는 생각이 들었다.
 "하지만 그는 두렵네. 그것이 바로 담운의 처분을 맡긴 결정적인 이유라네. 구차하게 인간의 도리까지 앞세워 가면서 말이지……."
 고적산인의 눈에서 한광이 쏟아져 나왔다. 그렇지 않다면 당장 붙잡아 무당파의 법규대로 처벌했을 것이었다.
 "……."

청암진인의 얼굴이 굳어갔다. 천하무쌍 고적산인이 두렵다고 할 정도의 사람이라니?

"혹시 태청단은 그를 위한 것이었습니까?"

"태청단의 주인이 될 자격이 있는 사람은 흔치 않지."

"대체 그는 누구입니까?"

"……."

잠시 뜸을 들이던 고적산인이 담담한 음성으로 답했다.

"담운은 자기 무덤을 판 게야."

"설마……."

청암진인의 입이 벌어졌다. 담운이 무당산에서 하산한 뒤로 알게 된 사람은 그리 많지 않다. 특히나 은원이라고 불릴 만한 일은 단 한 차례밖에 없었다.

'검공 서문영이라고 했던가…….'

혜성같이 등장해 처음에는 신책군이라는 둥, 고관이라는 둥 말도 많았지만 흐지부지 잊혀져간 사람이다. 아니, 잊혀져갔다기보다는 단심맹에 굵직굵직한 사건이 많이 터져서 제대로 관찰하지 못했다는 말이 옳은지도 모른다.

천명회와의 계속된 신경전과 연이어 발생한 살귀의 출현으로 무림공적 서문영을 추격하던 척사대(斥邪隊)는 다른 임무에 투입되었으니 말이다.

"그가 초절정의 고수라고 해도 사백과 검성을 당해낼 수 있다고는 생각하지 않습니다."

향공열전

청암진인이 이를 악물었다. 서문영이 그토록 위험인물이라면 살귀 다음으로 처리해야 한다. 모처럼 단심맹의 전력이 모였으니 그리 어려운 일도 아닐 것이다.

마침 태청단을 필요로 하는 것 같으니 그것으로 유인하면 되지 않겠는가? 유인이 가능하다면 전력의 분산 없이 한방에 해결할 수도 있다.

그런 청암진인의 생각은 오래 가지 못했다. 고적산인이 청천벽력(靑天霹靂) 같은 소리를 했던 것이다.

"착각하지 말게. 나는 이미 그에게 패한 전력이 있는 사람이네. 게다가 검성 또한 그를 상대로는 칼을 들지 않을 걸세. 그는 오래전에 검성과 인연이 닿은 사람이거든. 아마도 우리를 제외한 단심맹의 힘만으로 그를 상대해야 할 걸세."

"사백께서 패하셨다니요. 믿을 수 없습니다."

"허허, 내가 허언(虛言)이나 하고 다니는 사람으로 보였나 보군. 그만 물러가게."

기분이 상한 듯 고적산인의 마지막 말은 단호하고도 무거웠다.

청암진인은 뒤늦게 자신의 실수를 깨달았다. 후회가 밀려왔지만 이미 뱉은 말을 주워 담을 수는 없었다. 고적산인의 굳어 있는 얼굴을 보니 잘못하다가는 욕이라도 먹을 분위기다. 청암진인은 한숨만 푹푹 내쉬다가는 조용히 물러났다.

*   *   *

 청암진인은 곧바로 담운을 찾아갔다. 고적산인과의 면담을 주선해 달라던 담운에게 결과를 알려 줘야 하기 때문이다.
 "담 장로, 혹시 검공과의 일에 내가 모르는 것이 있소?"
 "예? 그게 무슨 말씀이신지요?"
 담운이 당황한 눈으로 청암진인에게 되물었다. 고적산인은 태허궁 사람이고 자신은 상청궁 사람이라 별로 왕래가 없었다. 모처럼 한자리에 모였으니 무당파 장문인과 함께 회합이라도 해볼까 했는데, 뜬금없이 서문영의 이름이 튀어나오다니?
 "사백께서는 담 장로와 검공 사이에 따로 말 못할 은원이 있는 것처럼 말씀하시더이다. 그것이 무엇인지는 말씀해 주시지 않고 그저 담 장로와는 만나지 않겠다고 하시니……."
 "……."
 담운의 얼굴이 하얗게 질려갔다. 아무래도 서문영과 고적산인이 보통 관계가 아닌 모양이다.
 아니, 그보다도 서문영이 뭔가 눈치를 챈 모양이다. 그렇지 않다면 대뜸 자신과의 은원을 거론할 까닭이 없었다. 표면적으로 드러난 서문영의 적은 단심맹과 소림사가 아니던가!
 "무슨 일이 있으신 게요?"
 청암진인이 담운의 안색을 살피며 물었다.
 담운이 장탄식을 터뜨리며 답했다.

"허어! 소림사에서 숙소의 배정 문제로 서문영과 시비가 붙은 적이 있습니다. 그런데 그 말다툼이 이 정도로 커질 줄이야……. 하지만 어차피 무림공적에 불과한 서문영이 저에게 원한을 갖는 것은 이해할 수 있지만…… 사백께서 왜 그런 자를 두둔하는 것인지……."
"서문영과의 시비라는 게 심했었소?"
"그자가 무당파를 비하하는 발언을 해서…… 청산(靑山)이라는 제자와 칼질을 한 적이 있습니다. 청산이 그자의 칼에 당하고 제가 나섰을 때, 마침 지객당의 무오대사가 나타나 흐지부지 끝이 났었지요."
"허어! 이제 조금 기억이 나는구려."
청암진인이 인상을 찌푸렸다. 그 당시 담운의 제자들과 서문영이 싸웠다는 이야기는 얼핏 들었다. 하지만 그 뒤로 자연스럽게 잊었다.
강호에서 흔하게 일어나는 소소한 시비라고 생각해서다. 그런데 그 작은 다툼이 이렇게나 큰 은원으로 몸집을 불리고 있었다니!
'서문영이 무림공적이 되었다는 것도 문제로군…….'
단심맹의 맹주인 사신이 남운에게 무림공석과 화해를 하라고 권유할 수도 없지 않은가?
생각에 잠긴 청암진인의 귀로 담운의 암울한 음성이 들려왔다.

"어쩌면 서문영은 자신의 죄는 생각지도 않고, 저 때문에 무림공적이 되었다고 믿고 있을지도 모르겠습니다. 하필 그 뒤로 제가 단심맹의 총관이 되었으니까요. 그런 작은 원한을 이렇게까지 키운 자이니…… 저를 없애기 위해 뒤에서 또 무슨 흉계를 꾸몄을지 걱정이 되는군요."

"……"

청암진인은 반신반의(半信半疑)의 눈으로 담운을 바라보았다. 고적산인의 말처럼 담운이 뭔가 큰 죄를 지었을 수도 있지만, 서문영이 거짓말을 한 것일 수도 있었다. '열길 물속은 알아도 한 길 사람 속은 모른다' 더니 꼭 지금과 같은 경우에 해당되는 말이 아닌가!

'허어! 담운이나 서문영 두 사람 가운데 하나를 믿어 줘야 하는 상황이 된 건가…….'

말과 증거는 모두 조작이 가능하다. 그렇다면 남은 건 오직 하나. 그 사람의 진실됨뿐이다. 하지만 그 진실됨이라는 것은 드러내 보여줄 수 있는 성질의 것이 아니지 않은가?

'결국 인간에 대한 믿음의 문제인가…….'

고적산인은 무당파의 제자보다 무림공적인 서문영을 믿어 주었다. 자신은 누구를 믿어야 하는 것일까? 누구를 믿느냐에 따라 상대편은 악인이 되고 마니, 그야말로 가혹한 선택이 아닐 수 없다.

"우선은 지켜보십시다."

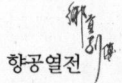
향공열전

청암진인은 민감한 상황에서 슬그머니 발을 뺐다. 서문영과 담운 모두를 조금 더 지켜보고 난 이후에 결정할 생각이었다.

담운의 눈가에 실망의 기색이 스치고 지나갔다. 자신의 편에서 서문영의 극악무도함을 성토해 주었어야 하는데, 청암진인은 "지켜보자"고 했다. '청암진인에게 전폭적인 신뢰를 받으면 서문영이 준비한 덫에서 빠져나갈 수 있을지도 모른다'는 생각이 뇌리를 스치고 지나갔다.

하지만 어떻게?

* * *

다음날 아침 일찍 고적산인은 검성의 숙소를 방문했다.

고적산인의 예고 없는 방문에 놀란 검성은 화산파 제자들을 모두 물렸다. 고적산인의 갑작스러운 방문에 나름의 이유가 있을 것이라고 생각한 것이다.

"허허, 선배님, 어쩐 일이시오?"

검성(劍聖) 심인동(審忍冬)이 고적산인의 앞에 놓인 빈 잔에 차를 따랐다. 바로 며칠 전, 그러니까 단심맹에 합류하던 날 고적산인과는 쌓인 회포를 풀었다. 어지간한 이야기는 그때 다 나눈 것 같은데, 이른 아침에 다시 찾아왔으니 궁금할 수밖에 없다.

"아니, 내가 후배님을 보러오는데 특별한 일이 있어야 하는가?"

고적산인이 너스레를 떨며 잔을 들어올렸다.

두 사람은 같은 도문(道門)의 출신으로 지금까지 자의반 타의반으로 몇 번 비무를 한 적이 있다. 그 과정에서 선후배(先後輩)라 부르는 사이로 발전하게 된 것이다.

물론 고적산인이 선배고, 그보다 십 년 정도 젊은 심인동이 후배다. 처음에는 좀 어색한 점도 없지 않았다. 무림인들은 의형제를 잘 맺었고, 십대문파 제자들끼리는 사형제 간으로 호칭했으니, 두 사람의 선후배 관계는 색다른 것이었다.

"그런가요? 어쨌든 잘 오셨습니다. 그렇지 않아도 오후에는 제가 선배님을 찾아갈까 했었습니다."

"후배님은 왜?"

검성 심인동이 진지한 음성으로 답했다.

"내일이면 단심맹의 삼관(三關)이 열리니…… 마지막 점검을 해봐야 하지 않겠습니까?"

"점검이라고 할 것이 있겠소? 일관(一關)이 안 되면 이관(二關)으로, 이관이 안 되면 우리라도 나서야지……."

"오오! 선배님, 왠지 담담해 보이십니다? 그간 무공의 진전이 더 있으셨던 겁니까? 아니면 따로 믿을 만한 사람이 있어서 입니까?"

"둘 다 아니오. 하지만 굳이 말하자면, 우리가 실패해도 세상은 잘 돌아갈 것이라는 믿음 정도는 있소."

"역시, 믿을 만한 사람이 있으시다는 말씀이로군요. 누굽니

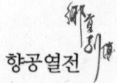

까? 그 사람은?"

 검성 심인동이 호기심 어린 눈으로 고적산인을 바라보았다. 고적산인과 자신보다 더 뛰어난 그 사람은 대체 누구란 말인가?

 "그 사람이라면 지금쯤 등봉현에서 눈이 빠지게 나를 기다리고 있을 게요. 지금 우리에게 필요한, 믿을 만한 사람과는 거리가 있지 않소?"

 심인동이 무엇을 궁금해 하는지 알면서도 고적산인은 즉답을 피했다. 오랜 지기(知己)라고도 할 수 있는 심인동의 진지함에 갑자기 장난을 치고 싶었는지도 모른다.

 심인동의 탐스러운 수염이 실룩거렸다. 고적산인의 능청스러움을 간파한 것이다. 고적산인이 보란 듯 발뺌 할 때는 매달릴수록 손해다.

 심인동은 접근 방법을 바꾸기로 했다.

 "사흘 전에 무제선사가 합류를 했더군요."

 "소림사의 신승이라던 그 무제?"

 "예, 일관은 무제선사와 천의대, 이관은 장문인들과 추혼대, 삼관은 선배님과 제가 맡기로 한 것은 알고 계시지요?"

 "난 삼관 외에는 그다지……."

 유랑 기질이 있는 고적산인은 단심맹의 조직체계에 무지한 편이었다. 심인동과 달리 십대문파의 일에 관심이 없는 까닭이다.

 "여하튼 일관의 지휘자가 무제선사입니다."

"쩝! 후배님에게 삼관의 이야기를 들으니 왠지 차륜전(車輪戰) 같다는 느낌이 드는구려."

"맞습니다, 차륜전. 장문인들은 무제선사가 일관에서 살귀의 힘을 충분히 빼주면, 이관에서 자신들의 힘으로 살귀를 제압할 수도 있다고 생각하는 것 같더군요."

"천의대로는 가능하지 않을 텐데……."

"그래서 대대적인 개편을 하고 있더군요. 그런데 이번에 차질이 생긴 모양입니다."

"차질이라니?"

"본래 십팔나한을 일관에 추가할 계획이었던 것 같습니다만. 십팔나한에게 변고가 생겨 아무도 오지 못했다고 합니다."

"……."

고적산인은 대충 짐작이 간다는 듯 고개를 끄덕였다.

보나마나 등봉현에 있던 서문영에게 무공을 폐지당한 것이리라. 시기적으로 안타까운 일이지만 하늘의 뜻이 그러하다면 어쩔 수 없는 노릇이었다.

"공산(空山) 장문인에게 따로 그 사정을 들었는데…… 십팔나한이 모두 죽임을 당했다고 하더군요."

"헉! 죽었다고요?"

"예, 서문영에게……."

"허어! 그게 사실이오?"

고적산인이 두 손으로 관자놀이를 지그시 눌렀다. 무공을

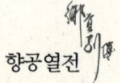

향공열전

전폐한 것이 아니라 아예 죽여 버렸다니? 생각할수록 머리가 지끈거렸다.

"무제선사가 직접 목격했다고 하니 사실일 겁니다."

"끄응! 검공이 결국······."

고적산인의 입에서 신음이 흘러나왔다. 이렇게 되면 소림사나 단심맹은 서문영과 돌이킬 수 없는 관계로 치닫지 않겠는가!

"저는 사실 잘 믿어지지가 않습니다. 제 기억 속에 있는 서문영은 십팔나한을 제압할 정도의 고수가 아니었거든요."

고적산인이 한숨을 길게 내쉬었다.

"하아! 한 달 전에 내가 만나본 검공 서문영은······ 십팔나한이 아니라 백팔나한이라고 해도 능히 감당할 정도의 초인(超人)이었소."

"······."

고적산인은 서문영을 대놓고 초인이라고 불렀다. 자신이 그에게 패했다는 소리까지는 하고 싶지 않아서 나름 머리를 쓴 것이었다.

심인동이 믿어지지 않는다는 눈으로 고적산인을 바라보았다.

아무리 그래도 초인이라니? 자신에게조차 "검 좀 쓰는군"이라고 말하던 고적산인이다. 자신이 아는 한 고적산인에게 고수 소리 듣는 사람도 흔치 않았다. 그런 고적산인이 변방에서 튀어나온 서문영을 가리켜 초인이라고 말하고 있었다.

"초인까지나…… 선배님께서 누군가를 그토록 높게 보신다니…… 놀랍군요. 그 정도의 호칭은…… 처음인 것 같습니다."

"쩝! 후배님도 언젠가는 내 말을 이해하게 될 것이오. 그나저나 소림사는 그 일로 검공과 단단히 틀어지게 된 것이오?"

"그건 아닌 것 같았습니다."

"아니라니?"

"십팔나한은 이미 오래전에 죽임을 당한 상태였다고 하더군요. 누군가 강시술 비슷한 것으로 십팔나한을 조종하고 있었던 것 같습니다. 그걸 서문영이 깨뜨리는 바람에…… 무제선사의 말에 의하면 '성불(成佛)을 하게 되었다'고 하더군요. 어쨌든 결과적으로 서문영이 소림사에 은혜를 베푼 꼴이 돼서 장문인도 상당히 곤혹스러워 하는 것 같았습니다. 일단 서문영은 단심맹의 공적이기도 하니까요."

"허허! 그랬구먼. 그럴 줄 알았네. 검공이 함부로 살인을 할 사람은 아니지. 암!"

대번에 고적산인의 표정이 밝아졌다. 소림사와 서문영의 관계가 개선될 여지가 보이니 절로 웃음이 나왔다.

"그런데 누군가 십팔나한에게 강시술을 펼쳤다면 왜 소림사에서 알아차리지 못한 걸까요? 소림사의 공력과 사마외도의 공력은 상극(相剋)이라 숨길 수도 없었을 텐데 말입니다."

"……"

심인동이 은근한 눈으로 고적산인을 바라보았다. 뭔가 숨기

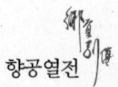

는 게 있다면 어서 털어 놓으라는 눈빛이다. 강시술이니 성불이니 하는 것들은 아무래도 납득하기 어렵지 않은가!

"험, 험, 그런 눈으로 날 보지 말고 궁금한 게 있으면 그냥 물어보시게."

"제가 원하는 것을 아시면서 뭘 그러십니까? 저에게도 서문영에 대한 정보를 좀 주십시오. 요즘 일어난 일들, 십팔나한의 죽음이나 살귀의 등장 어느 것 하나 예사로운 게 없습니다. 단심맹뿐 아니라 무림을 위해서라도 좀 알아야겠습니다."

"후배님도 검공에 대해 알고 있지 않소?"

"보십시오. 저는 서문영이라고 부르는데, 선배님은 꼬박꼬박 검공이라 부르고 계십니다. 제가 알고 있는 서문영과 선배님이 알고 있는 검공이…… 왠지 다른 사람 같다는 생각이 들 정도입니다. 도대체 서문영을 중심으로 어떤 일이 벌어지고 있는 겁니까?"

"예리한 질문이구려."

"……."

고적산인이 검성 심인동을 물끄러미 바라보았다. 심인동은 십팔나한과 살귀가 아니라 서문영의 역할을 묻고 있었다.

"어차피 후배님도 알게 될 일이니 내 속 시원히 말해 드리리다."

고적산인은 자신이 천문(天門)의 이상조짐을 살피며 강호를 주유하던 중에 살귀와 만난 적이 있다는 것과 강소성에서 서문영과 싸우다가 친분을 맺게 된 것, 그리고 알고 보니 살귀가 삼백 년 전의 마제 화운비였다는 사실을 털어 놓았다.

말을 마친 고적산인의 표정은 어딘지 모르게 개운해 보였다. 아침 댓바람에 심인동을 찾아온 것은 어쩌면 그 말을 하기 위해서인지도 몰랐다.

마제 화운비가 외당(外堂)에서 내뿜고 있는 죽음의 기운은 상상을 초월하고 있었던 것이다.

"도대체 그게…… 가능한 일입니까?"

"누군가 역천의 술법으로 죽은 사람을 살리고 있소. 검공은…… 말하자면 그 반대편에 있는 존재요. 십팔나한을 성불시킬 수 있었던 것도 그 때문일 것이고. 외당에 머무르고 있는 마제 화운비는 십팔나한처럼 되살아난 마물(魔物)이라오."

"헐……."

"애석한 것은, 단심맹이 검공의 도움을 바랄 수 없는 처지라는 것이오. 후우! 담운 그놈만 아니었어도……."

고적산인이 방바닥이 꺼져라 탄식을 터뜨렸다. 담운이 검공을 무림공적으로 몰아갈 때, 단심맹은 성급한 판단으로 그것에 동조했다. 그러지만 않았다면 죄 없는 검공의 지인들이 희생당하지 않았을 것이다. 검공이 이 자리에 초대되었을 것은 물론이다.

심인동은 단심맹의 총관인 담운이 무슨 짓을 했는지 궁금했지만 묻지 않았다. 그것은 어디까지나 무당파 내부의 문제라

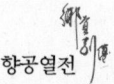

고 생각한 까닭이다.

"선배님의 말대로 내일 상대할 자가 마제 화운비라면······ 삼관으로도 힘들지 않겠습니까?"

"그래서 내가 후배님을 찾아온 게 아니겠소."

"선배님에게 묘안이 있습니까?"

"딱히 묘안이랄 것은 없소. 그저 '처음부터 우리가 전력으로 합공(合攻)한다면 승산이 있지 않을까?' 생각해 보았을 뿐이오."

"처음부터 전력합공이라는 말씀이십니까?"

심인동이 떨떠름한 표정을 지어 보였다. 고적산인에게 처음부터 합공을 하자는 말을 듣게 될 줄이야!

생각할수록 자존심이 상했다. 그런 싸움은 이겨도 의미가 없지만, 만에 하나 지기라도 한다면 칼을 물고 엎어져야 할 정도로 치욕스러운 일이었다.

"마제 화운비가 그 정도의 고수입니까?"

"일전에 그와 한번 싸워본 적이 있는데, 그는 나보다 한 수 위였소. 우리와 같은 경지의 사람에게 한 수 위라는 것이 어떤 의미인지 아시지 않소."

"······."

심인동은 아무 말도 하지 못했다. 고적산인이나 자신은 비슷한 경지였다. 정확하게 말하자면 고적산인이 조금 더 뛰어났지만, 사실 그 차이는 미미했다. 문제는 마제 화운비가 고적산인보다 한 수 위라는 것이다.

고적산인의 말이 사실이라면, 마제 화운비는 극마지경(極魔之境)에 도달한 자다. 고적산인과 자신으로는 평수를 유지하기도 벅찰 것이었다.

한참 만에 심인동이 중얼거렸다.

"단심맹이 깨질 수도 있겠군요."

"그래도 싸움이란 직접 해보기 전에는 모르는 일······."

"선배님께서는 우리가······ 생사결(生死決)을 해야 한다고 생각하십니까?"

심인동의 음성은 무겁게 가라앉아 있었다. 한마디로 싸우다가 장렬하게 산화해야 하는가, 달아나 후일을 도모해야 하는가를 묻고 있는 것이다.

"만물(萬物)에는 고유의 역할이라는 것이 있소. 빈도(貧道)는 죽음을 초월한 마물은 검공의 몫이라고 믿고 있소."

"하지만 우리마저 몸을 사린다면······ 힘없는 무림의 문파들이 피해를 입지 않겠습니까?"

"우리의 희생으로 무림 문파들의 피해가 줄어든다면, 백 번이라도 생사결에 임해야겠지요."

"······."

심인동은 반박하지 못했다. 맞는 말이었다. 내일 고적산인과 자신이 죽든 살든, 마제 화운비의 행보에는 변함이 없을 것이다.

향공열전

'그렇다면 어떻게 할 것인가?'

생각에 잠긴 심인동의 귀로 고적산인의 담담한 음성이 들려왔다.

"그나마 마제 화운비가 과거처럼 살육에 미치지는 않았다는 게 불행 중 다행이오. 돌이켜 보면 이번의 일도 단심맹이 그에게 적혈비를 내어줬다면 그냥 지나칠 수 있는 일이었소. 마제 화운비의 현재 상태로 볼 때, 만에 하나 삼관이 깨진다 해도…… 적혈비만 곱게 내어 준다면 큰 사단 없이 끝날 수도 있소. 그가 원하는 게 단심맹의 괴멸이 아니라 적혈비를 되찾아 가는 것에 있다면 말이오."

"허허, 어떤 것이라도 그 보는 처지에 따라서 이럴 수도 있고 저럴 수도 있는 것이겠지요. 선배님의 추측대로 된다면 좋겠습니다. 이미 삼백 년 전에 죽은 사람과 의미도 없는 생사결을 벌여야 한다는 건…… 정말 사양하고 싶습니다."

"후배님이 여러 장문인들과 잘 통하는 것 같으니, 적혈비의 문제에 대해 다시 한 번 주지를 시켜 주는 것이 어떻겠소?"

"저도 방금 그래야겠다는 생각을 했습니다."

"후배님과 대화하기를 잘했다는 생각이 드는구려."

"아닙니다. 앞으로도 잘 이끌어 주십시오."

심인동과 의견의 일치를 보자 고적산인은 즉시 자신의 숙소로 돌아갔다. 이제는 조용히 자신의 무공을 돌아보고 싶었다.

물론 당장 무공의 경지를 높이기 위해서가 아니다.

그렇게라도 하지 않으면 안 될 정도로 마음이 불안했다. 외당(外堂)에서 전해져오는 마제 화운비의 기운은 그 정도로 끔찍한 것이었다.

그것은 검성 심인동이라고 해서 다르지 않았다. 심인동은 급히 맹주인 청암진인, 소림사의 공산선사, 화산파의 태허자를 만나 적혈비에 대한 자신과 고적선사의 뜻을 전했다. 그리고 숙소로 돌아가 마제 화운비가 뿜어내고 있는 마기에 저항하기 위해 운공을 시작했다.

* * *

살귀와 약속한 마지막 날이 밝았다.

단심맹은 새벽부터 정문을 굳게 걸어 잠갔다. 괜한 소문이 퍼져 나가는 것도 문제지만, 무림인들의 불필요한 희생을 줄이기 위해서다.

단심맹은 외당에 있는 살귀의 존재를 철저히 비밀에 붙여왔다. 살귀가 외당에 머무르던 날 이후로 단심맹은 일체의 행사를 취소했고, 외부인의 출입도 금지시켰다. 그러다가 오늘은 아예 정문까지 걸어 잠근 것이다.

"크하하핫!"

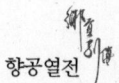
향공열전

외당에서 시작된 웃음이 단심맹을 뒤흔들었다.

콰르르르.

곧이어 외당과 내당 사이를 가로막고 있던 담벼락이 허물어져 내렸다.

무너진 담 사이로 노인이 천천히 걸어 나왔다. 노인은 단심맹의 중심에 세워진 전각을 향해 일직선으로 걸어가는 중이었다. 담은 물론 건물까지도 노인의 손짓 하나에 허물어져 내렸다. 노인은 가루가 된 길을 담담한 표정으로 걸어갔다.

산책을 하듯 휘적휘적 걸어가던 노인이 처음으로 멈춰 섰다.

노인의 앞을 막아 선 사람은 신승 무제선사였다.

무제선사의 뒤로 새로 구성된 천의대 고수 백 명이 도열해 있었다.

"나무아미타불, 이왕이면 제대로 된 길로 오시지 그러셨소?"

"허허, 그러니까 이를테면 너희가 일관이라는 것이냐?"

노인이 담담한 눈으로 무제선사와 백 명의 고수들을 둘러보았다.

"으흠! 천마협(天馬峽)에서 있었던 일이 떠오르는구먼. 전체적으로 그보다는 못하지만, 그래도 좋은 기세야."

무제선사가 가볍게 인상을 찡그렸다.

'천마협이라니……'

천마협의 전투는 삼백 년 전에 있었던 마제 화운비와 사파연합의 마지막 전쟁이었다. 신생 혈사문이 욱일승천(旭日昇天)의 기세로 떠오르자 녹림과 사마외도의 십오대 문파들이 뭉쳤다. 그들과 혈사문의 마지막 전쟁이 벌어진 곳이 천마협이다.

그날 천마협에서 사망한 사파연합의 고수는 무려 천여 명. 그날의 전쟁 이후로 혈사문은 사파지존이 되었고, 화운비는 무제(武帝)라는 칭호를 얻게 되었다.

"귀하는 천마협의……."

무제선사가 본래 하고 싶었던 말은 "귀하는 천마협의 무용담을 재현해 보고 싶었소?"였다. 하지만 노인의 갑작스러운 공격에 입을 다물어야 했다.

꽈르릉.

무제선사가 서 있던 자리에 깊은 웅덩이가 패였다.

허겁지겁 물러나던 무제선사는 문득 서문영의 얼굴을 떠올렸다. 눈앞의 저 살귀는 서문영과 같은 무위를 보여 주고 있었다.

순간 무제선사의 입에서 탁한 외침이 울려나왔다.

"개, 개진(開陳)!"

무제선사의 명에 백 명의 단심맹 고수들이 좌우로 흩어졌다. 그들이 펼치고 있는 것은 평소 십대문파 제자들이 연습하던, 합벽대진(合壁大陣)이었다.

노인이 백 명의 단심맹 고수들을 향해 말했다.

"길을 열어라. 누구라도 내 앞을 막아서는 자는 죽게 될 것이다."

차차창.

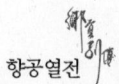
향공열전

백 명의 고수들이 일제히 병장기를 뽑아 들었다.
노인이 양손을 들어올렸다. 노인의 손바닥에서 붉은 아지랑이가 운무처럼 피어올랐다.
"꺼져라!"
노인이 손바닥을 정면으로 향했다.
순간 붉은 장력이 단심맹의 고수들을 향해 날아갔다.
"헉! 장풍(掌風)이다!"
"피해!"
약간의 거리를 두고 안심하고 있던 단심맹의 고수들은 생전 처음 보는 장풍 앞에 속수무책으로 무너져 내렸다.
노인은 다른 곳에는 일체의 관심도 없다는 듯 정면으로 걸어가며 장력을 뿌려댔다.
펑. 펑.
노인의 정면에 서 있던 단심맹의 고수들이 낙엽처럼 튕겨져 나갔다.
노인은 좌우로 비켜나거나 뒤쳐진 사람들에게는 일체의 관심도 두지 않았다.
우악스럽게 자신이 가야 할 방향에 서 있는 사람만 공격했다.
가끔씩 뒤에서 날아오는 칼은 파리를 쫓듯 맨손으로 후려쳤다.
그럴 때마다 칼은 수수깡처럼 부서져 나갔다.
노인이 겨우 다섯 걸음을 내딛는 동안 삼십 명의 고수가 쓰러졌다.

단지 정면에 서 있지 않았다는 이유로 살아남은 칠십 명의 고수들은 감히 노인의 앞을 막아서지 못했다.

무제선사가 이를 악물며 노인의 옆모습을 노려보았다.

'이래서는 차륜전의 의미도 없다.'

어차피 일관에서 살귀를 제압하리라고 생각한 사람은 없다. 일관의 역할은 살귀를 피곤하게 만드는 것이었다.

보통 사람들은 평생 만나보기도 힘든 십대문파 고수들이 자그마치 백 명이나 투입된 일관이다. 아무리 살귀가 대단하다고 해도, 지치게 만들 정도의 능력은 있지 않겠는가!

하지만 현실은 달랐다. 천의대는 구성원의 오 할을 장로급으로 바꾸었음에도 불구하고 살귀의 상대가 아니었다. 살귀의 앞길을 막아서기는커녕, 지나쳐 가는 걸음을 잡아 두지도 못했다. 심지어 지금은 살귀가 자신과 다른 방향으로 가는 것에 안도하는 표정들이었다.

'안 될 말이지……'

단심맹의 제자들이 무너져 가는 모습을 이대로 보고 있을 수는 없다. 십대문파의 제자들이 살귀의 무공을 두려워하는 것으로 끝나서는 안 된다. 십대문파의 한사람으로 그런 일은 막아야 했다.

무제선사가 돌연 합장(合掌)을 했다.

살귀를 떠나보내는 인사로써가 아니다. 무제선사의 전신에서 가공할 기운이 소용돌이치기 시작했다.

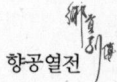
향공열전

기운을 다스리는 것이 쉽지 않은 듯 무제선사의 얼굴에 굵은 땀방울이 맺혔다.
 곧이어 무제선사의 두 주먹에 은은한 빛이 어렸다. 그동안 다른 사람 앞에서 보인 적이 없는 백보신권(百步神拳)을 펼치려는 것이다.

제6장
내가 마제(魔帝) 화운비다

　무제선사의 두 눈에서 광망이 뻗어 나왔다. 비록 내력의 한계로 단 한 번밖에 펼칠 수 없지만, 펼치고 나서는 운신조차 제대로 할 수 없지만, 지금은 백보신권을 펼쳐야 할 때였다. 그것이 일관의 책임자로서, 십대문파의 일인으로서, 자신이 할 수 있는 최선이었다.
　그리고 그것은 장풍으로 단심맹 고수들에게 굴욕감을 심어준 살귀에 대한 자신의 대답이기도 했다.
　"받으시오!"
　무제선사가 두 손을 살귀의 뒤로 힘차게 뻗으며 외쳤다. 비겁하게 기습하고 싶지 않아서 외친 것이 아니다. 끓어오르는 기운을 다스릴 수가 없어 고함을 내지른 것이었다. 그런 만큼 무제선사의 외침은 주변 사람들을 놀라게 했다.

"백보신권이다!"

"아아!"

단심맹 고수들의 입에서 탄성이 흘러나왔다.

그들도 무제선사의 두 손에서 쏟아져 나가는 권풍을 눈으로 본 것이다.

저것은 지금까지 단 한 번도 본 적이 없는 소림사의 절기, 백보신권이 분명했다. 단심맹 고수들은 살귀가 저 소림사의 신공절학에 놀랄 것을 의심치 않았다.

하지만 살귀는 여타의 병장기를 박살 낼 때와 같이 뒤도 돌아보지 않았다.

그리고 여전히 날파리를 쫓아내듯이 뒤쪽을 향해 손을 휘저었다.

펑.

살귀의 손짓과 권풍이 만나자 가벼운 파공성이 들려왔다. 그것으로 끝이었다.

무제선사는 백보신권을 펼친 대가로 그 자리에 굳어 버렸다.

그리고 곧 살귀의 걸음을 잡기는커녕 시선도 끌지 못했다는 사실을 깨닫고는 정신을 잃고 말았다. 쓰러지는 무제선사의 입에서 핏줄기가 치솟았다.

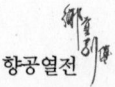

향공열전

소림사의 신공인 백보신권으로도 살귀를 어쩌지 못하자 일관의 고수들은 망연자실한 표정으로 물러났다. 그들의 눈에 비친 살귀는 단순한 미치광이가 아니라 무신(武神)이었다.

거칠 것 없는 걸음으로 걸어가던 살귀가 멈칫거렸다.
십대문파 장문인들로 보이는 원로 고수들이 길을 막아서고 있었던 것이다. 노인이 심드렁한 표정으로 화산파 장문인 태허자를 바라보았다.
"너희들이 이관이냐? 아니면 아직도 일관이냐?"
순간 태허자는 물론 십대문파 장문인들의 표정이 일그러졌다. 비웃는 듯한 살귀의 태도에 자존심이 상한 것이다.
태허자가 인상을 찡그리며 답했다.
"우리가 이관이오. 우리를 지나면 마지막 삼관이 무엇인지 알게 될 것이오."
노인이 피식 웃으며 물었다.
"일관이나 이관이나 차이가 없는 것 같은데…… 삼관도 너희와 비슷하다면 아예 한자리에 다 부르는 것이 어떠하냐?"
태허자는 대답 대신 검을 뽑아 들었다.
"차이가 어떠한지는 직접 검을 맞댄 후에 논해도 늦지 않을 것이오."
이관의 지휘자인 청암진인이 다른 장문인과 장로들에게 소리쳤다.

"여러분! 강호의 안녕을 위해 함께 싸워야 할 때가 온 것 같소! 저 하늘 높은 줄 모르는 마두에게 십대문파의 진면목을 보여 줍시다! 단심맹의 이름으로 악을 징벌하여 무림의 평화를 지켜냅시다!"

담운이 재빨리 청암진인의 마지막 말을 받았다.

"악을 징벌하자!"

담운의 선창(先唱)에 단심맹의 장로들이 열띤 표정으로 화답했다.

"악을 징벌하자!

담운이 여세를 몰아 다시 선창했다.

"무림의 평화를 지켜내자!"

"무림의 평화를 지켜내자!"

이번에는 장로들과 장문인들까지 한목소리로 외쳤다. 강적을 앞에 두고 모처럼 한마음 한뜻으로 뭉치게 된 것이다.

맹주인 청암진인이 담운을 향해 가볍게 고개를 끄덕여 보였다. 고적산인의 충고로 경계하는 마음이 있었지만, 그래도 이 순간만큼은 고마웠다.

담운은 단심맹 총관의 역할을 기대 이상으로 잘 해내고 있었다. 그가 눈치 빠르게 나서준 덕분에 맹주인 자신의 위치가 더 공고해졌다.

어디 그뿐이랴? 그의 구호 덕분에 흩어졌던 마음이 한데 모였고, 사람들의 얼굴에 깃들었던 불안마저도 사라졌다.

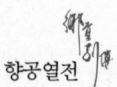

향공열전

청암진인이 추혼대(追魂隊)를 둘러보았다. 본래는 칠대마인들을 상대하기 위해 오악검파(五嶽劍派; 무당, 화산, 청성, 곤륜, 공동)에서 선발한 장로급들 무사들로 고수 아닌 사람이 없다.

추혼대의 대주(隊主)인 검호(劍豪) 이수민(李秀敏)만 해도 단심맹 최고의 고수였다. 한때는 검성이나 고적산인과 어깨를 나란히 할 무인이라고 불리기까지 했다.

'여기서 끝낸다.'

청암진인은 이미 은거에 들어갔던 검성이나 고적산인의 차례까지 가게 만드는 것은 단심맹의 수치라고 생각했다.

노인이 다시 움직이기 시작했다.

청암진인을 비롯한 장문인들의 인상이 한껏 구겨졌다. 저 살귀는 이관을 아무렇지도 않게 생각하고 있는 것이다. 그러지 않고서야 이관을 살펴보지도 않고 움직일 리가 없다. 누가 봐도 지금 살귀의 표정은 마치 마당을 산책하고 있는 것처럼 여유로웠다.

가장 선두에 서 있던 검호 이수민이 청암진인에게 시선을 돌렸다.

청암진인이 심각한 표정으로 고개를 끄덕였다.

그제야 이수민이 자신의 송문고검을 뽑아 들었다.

적 앞에서 먼저 검을 뽑은 적이 없다는 검호 이수민이다. 그런 이수민이 검을 뽑은 것으로도 모자라 앞으로 달려 나갔다.

이수민의 뒤로 추혼대의 고수 오십 명이 그림자처럼 따라붙었다.
 이수민의 검에서 쏟아져 나온 검기가 살귀에게로 쏘아갔다.
 "제법이구나."
 노인의 입에서 가벼운 탄성이 흘러나왔다.
 순간 노인의 허리춤에 걸려 있던 녹슨 철검이 저절로 떠올랐다.
 곧이어 송문고검과 녹슨 철검이 허공에서 마주쳤다.
 차차창.
 휘이이잉.
 곧이어 두 자루 검에서 기이한 소리와 함께 검막(劍膜)이 만들어졌다.
 두 사람의 모습은 이내 검막에 가려 보이지 않게 되었다.
 오십 명의 추혼대 고수들이 검막의 주위를 빙글빙글 돌기 시작했다. 사람이 보이지 않으니 빈틈이 발견될 때까지 기다리는 것이다.
 쩡.
 하늘이 갈라지는 듯한 소리와 함께 검막이 걷혔다.
 사람들이 눈에 힘을 주고 두 사람을 살필 때다.
 검호 이수민의 손에 들려 있던 송문고검이 흔들렸다. 아니, 사람들이 흔들렸다고 느낀 것은 착각이었다. 송문고검은 여러 조각으로 나뉘어 바닥으로 떨어져 내렸다.
 검이 조각나는 것과 동시에 이수민의 전신에서 피가 뿜어져

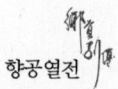
향공열전

나왔다. 검호 이수민은 눈 깜짝할 사이에 혈인(血人)으로 변해 버렸다.

"악마야! 죽어라!"

"죽어!"

이수민의 처참한 죽음에 흥분한 추혼대 고수들이 미친 듯 달려들었다.

쏴아아아.

콰콰콰.

추혼대 고수들이 쏟아내는 검기가 태풍이라면 노인은 바람에 날리는 낙엽이다.

시간이 지날수록 바람은 힘을 잃었다.

하지만 노인의 움직임은 처음이나 지금이나 한결같았다.

얼마나 시간이 지났을까?

마침내 노인의 움직임이 멎었다.

아니 정확히는 노인의 앞을 가로막는 추혼대가 모두 사라졌다.

겨우 서 있는 사람은 열 명에 불과했다. 그나마 살아남은 열 명의 고수들은 노인의 등 뒤에 서서 숨을 헐떡이고 있었다.

열 명의 눈은 투지로 이글거렸지만, 그뿐이다. 이미 기력을 다 소진해 버린 탓에 손가락 하나 까닥할 수 없는 상태였던 것이다.

노인이 다시 태허자를 향해 시선을 돌렸다.

처음부터 노인은 맹주인 청암진인을 비롯한 다른 장문인들에게는 관심조차 보이지 않았다.

태허자가 그의 적혈비로 삼관을 제시한 것이 기억에 남은 까닭인지도 모른다. 하지만 그런 노인의 태도는 청암진인이나 다른 장문인들을 은근히 불쾌하게 만들고 있었다.

"적혈비는 어디에 있느냐?"

화산파 장문인 태허자가 검을 뽑으며 중얼거렸다.

"삼관을 통과하면 얻게 될 것이오."

태허자의 검이 가볍게 흔들리는가 싶더니 이내 매화모양의 검기가 떠올랐다.

노인은 자신에게 날아드는 매화검기를 보며 가볍게 웃었다.

"매화가 서른 두 개면 팔성(八成)의 경지로구나. 제법이다."

노인이 태연하게 걸음을 떼었다. 노인의 몸은 여전히 정면을 향하고 있었다.

태허자의 눈이 공포로 물들어갔다. 살귀는 아무렇지도 않는 표정으로 자신에게 다가오고 있었다. 눈부시게 빛나는 매화검기를 유유히 가르면서 말이다. 매화검기는 살귀의 몸에 닿는 순간 '칙' 소리와 함께 사라져 버렸다.

성큼성큼 다가간 노인이 태허자를 향해 손을 뻗었다.

순간 태허자의 몸이 노인의 손아귀 속으로 빨려 들어갔다. 태허자가 매화검법을 펼치고, 노인이 그 사이로 걸어가 태허자의 목을 움켜쥐기까지는 한 호흡에 일어난 일인지라, 다른 사람들은 멍하니 바라보는 수밖에 없었다.

"크흑!"

목 줄기를 잡힌 태허자의 입에서 숨 막히는 비명이 흘러나왔다.

"너는 특별히 마지막까지 살려두도록 하겠다. 네가 적혈비로 나를 시험하였으니, 그 끝이 어떠할지는 지켜봐야 하겠지."

말과 함께 노인이 손에서 힘을 풀었다.

노인의 공력에 내부가 진탕된 태허자는 맥없이 무너지고 말았다.

태허자는 주저앉자마자 얼굴을 붉히며 다시 일어서려고 힘을 썼다. 그러나 그것은 마음뿐, 손가락 하나 까딱할 수 없었다.

태허자의 입에서 한숨이 길게 흘러나왔다. 언제인지 모르게 살귀는 자신의 공력을 폐하고 만 것이다. 지금으로서는 이것이 공력의 상실인지 아닌지를 가늠할 경황도 없었다. 살귀의 진행 속도로 보아 삼관에 이르는 것도 얼마 남지 않아 보였다.

태허자는 그냥 눈을 감고 말았다.

'이렇게 될 줄 알았다면 살귀가 원할 때 적혈비를 바로 내어 줄 것을······.'

단심맹의 힘으로 살귀를 제압할 수 있을 거라고 생각했다니, 문득 허탈한 웃음이 흘러나왔다. 고작 단검 하나 때문에 단심맹의 뿌리까지 흔들리게 될 줄이야!

태허자를 뒤로하고 노인이 다시 걷기 시작했다.

장문인들의 안색이 극도로 어두워졌다.

현 무림에서 태허자를 단 한수에 제압할 수 있는 사람은 없다고 해도 과언이 아니다. 그건 고적산인이나 검성도 할 수 없는 일이었다.

하지만 눈앞에서 살귀는 불가능해 보이는 그 일을 태연하게 저질렀다. 저런 살귀를 누가 막을 수 있단 말인가? 이제 이관은 물론 삼관까지도 안심할 수 없는 상황이었다.

한편으로는 적혈비를 곧바로 살귀에게 내어주지 않은 태허자와 공동파 장문인 도선진인(道宣眞人)이 원망스럽기까지 했다. 그까짓 과거의 단검 한 자루가 뭐 그리 중요하다고 동도들을 이처럼 위험한 지경에 이르게 한단 말인가!

"하아!"

아미파 장문인 무망사태(無妄師太)의 입에서 한숨이 흘러나왔다.

이건 처음부터 잘못된 일이었다. 천명회가 눈을 시퍼렇게 뜨고 있는 요즘 살귀와 같은 절세의 고수와 대적해서는 안 되는 거였다. 살귀의 비위를 맞춰줘도 부족할 판국에 왜 삼관이란 것을 만들어 십대문파를 위태롭게 만들었는지!

무망사태의 한숨에 점창파 장문인 청풍도사(靑風道士)가 "쯧쯧" 하고 혀를 찼다. 그 역시 무망사태와 비슷한 마음이었던 것이다.

청풍도사와 나란히 서 있던 종남파 장문인 삼정선인(三正仙

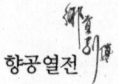

人)은 대놓고 도선진인에게 눈총을 보냈다.

무림첩을 받은 다른 장문인들처럼 삼정선인도 도선진인과 태허자가 일을 이렇게 몰아간 것으로 알고 있었던 것이다.

"험, 험……."

도선진인은 애써 담담한 표정을 유지하며 곤륜파 장문인 천기자(天機子)를 바라보았다. 곤륜파의 보물이라는 용린 때문에 이 지경이 되었다는 나름의 책임전가인 셈이다.

"허어!"

결국 곤륜파 장문인 천기자가 한 발 앞으로 나섰다. 다른 모든 사람이 망설이더라도 곤륜파 만큼은 나서지 않을 수 없었다.

하필 살귀가 되찾아 가려는 것이 곤륜파의 보물인 용린인 까닭이다. 다른 사람들은 살귀의 무위(武威)에 질려 내어 주자고 할 수도 있으나, 자신만은 그럴 수 없었다.

"빈도가 바로 곤륜파 장문인 천기자요. 귀하가 왜 본파의 보물인 용린을 탐하는지 알 수 없으나……."

천기자의 말은 이어지지 못했다.

노인이 천기자를 향해 핏빛 장력을 날렸던 것이다.

천기자는 황급히 검을 뽑았다. 그리고 자신에게 쏘아져 오는 장력을 향해 한 다발의 검기를 날려 보냈다.

그동안 누구에게도 보여주지 않았던, 회심의 구명절기(求命絕技)라고 할 수 있는 삼선자전검(三仙自轉劍)이 만들어낸 검기였다.

붉은 장력과 은빛의 검기가 허공에서 얽혔다.

꽈릉.

천둥치는 소리와 함께 땅이 흔들렸다.

뒤이어 노인의 음성이 들려왔다.

"적혈비를 다른 이름으로 부르는 자는 죽는다고 했다."

한층 더 핏빛으로 물든 장력이 천기자를 향해 쏘아졌다.

하지만 천기자는 망연자실한 표정으로 서 있기만 했다. 삼선자전검이 깨질 때 받은 충격에서 미처 헤어나지 못한 것이다.

"……."

뒤늦게 검을 가슴 앞에 세운 천기자는 공력을 있는 대로 끌어 모았다. 천기자의 검신에서 희미한 빛이 흘러나왔다.

펑.

혈장이 천기자의 몸을 때렸다.

동시에 천기자의 몸과 고검이 가루가 되어 허공으로 흩어졌다.

장문인들이 믿어지지 않는 표정으로 천기자로 불리던 조각난 살덩어리를 바라보았다. 용케 검으로 장력을 막는가 싶더니 어육으로 변해 버린 것이다. 극심한 충격은 살귀에 대한 분노와 공포마저도 잠시 잊게 만들었다.

청성파 장문인 중산노조(重山老祖)가 고함과 함께 달려 나갔다.

"악마! 용서할 수 없다!"

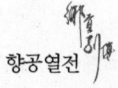
향공열전

중산노조의 손에서 칠십이파검(七十二波劍)이 연속으로 펼쳐
졌다.
 물결처럼 밀려가는 검기에 노인의 신형이 잠겨들었다.
 청암진인의 손에 들려 있던 송문고검이 '우웅' 하는 검명과
함께 진동했다.
 곧이어 청암진인의 검이 손에서 벗어났다.
 쉬이익.
 칠십이파검의 기세로 가까이 다가갈 수 없으니 이기어검(以
氣御劍)을 펼친 것이다.
 퍼퍼퍼펑.
 굉음과 함께 칠십이파검을 가르며 한 자루 철검이 치솟았
다.
 칠십이파검의 검기가 한순간에 사라져 버렸다.
 철검은 허공에서 한 차례 몸을 트는가 싶더니 청암진인의
검까지 베어 버렸다.
 땡그랑.
 청암진인의 송문고검이 두 개로 분리되어 땅바닥에 떨어졌
다.
 송문고검을 자른 철검은 헐떡거리고 있는 중산노조의 허리
를 스쳐지나 노인의 손으로 돌아갔다.
 철컥.
 철검이 섬집에 들어가는 소리와 함께 중산노조의 허리가 꺾

였다.

털썩.

중산노조의 상체가 지면에 떨어져 내렸다.

하체가 잘린 중산노조가 미친 듯이 지면을 긁어댔다. 마치 떨어져 나간 하체를 향해 기어가려고 하는 것처럼 말이다.

"으아아!"

중산노조의 입에서 터져 나온 기괴한 비명이 단심맹을 가로질렀다.

잠시 후 중산노조의 움직임이 멎었다.

단심맹은 일순간 고요해졌다.

아무도 움직이거나 입을 열지 않았다. 비현실적인 장면에 모두들 넋이 나간 것이다.

부드러운 바람과 따사로운 아침 햇살 아래에 지옥도가 펼쳐져 있었다.

그나마 다행인 것은 중산노조를 끝으로 더 이상 노인의 앞을 막아서는 사람이 없었다는 점이다. 아니, 막아서기는커녕 누구도 노인과 시선을 마주치려 하지 않았다.

도살장처럼 선혈이 낭자한 마당 한가운데 우뚝 선 노인의 표정은 담담했다.

마치 지금 일어난 일련의 살인과 자신이 아무런 관계가 없다는 듯한 얼굴이었다. 지나치게 평온해 보이는 노인은 중산노조의 시체만큼이나 눈에 거슬렸다.

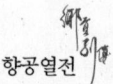
향공열전

하지만 그런 노인을 비난할 만큼 대범한 사람은 없었다.

문득 노인이 청암진인을 힐끔 바라보았다. 왜 계속해서 덤비지 않느냐는 눈빛이었다.
청암진인은 그런 살귀의 시선을 모른 척 외면했다. 자신에게는 더 이상 살귀를 상대할 만한 수가 남아 있지 않았다.
자신의 이기어검 수법은 비검술에 가까웠으나 살귀의 것은 진정한 이기어검이었다. 더구나 중산노조와의 합공도 통하지 않게 된 마당이 아니던가! 자존심이 상했지만 지금은 그저 살아남은 것에 감사를 해야 할 때였다.
청암진인이 시선을 피하자 살귀가 중얼거렸다.
"운이 좋은 늙은이로군."
자신이 청성파의 늙은이를 먼저 베는 바람에 살아남게 되었으니, 그보다 더한 운도 없을 것이었다.
청암진인은 수치심에 얼굴을 붉혔지만 반발하지 않았다. 체면보다는 목숨이 우선이었다. 천기자와 중산노조처럼 덧없이 죽을 수는 없지 않은가?
주변을 휘둘러보던 살귀가 태허자에게 물었다.
"적혈비는 삼관에 있더냐?"
태허자가 허허로운 음성으로 답했다.
"그렇소."
"너희 명문의 성파라는 자들은 쉬운 일을 복잡하게 만들곤

내가 마제(魔帝) 화운비다 185

하지. 분수를 모르고 욕심만 앞세우기도 하고. 이 모든 일은 너희가 자초한 것이니 나를 원망하지 말아라."

"너무 앞서 가지 마시오. 우리는 고작 이관일 뿐이오."

"삼관이라고 달라질까……."

노인이 고개를 설레설레 저으며 걷기 시작했다.

노인의 앞을 막아서는 것은 더 이상 없었다. 멀리 서 있던 경비무사들조차도 행여나 노인의 시야에 자신이 걸려들까 두려워 멀찍이 피해 버렸다.

노인의 뒤로 살아남은 고수들이 조심스럽게 뒤따랐다.

오십 보쯤 걸었을까? 단심맹의 정중앙에 세워진 거대한 전각 앞에서 노인이 발걸음을 멈추었다.

"……."

노인이 기쁨과 불쾌함이 뒤섞인 표정으로 전각을 바라보았다. 확실히 전각 안에서 적혈비의 기운이 느껴졌다. 하지만 전각 안에는 적혈비만 있는 것이 아니었다.

"쯧! 여기가 삼관이라는 건가."

노인이 전각 안으로 성큼성큼 걸어 들어갔다.

*　　*　　*

"오랜만이오."

고적산인이 노인, 삼백 년 전의 천하제일인 마제(魔帝) 화운비(華運悲)에게 아는 체를 했다.

　노인이 의외라는 표정으로 고적산인을 바라보았다.

　"이런 곳에서 늙은이를 다시 만날 줄은 몰랐군."

　"허허. 나도 그렇소. 그나저나 이쪽은 검성(劍聖)이라 불리는 심인동(審忍冬)이외다."

　고적산인이 심인동을 가리켜 보이며 소개를 했다.

　노인이 심인동을 향해 고개를 까닥여 보였다.

　과거의 심인동 같으면 상대의 거만한 태도에 눈살을 찌푸렸을 것이다. 그러나 이미 고적산인에게 상대의 정체에 대해 들은 뒤다.

　심인동은 상대의 움직임을 살피며 최대한 자연스럽게 눈인사를 보냈다.

　그러면서도 내심 '곧 생사결을 벌일 사이에 무슨 인사람?'이라고 중얼거리는 것을 잊지 않았다.

　어쨌든 긴장된 분위기는 고적산인의 재치로 조금 누그러졌다.

　고적산인은 마치 오랜만에 만난 친구처럼 마제 화운비를 대하고 있었다.

　"그대는 마치 나를 잘 안다는 듯한 얼굴이로군."

　노인의 눈이 다시 고적산인에게로 향했다. 고적산인과는 한 번 싸워본 적이 있는지라 부담스럽지는 않았다. 그럼에도 노인이 조심하는 것은 상대에게서 일체의 적의가 느껴지지 않아서다. 노인의 경우 오히려 상대가 드러내는 적대감이 대하기 편안했던 것이다.

"강호에 발을 내딛은 이들 중에 마제 화운비를 모르는 사람이 있겠소이까?"

"마제 화운비?"

노인이 음미하듯 그 이름을 되뇌었다.

노인의 얼굴에 처음으로 사람다운 표정이 떠올랐다. 어쩐지 입에 붙고 친근한 느낌이다. 노인은 몇 번이고 그 이름을 중얼거렸다.

"그대의 말이 맞는 것 같군. 난 확실히 마제 화운비라는 이름을 사용한 적이 있었어……. 그런데 내가 마제 화운비라는 것을 알고도 내 앞에 나타난 건가?"

"허허, 마제 화운비가 뭐 그리 대단한 이름이라고 그러시오? 나는 선배가 상상할 수도 없는 사람과도 함께 지내봤다오."

"그래? 마제 화운비보다 더 뛰어난 그는 누군가?"

"그의 이름은 검공 서문영이오. 조만간 선배도 그를 만나게 될 거라고 확신하오."

"검공 서문영이라. 기억해 두지."

마제 화운비는 크게 놀라지 않았다. 그저 자신이 모르는 기인(奇人)이 어딘가에 살고 있으려니 생각했을 뿐이다.

문득 고적산인이 화운비에게 물었다.

"선배가 원하는 것은 정말로 적혈비 하나뿐이오?"

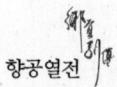
향공열전

"무슨 의미인가?"

"누군가의 지시로 단심맹을 흔들기 위해 찾아온 것이 아니냐 하는 것이오. 적혈비가 대단하다고는 하나 이렇게까지 일을 크게 벌일 정도의 물건은 아니지 않소?"

"푸훗! 일을 벌인 건 내가 아니라 멍충이 같은 단심맹이라네. 나는 어느 때라도 적혈비만 되찾으면 조용히 갈 사람이니까."

고적산인이 마제 화운비의 눈을 지그시 들여다보며 물었다.

"지금도 그렇다는 말이오?"

"적혈비를 곱게 내주겠다는 뜻인가?"

"선배가 적혈비를 되찾는 것에 만족한다면 못할 것도 없소. 어차피 나와 검성에게는 아무 의미 없는 물건이니까."

"……."

잠시 고적산인을 마주보던 마제 화운비가 고개를 저었다.

"아니야. 그럴 리가 없어. 그냥 적혈비를 내줄 거였으면 두 달 동안 일을 벌이지도 않았겠지."

"일을 벌인 건 단심맹의 후배들이지 우리는 아니외다."

마제 화운비의 얼굴에 비릿한 미소가 떠올랐다.

"쯧쯧! 그랬구먼. 하지만 미안하게도 나는 이미 약속을 해버렸다네. 이 일을 벌인 자들을 응징한 후에 적혈비를 찾아가겠다고 말일세. 두 달도 참았는데 반시진(1시간)을 못 견딜까……."

삼관을 깨는데 반시진이면 충분하다는 의미다. 마제 화운비가 삼관에 오기까지 길린 시간이 일다경(一茶頃; 30분)을 넘지 않았으니 불가능한 일도 아니었다.

"결국 후배들과 싸워야 하겠다는 말이오?"

"흐흐, 세상을 자기가 원하는 대로만 살아갈 수는 없지 않은가. 그대들에게는 청천벽력(靑天霹靂) 같은 말일지 모르지만, 두 달 동안 이날만 기다려온 사람의 입장도 생각해 줘야지."

"……."

고적산인은 화운비의 말에 일순 할 말을 잃고 말았다.

묵묵히 듣고 있던 검성 심인동이 고적산인의 팔을 살짝 잡았다.

"선배님, 이런 마두(魔頭)와 길게 이야기할 것 없습니다. 이 자는 끝내 피를 볼 생각만 하고 있지 않습니까?"

"……."

고적산인이 대꾸할 말을 찾지 못해 침묵할 때다.

갑자기 검성 심인동이 마제 화운비에게 시선을 돌렸다.

"우리는 귀하가 무서워서 그냥 돌려주겠다고 한 것이 아니오. 그런데 귀하는 끝까지 생사투(生死鬪)를 하자고 하는구려. 마제 화운비라는 이름이 지금까지 공포로 남아 있을 거라고 생각했다면 착각이오. 삼백 년 전에는 마제 화운비의 이름이 통했을지 몰라도 지금은 아니오."

마제 화운비가 어이없다는 표정으로 대꾸했다.

"푸훗! 삼백 년 전의 사람이 나를 어찌 알겠는가? 마제 화운비의 이름이 통하는 것은 언제나 '지금 이 자리'에서일 뿐이다."

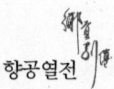
향공열전

"당신은 이미 삼백 년 전에 살았던 사람인데 무슨 소리요? 삼백 년 전의 무림인들이 당신의 이름에 얼마나 치를 떨었는데!"

"쯧쯧! 너는 벌써 치매가 왔구나. 사람이 어찌 삼백 년을 산다고 그런 헛소리냐?"

"……"

심인동이 눈을 끔뻑이며 화운비를 바라보았다. 아무래도 화운비는 자신이 언제 적 사람인지를 모르는 눈치였다.

허기사 자신이 화운비의 경우라고 해도 상상하지 못할 것이었다. 삼백 년 전의 사람이 멀쩡히 돌아다니고 있다니!

"헐! 누가 당신이 삼백 년 동안이나 장수를 했다고 했소? 당신은 이미 삼백 년 전에 죽은 사람이외다. 당신도 생각이 있는 사람이라면 말을 해 보시오. 세상에 당신이 아는 이름이나 얼굴이 있더이까? 분명 없었을 거요. 왜? 모두 삼백 년 전의 사람들이니까. 아직까지 남아 있다면 그게 이상한 거지."

"……"

잠시 심인동을 노려보던 화운비가 나직이 말했다.

"나는 내 이름도 기억하지 못했다. 당연히 다른 사람들에 관한 것도 기억해내지 못할 뿐이다."

"아니오! 미친 것도 아니고, 치매에 걸린 것도 아닌 당신이 과거를 기억해 내지 못하는 것은! 지난 삼백 년 동안이나 망령(亡靈)으로 떠돌았기 때문일 거요!"

"……"

마제 화운비가 인상을 찡그렸다. 이상하게 심인동의 말을 듣고 있자니 짜증이 밀려왔다. 말도 안 되는 개수작이니 무시하면 그만인데, 말 한 마디 한 마디가 이가 갈리도록 싫었다.
 "정녕 죽고 싶은 게로구나……."
 화운비의 입에서 가래가 끓는 듯한 거칠고 축축한 음성이 흘러나왔다.
 "어차피 누군가를 죽이기 위해 이곳까지 온 게 아니었소? 기분 나쁜가 본데, 이왕 말 나온 김에 다 해드리리다. 고적산인 선배님의 말씀에 의하면 누군가 아주 고약한 역천(逆天)의 대법으로 죽은 당신을 되살린 것이오. 그러니 궁금한 것이 있으면 그를 찾아가 물어 보는 게 어떻겠소?"
 "소원대로 죽여주마……."
 곧이어 화운비의 전신이 핏빛 운무(雲霧)로 뒤덮였다. 혈무(血霧)가 점점 짙어지는가 싶더니 이내 화운비의 모습이 사라졌다.
 챙.
 검성 심인동 역시 지체하지 않고 검을 뽑아 들었다.
 혈무와 심인동 사이에 팽팽한 긴장이 흘렀다.
 그때였다. 고적산인이 탁자 위에 작은 나무함을 올려놓았다.
 "선배가 원하는 적혈비가 여기에 있소."
 "……."

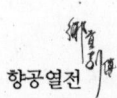
향공열전

마기(魔氣)로 가득하던 혈무가 살짝 흔들렸다. 갑자기 적혈비를 내놓는 것도 그렇지만, 무엇보다 적혈비의 마기가 눈에 띄게 약해져 놀란 것이다. 화운비에게 적혈비의 마기는 생명의 원천과도 같은 것인지라 민감할 수밖에 없었다.

"너는 나의 적혈비에 무슨 짓을 했느냐!"

"적혈비에는 손을 대지 않았소. 다만 적혈비의 마기가 너무 강해 안쪽에 항마제신부(降魔諸神符)를 몇 장 붙여두었을 뿐이오. 단심맹에 마기가 충천하여 임시로 조치해 둔 것이라 하더이다."

적혈비의 마기는 처음 대림사에서 소림사로 보낼 때와 달랐다. 전에는 가까이 가서 확인해야 마기가 느껴질 정도였다.

하지만 두 달 전 마제 화운비와 조우한 뒤로 적혈비의 마기는 주변 십 장 반경까지 그 영향을 미쳤다. 결국 청암진인과 태허자는 적혈비의 마기를 누르기 위해 부적을 사용할 수밖에 없었다.

혈무 안에서 으르렁거리는 울림이 흘러나왔다.

"만약 적혈비에 이상이 생긴다면…… 너희 무당파의 주춧돌 하나 온전히 서 있지 못하게 될 것이다."

일렁거리던 혈무가 적혈비를 담은 나무함으로 다가가려 할 때다.

심인동이 슬쩍 검을 치켜들며 차갑게 말했다.

"그전에 우리를 상대하기로 한 것은 잊으셨소? 아마 반시진이면 모든 게 끝날 거라고 했던 것 같은데……."

"아아, 그랬지. 상기시켜줘서 고맙군."

혈무가 다시 제자리로 돌아갔다.

갑자기 혈무가 두 배로 확장되었다. 적혈비에 대한 갈구가 마제 화운비를 폭주하게 만든 것이다.

"검성이라고 했겠다."

혈무 안에서 철검이 빛살처럼 튀어나왔다.

철검이 심인동의 가슴을 관통할 기세로 쏘아져갔다.

심인동은 검을 들고 대비하고 있었지만 철검의 기세와 속도에 놀라 크게 당황한 얼굴이었다.

순간 고적산인이 번개처럼 검을 뽑아 철검의 뒤로 길게 이어진 혈무를 끊었다.

쩡.

얼어붙은 호수의 얼음이 깨질 때 들을 수 있는 묘한 굉음이 전각을 흔들었다.

심인동의 한 걸음 앞에서 철검이 힘을 잃고 툭 떨어졌다.

심인동이 급히 뒤로 물러나며 고적산인에게 눈인사를 보냈다. 고적산인이 돕지 않았다면 가벼운 상처를 입었을지도 몰랐던 것이다.

"과연 마두로구나! 그 연배에 까마득한 후배에게 기습이라니!"

마제 화운비의 웃음이 전각을 흔들었다.

"크흐흐훗! 내가 정말 기습했다면 너는 이미 죽었을 것이다! 검성이라고 하더니 보는 눈이 형편없구나! 겨우 그 정도의 안

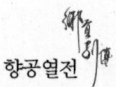
향공열전

목으로 검성이라는 이름을 사용했다는 말이냐! 잘 보고 배우거라! 자고로 검이라는 것은 이렇게 쓰는 것이다!"

휘이잉.

바닥에 떨어진 철검이 풍차처럼 돌기 시작했다.

"돌아라! 돌아라! 돌아라!"

마제 화운비의 소리에 화답이라도 하듯 철검은 점점 더 빨리 돌았다.

휘류류류류류.

전각 안에 있던 물건들이 철검으로 빨려들었다.

고적산인은 저도 모르게 적혈비가 담긴 나무함을 힐끔 바라보았다. 행여나 적혈비에 손상이라도 간다면 마제 화운비가 어떻게 변할지 모르기 때문이다.

'허! 화운비의 공력이 상상 이상이로구나!'

탁자 주변을 감싸고 있는 혈무 덕분에 나무 상자는 미동도 하지 않고 있었다. 화운비는 이 와중에도 한 가닥 진기로 나무 상자를 보호하고 있었던 것이다.

"이것이 바로 전륜마검(轉輪魔劍)이라는 것이다!"

철검이 고속으로 회전하며 심인동에게로 날아갔다.

"헛!"

심인동이 난생 처음 접하는 검공에 놀라 뒷걸음질 쳤다. 대체 어디를 어떻게 막아야 하는 것인지 알 수조차 없었다.

콰앙.

풍차처럼 회전하던 철검이 한쪽 벽을 부수고 밖으로 날아갔다.

하지만 심인동이 미처 자세를 갖추기도 전에 다른 쪽 벽을 부수며 돌아왔다.

콰아앙.

철검이 날아든 자리로 거대한 구멍이 뚫렸다.

철검에 닿는 것은 무엇이든지 가루가 되어 날리는지라, 심인동은 전각 안을 미친 듯이 뛰어 다녀야 했다.

혈무 속에서 마제 화운비의 비웃음이 터져 나왔다.

"검에 자신이 있는 모양인데 어찌 도망만 다니는가! 검보다 경공을 더 익힌 모양이지? 푸하핫!"

"……."

심인동은 치밀어 오르는 노기를 참지 못해 입술을 깨물었다.

하지만 감히 철검을 막아 세울 생각은 하지 못했다. 본능적으로 철검에 닿는 순간 자신의 검이 박살이 날 것을 알았던 것이다.

고적산인이 혈무를 향해 소리를 버럭 내질렀다.

"싸움을 입으로 하자는 것이오!"

말과 함께 고적산인이 자신의 검을 가볍게 내던졌다. 순간 고적산인의 검은 유성처럼 혈무를 향해 날아갔다.

고적산인의 검이 혈무에 닿는 순간이다.

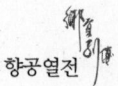

치이익.

마치 달구어진 검을 물통에 담그는 듯한 소리와 함께 혈향(血香)이 진동했다.

고적산인은 자신의 검이 혈무에 막히자 진기를 더욱 끌어올렸다.

순간 고적산인의 검이 조금씩 전진해 나갔다.

치이이익.

소리는 더욱 커지고 혈향도 그만큼 짙어져 갔다.

잠시 후 화운비의 침중한 음성이 전각에 울려 퍼졌다.

"그렇군, 합공인가!"

말과 함께 심인동을 노리던 철검이 돌연 하늘로 솟아올랐다.

콰아앙.

거대한 구멍이 뚫리는가 싶더니, 이내 지붕의 절반이 무너져 내렸다.

지붕을 떠받치고 있던 나무와 돌들이 우수수 떨어졌다.

'하아! 시간을 번 것인가!'

그 혼란의 와중에 심인동이 겨우 한숨을 돌릴 때다.

콰콰콰콰.

고속으로 회전하는 철검이 벼락처럼 고적산인의 머리 위로 떨어져 내렸다.

"헉!"

심인동의 눈이 부릅띠졌다.

지금 고적산인은 오른손의 검결지(劍訣指; 검지와 중지를 세우고 다른 손가락은 검을 말아 쥔 모습)로 한 자루 검을 조정하고 있었다.

누가 봐도 이기어검의 수법으로 혈무를 뚫는데 혼신의 힘을 쏟고 있는 모습이다. 그런 고적산인을 집어삼킬 듯 하늘에서 철검이 내려오고 있었다.

대경실색(大驚失色)한 심인동은 바닥을 박차고 날아올랐다.

"물러가라!"

이 순간만큼은 철검에 대한 두려움도, 검성이라는 이름이 주던 중압감도, 잊었다.

고적산인을 구해야 한다는 일념이 단전의 중심을 뒤흔들었다.

그때였다. 돌연 심인동의 검 끝에서 은빛 광채가 불꽃처럼 터져 나왔다.

파아앗.

은빛의 광채는 검을 휘감고 내려와 심인동의 몸까지 집어삼켰다.

은빛의 광채에 휩싸인 심인동은 마치 유성처럼 부드럽게 철검을 향해 날아갔다. 부지불식간(不知不識間)에 신검합일(身劍合一)의 수법이 펼쳐진 것이다.

그리고 은빛 광채와 철검이 고적산인의 머리 위에서 마주쳤다.

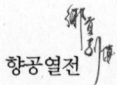
향공열전

꽈광.

귀청이 찢어지는 듯한 폭음과 함께 전각의 사방 벽이 모두 터져 나갔다.

심인동의 몸이 충격을 감당하지 못하고 뒤로 날아갔다.

꽈당탕탕.

바닥에 내동댕이쳐졌던 심인동이 급히 자리에서 일어섰다. 마제 화운비의 반격을 염두에 두어야 했기 때문이다.

"하아!"

여전히 짙은 혈무를 노려보던 심인동의 입에서 한숨이 흘러나왔다.

자신은 보기 흉하게 나뒹굴기까지 했는데, 혈무에는 아무런 변화도 없었다. 삼백 년 전의 천하제일인이라더니 실로 무섭지 않은가!

심인동은 서둘러 자신의 검을 살폈다. 조금 전의 충격으로 부서지지는 않았는지 걱정이 되었던 것이다.

'아직 무사하구나······.'

심인동이 대견하다는 눈으로 검신을 바라보았다. 그처럼 대단한 일을 겪고도 건재(健在)하다니!

'곳곳에 이가 빠졌지만 아직은 쓸 만하니 다행인가······.'

속으로 중얼거리던 심인동은 급히 고개를 돌렸다. 철검의 흔적을 찾고 있는 것이다.

'아!'

부서진 철검의 잔해가 고적산인의 주변에 널려 있었다. 철검은 스스로의 힘을 이기지 못하고 산산이 깨졌던 모양이다.
 심인동의 시선이 고적산인에게 갔다가 검으로 옮겨갔다.
 아까와 달리 고적산인의 검은 눈에 띄게 혈무 안으로 들어가 있었다.
 치이이이익.
 그러고 보니 달아오른 부지깽이로 얼음을 지지는 소리다. 심인동은 문득 '혈무가 녹고 있다'는 다소 엉뚱한 생각을 했다.
 너무 많이 녹아서 그런 것일까? 기분 나쁠 정도로 짙은 혈향에 머리가 지끈거릴 정도였다.

제7장
마기중독(魔氣中毒)

치이이이익.

커다란 소리와 함께 한 자루 고검이 피같이 붉은 혈무(血霧)를 뚫고 들어갔다.

순간 고적산인의 얼굴이 잠깐 밝아졌다.

그러나 이내 고적산인의 표정은 딱딱하게 굳었다. 이제 고작 혈무를 뚫었을 뿐이다. 그런데 혈무 안으로 들어간 검과 진기가 더 이상 이어지지 않았다.

고적산인이 묘한 표정으로 자신의 손을 내려다보았다.

이기어검을 터득한 이래 검결지에서 검으로 이어지던 진기의 흐름이 사라지기는 처음이었다.

'별다른 충격도 없었는데……'

하지만 혈무 안으로 들어가는 순간 검은 더 이상 느껴지지 않았다. 마치 다른 세상에 던져진 것처럼 말이다.

게다가 혈무 안에 있을게 분명한 마제 화운비도 이상했다. 자신이나 심인동에게 더 이상의 공격을 가하지 않고 있었다.

분위기가 이상하다는 것을 느낀 심인동이 고적산인에게 다가갔다.

"선배님, 갑자기 마제의 움직임이 멈춘 것 같지 않습니까?"
"흠!"

고적산인이 혹시나 하는 마음에 검결지를 한 번 더 휘둘러 보고는 멋쩍은 미소를 지어 보였다. 역시나 진기의 흐름은 느껴지지 않았다.

"마제 화운비의 생각을 누가 알겠는가……"

"혹시 선배님의 이기어검에 당한 것은 아닐까요? 마제 화운비가 대단하다고 해도 선배님과 저의 합공에 견디지 못한 것일 수도 있지 않겠습니까?"

심인동은 화운비가 자신과의 충돌로 내상을 입었을 거라고 생각했다. 자신의 검이 무사한데 화운비의 철검이 박살난 것만 봐도 그렇다. 고적산인의 이기어검까지 막아야 하는 상황이었으니 생각보다 더 큰 충격을 받았을 것이다.

'혈무 안에서 내상을 치료하고 있다가 고적산인의 이기어검에 당한 게 분명해.'

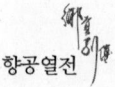

심인동은 자신의 추측이 맞을 거라고 믿었다. 그렇지 않고서야 갑작스럽게 싸움이 끝날 리가 없다.

하지만 고적산인의 표정은 여전히 어두웠다. 두 사람의 합공으로 혈무 속에 있던 화운비가 크게 부상을 입었다면, 자신의 이기어검은 왜 깨졌다는 말인가?

생각에 잠긴 고적산인의 귀로 심인동의 말이 들려왔다.

"선배님, 혈무가 걷히고 있습니다. 마제가 죽은 걸까요?"

"……."

고적산인은 대답하지 않았다. 마제 화운비가 당한 것인지, 심경의 변화인지, 수법을 바꾸려는 것인지 알 수 없다는 생각에서다.

'하아! 진기가 끊어지지만 않았어도…….'

고적산인이 한숨과 함께 오른손의 손가락을 쥐락펴락 했다. 이기어검만 소멸하지 않았어도 마음이 이렇게 무겁지는 않았을 것이다.

마침내 혈무가 완전히 걷히자 마제 화운비의 모습이 드러났다.

혹시나 하는 마음으로 화운비의 얼굴을 확인하던 심인동과 고적산인의 표정이 딱딱하게 굳어갔다. 마제 화운비의 불그스레한 얼굴에서는 활력이 느껴졌다.

"이런! 자네들의 실망한 얼굴을 보니 내가 다 미안하군."

마제 화운비가 빙글빙글 웃으며 두 사람을 조롱했다.

고적산인이 인상을 찡그리며 물었다.

"갑자기 싸움을 멈춘 것은 무슨 뜻이오? 우리에게 원하는 것이라도 있소?"

"……"

마제 화운비는 고적산인의 말에 답하지 않고 시선을 아래로 돌렸다. 고적산인의 주변에 있는 철검의 잔해가 눈에 들어왔다.

"마음에 드는 검이었는데 아깝게 됐어."

철검은 잠에서 깨어나 강호를 주유하던 중에 발견한 것이었다. 험한 산길에 굴러다니고 있던 것으로 보아 산적이나 표사의 것이었으리라.

내력조차 알 수 없는 녹슨 철검이 어쩐지 자신의 처지와 비슷하다는 생각에 집어 들었다. 그 뒤로 지금까지 늘 지니고 다녔다.

심인동이 마음에 들지 않는다는 표정으로 말했다.

"당신이 죽인 사람들의 목숨은 아깝지 않았소?"

"허허, 검을 어찌 사람에 비할까!"

"……"

잠시 생각하던 심인동은 검을 잡은 손에 힘을 더하며 물었다.

"검이 귀하다는 거요? 사람이 귀하다는 거요?"

"검은 자기의 소명을 다하고 사라지지. 하지만 사람은 어떠한가? 탐욕 속에 살다가 후회만 남기고 가지 않던가? 그런 사람을 검에 비교할 수는 없지."

"하지만 당신이 고귀하게 생각하는 검을 만든 사람도 사람이오. 창조자가 어찌 피조물보다 못하겠소!"

"만물에 우열(優劣)이 없으니 너의 말은 틀린 것이다."

"……."

심인동이 머뭇거릴 때다.

묵묵히 듣고 있던 고적산인이 끼어들었다.

"만물을 동등하게 보는 선배의 손이…… 사람에게는 왜 그토록 무자비한 것이오?"

"후후, 무자비하다라……. 그럼 내가 어떻게 했어야 하지? 나를 죽이겠다고 덤벼드는 사람의 손에 곱게 당해 주라는 뜻인가? 천마협에서 내가 자결이라도 해줬어야 하나? 아니면 단심맹에 있는 정파의 떨거지들에게 내 목을 내줬어야 하나?"

"누가 단심맹의 사람들에게 죽어 달라고 했소? 선배가 원하는 것이 적혈비니, 적혈비만 취하고 돌아갔어야 하지 않소?"

마제 화운비가 피식 웃으며 답했다.

"대답해 보게. 삼관을 만든 사람이 나인가? 아니면 자네가 말하는 단심맹인가?"

"……."

고적산인이 인상을 찡그렸다. 확실히 오늘의 이 끔찍한 삼관을 만든 사람은 단심맹의 지도층이다. 양쪽의 잘잘못을 가리려니 갑자기 머리가 아파왔다.

그런 고적산인을 지켜보고 있던 마제 화운비가 고개를 흔들며 중얼거렸다.

"그런데 내가 왜 손쓰기를 중단 했는지는 궁금하지 않은가 보군."

"……."

고적산인이 심인동을 힐끔 바라보았다.

마제 화운비가 계속해서 몰아쳤다면 두 사람은 크게 당했을 것이다. 화운비는 왜 죽이겠다던 자신의 말을 번복한 것일까?

검성 심인동이 검을 곧추세우며 물었다.

"무슨 이유요?"

"당연히 자네들에게 더 이상의 볼일이 없기 때문이지 않겠나?"

"그 말은 적혈비를 가지고 돌아가겠다는 뜻이오?"

마제 화운비가 안 됐다는 듯 혀를 차며 말했다.

"쯧쯧! 터무니없는 오해를 하고 있구먼. 나는 지금까지 한 입으로 두말을 한 적이 없네."

"……."

마제 화운비가 말을 멈추고 심인동과 고적산인을 둘러보았다.

"궁금해하니 가르쳐 주지. 자네들은 이미 죽은 것과 다름이 없게 되었다네. 그러니 더 이상 자네들과 다툴 이유가 있겠는가?"

"헛소리 하지 마라!"

심인동이 치밀어 오르는 분노를 참지 못하고 바로 맞받아쳤다.

마제 화운비가 천연덕스러운 표정으로 심인동을 바라보았다. 빈말이 아닌 듯 화운비의 얼굴에는 승자의 여유가 가득했다.

"검성이라 했지? 자네는 천하를 일통(一統)한 혈사문이 갑자기 사라진 이유가 뭔지 아는가?"

"마성(魔性)을 참지 못해 당신이 다 쳐 죽였다고 들었소."

"그래, 그렇게 소문이 났을 게야. 나 혼자 살아남았으니 그렇게 생각할 만도 하지."

"사실과 다르다는 말이오?"

"반은 맞고 반은 그릇된 소문이라네. 나를 따르던 혈사문의 문도들이 죽은 것은 나 때문이니까. 하지만 자네의 말처럼 내가 문도들을 쳐 죽인 것은 아니네."

"궤변이나 늘어놓을 거라면 그만 닥치시오."

심인동이 차갑게 말했다. 이미 삼백 년이나 전의 일을 가지고 변명하는 자체가 마음에 들지 않던 것이다.

"흐흐, 지금까지 내 앞에서 그렇게 말을 한 사람은 네놈이 처음이다. 하지만 알아두거라. 지금 당장 내 손으로 네놈들을 끝장내지 않는 것은 알량한 자비심 때문이 아님을……. 나는 꼴 같지 않게 성인군자(聖人君子)인 척하는 네놈들이 흉한 몰골로 죽어가는 모습을 지켜볼 것이다."

심인동의 말에 자극을 받은 것일까? 마제 화운비의 말투가 차갑고 섬뜩하게 바뀌었다.

"삼백 년 전에는 싸움을 말로 했느냐? 헛소리 그만하고 다시 시작이나 하자!"

심인동이 검 끝을 마제 화운비에게로 돌렸다.

"흐흐, 헛소리라고 했더냐? 아서라……. 싸움은 끝난 지 오래니라."

"미친놈!"

심인동의 입에서 욕이 터져 나왔다.

고적산인이 황급히 심인동에게 고개를 돌렸다.

자신이 아는 한 수련의 경지가 깊어 어지간한 일에는 흥분도 잘 하지 않던 심인동이다. 그런 심인동의 입에서 저급한 욕이 나온 것이다.

'뭔가 이상하다.'

심인동의 눈은 불그스름하게 충혈되어 있었다.

"후배님, 대적(大敵)이 앞에 있으니 평상심을 잃지 마시오."

"아, 예, 알겠습니다. 하도 저 늙은이가 말 같지도 않은 소리를 해대는 통에 그만 흥분한 것 같습니다. 다시는 저 늙은 개의 격장지계(激將之計; 상대를 자극하여 의도하는 방향으로 이끄는 계책)에 넘어가지 않도록 주의 하겠습니다."

고적산인이 걱정스러운 눈으로 심인동을 바라보았다. 심인동의 말투가 점점 더 거칠어져 가고 있었던 것이다.

'마제 화운비가 섭혼술이나 독을 사용했다는 소리는 듣지

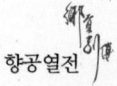
향공열전

못했거늘…….'

 고적산인이 씁쓸한 표정으로 중얼거렸다.

 "천하의 마제 화운비가 고작 암수 따위나 사용할 줄이야……."

 마제 화운비가 조금은 누그러진 음성으로 말했다.

 "그것 역시 자네의 오해일세. 설명하기 곤란하지만 나의 기억은 완전하지 않았다네. 아무래도 잊고 싶은 게 많았던 모양이야."

 마제 화운비의 얼굴에 허허로움이 스치고 지나갔다.

 확실히 기억이 조금씩 돌아오고 있었다. 기억속의 자신은 늘 식솔(食率)들의 처참한 죽음에 괴로워했다.

 꽃 같은 아내와 어린 사자 같던 자식들……. 그런 가족과 문도들을 죽였다는 죄책감으로 높은 산과 거친 황야를 떠돌아다녔다.

 그런데 지금 잊고 싶었던 그 기억들이 조금씩 떠오르고 있었다. 그것은 정말 죽느니만 못한 것이었지만, 받아들여야 했다. 살아 있다는 이유 하나로 말이다.

 "선배, 혈사문이 사라진 이유를 가르쳐 주시오."

 고적산인의 정중한 요청에 마제 화운비가 인상을 찡그렸다. 그날의 기억이 다시금 떠오른 까닭이다. 처자식의 참담한 죽음을 생각하니 가슴이 먹먹했다.

 "가슴에 칼을 품은 이는 …… 평생을 혼자 지내는 것이 좋아."

"무슨 말이오?"

마제 화운비가 멍한 눈빛으로 중얼거렸다.

"나도 어릴 때는 명문(名門)에서 자란 사람이라네. 그러던 어느 날 우연히 은거기인이 살던 동굴을 발견하게 된 거야. 그리고 수북한 뼈다귀 밑에서 마공을 하나 발견했지. 그건 혈사문(血師門)의 비기인 혈마기공(血魔奇功)이었어. 뼈의 주인은…… 아마도 혈마였을 게야."

"으음! 혈마……."

고적산인의 입에서 신음이 흘러나왔다. 혈마라는 이름은 모든 무림인들에게 공포의 상징이었다.

혈마와 관계된 초대형혈사(超大型血史)만도 수백 개가 넘는다. 혈마에 의해 멸문당한 문파만 해도 삼백여 개나 되는데, 정사파가 고루 섞여 있었다.

"혈마의 무공을 익혔다는 이유로 파문당하고, 스승에게 살해당할 뻔했지."

"……."

고적산인은 아무런 말도 하지 않았다. 스승이 누구인지 궁금했지만 묻지 않았다. 누구라도 그렇게 했을 것이기 때문이다.

"스승에게 당해 저승의 문턱에까지 갔다가 살아난 나는 힘을 키우기 위해 노력했지. 그리고 미친 듯이 싸우고 다녔어. 시간이 지나니 하나 둘씩 나를 따르는 자들이 생기더군. 그러다가 아름다운 여자도 만났지. 그들과 함께 과거의 혈마처럼

혈사문을 세웠네. 혈사문의 이름으로 천하를 일통하는 과정에서 무수히 싸웠고…… 그러다가 마침내 혈마와 같은 경지에 이르게 되었다네."

"……"

고적산인은 물론 흥분해 있던 심인동마저 숨을 죽였다.

마제 화운비가 혈마와 같은 경지에 이르렀다는 말에 잔뜩 긴장한 것이다. 그 정도로 혈마의 이름은 절대적이었다.

"그리고 나도 혈마와 같은 길을 걷게 되었지."

마제 화운비가 말을 멈추었다. 더 이상은 말하고 싶지 않다는 표정이다.

답답해진 고적산인이 다시 물었다.

"그건 어떤 길이었소?"

마제 화운비가 착잡한 눈으로 고적산인과 심인동을 바라보았다.

"너희도 머리가 아픈가?"

갑작스러운 질문에 고적산인과 심인동이 인상을 찡그렸다. 그 뒤로 어떻게 되었냐고 하는데, 머리가 아프냐고 묻다니?

고적산인이 떨떠름한 표정으로 답했다.

"선배의 애매한 말에 머리가 복잡해져서 조금 두통이 밀려오고 있소."

마제 화운비가 이번에는 심인동에게 시선을 돌렸다.

"네놈은 아까부터 머리가 아팠을 게다. 그렇지 않느냐?"

마제 화운비가 자신에게만 하대를 하자 심인동이 짜증이 가득한 얼굴로 말했다.

"그렇다. 아까 네놈의 혈무에서 맡은 피냄새에 머리가 다 지끈지끈하다. 그게 어쨌다는 거냐!"

"흐흐, 그게 바로 네놈의 경지가 낮다는 증거다."

빠드드득.

노기를 참지 못한 심인동이 이를 갈았다.

검성 심인동의 검 끝이 파르르 떨렸다.

마음 같아서는 당장에 도륙을 내고 싶었다. 하지만 선뜻 덤벼들지 못했다. 운이 좋아 신검합일의 극치를 터득했지만, 아직 마제 화운비의 무공에 비할 바는 아니었다.

"너희들이 맡은 혈향에 혈사문이 사라졌다. 너희들이 맡은 혈향이야말로 혈마기공의 근원이라고 할 수 있는 마기(魔氣)다."

"놈! 피냄새 좀 맡는다고 사람이 죽지는 않는다!"

흥분한 심인동이 버럭 고함을 내질렀다.

"알고 싶어 한다니 가르쳐 주지. 보통 사람이 혈마기공의 마기와 접촉하면…… 얼마 못 가서 피에 굶주린 괴물이 되어 버린다. 이성을 잃고 가족들끼리라도 상잔(相殘)을 하게 되지. 혈사문이 몰락하고 내가 속세를 떠나게 된 것도…… 사실은 그런 이유 때문이었다."

"……"

장내에 침묵이 감돌았다. 마기와 접촉하면 상잔을 하게 된

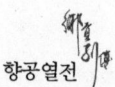

다니? 터무니없는 말이 분명한데, 화운비의 표정은 더할 수 없이 진지했다.

고적산인이 반신반의(半信半疑)한 표정으로 물었다.

"선배는 지난 두 달 동안 단심맹에 있었는데…… 왜 다른 사람들은 마기에 중독이 되지 않았소?"

"물론 보통의 생활에서는 주변 사람들도 중독되지 않는다. 사람들에게 독이 되는 마기의 방출은 혈마기공을 극성으로 펼치거나, 운기 중 무아지경(無我之境)에 들었을 때뿐이다. 나는 지난 두 달간 혈마기공을 극성으로 펼치지 않았고, 운기조식 또한 제대로 하지 않았다. 그만하면 답이 되었는가?"

"……."

"공력을 운기하면 마기는 더욱 빨리 퍼져 마침내는 이지를 상실하게 된다. 그래도 나와 계속해서 싸워 보고 싶으냐?"

마제 화운비가 고적산인과 심인동을 번갈아 바라보았다.

"물론 싸운다면 나는 적당히 시간을 끌어 주다가 사라질 것이다. 그럼 마기에 완전히 중독된 너희 두 사람이 단심맹의 사람들을 모두 쳐 죽이겠지."

"……."

고적산인과 심인동은 일순 말을 잃었다.

만약 마제 화운비의 말이 사실이라면, 혈사문의 일이 단심맹에서 재현되게 될 것이다. 그것은 정파 무림의 몰락이나 다름없었다.

"왜…… 그토록 잔인한 짓을…….."

고적산인의 수염이 부들부들 떨렸다.

자기 한 사람 죽는 것은 두렵지 않았다. 하지만 평생 구도(求道)에 몸 바쳐온 자신의 손으로 십대문파 제자들을 죽인다니? 그것은 상상만으로도 치가 떨리는 끔찍한 짓이었다.

"안됐지만 애초에 삼관을 만든 것이 죄다. 너희가 삼관을 만들지 않았다면…… 너희와 내가 이런 곳에서 만날 일이나 있었겠느냐? 게다가 나 역시도 과거의 일을 반복하는 것이 내키지는 않지만…… 어쩔 수 없게 되었다. 너희가 나의 기공에 중독된 뒤에야 나도 그것을 기억해내게 되었으니까."

고적산인이 결연한 음성으로 말했다.

"선배의 말이 사실이라면…… 우리는 선배와 동귀어진(同歸於盡; 종국적 파멸로 함께 돌아간다)을 감행하는 수밖에 없겠구려."

"너희가 죽기를 각오하고 덤비면 나도 조금은 신경을 써야 한다. 그런데 내가 너희를 위해 그렇게 무리를 해줄 이유가 있겠느냐? 게다가 말했다시피, 나는 너희 명문정파라는 것들의 실체를 한번쯤은 구경해 보고 싶었다. 그러니 너희들의 손으로 파국을 이끌어 보려무나."

순간 고적산인의 눈에서 광망이 번득였다.

마제 화운비의 근처에 떨어져 있던 애검(愛劍)이 보였던 것이다. 다행히 검은 상하지 않은 것 같았다.

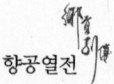
향공열전

고적산인은 심인동에게 전음을 보냈다.

『이왕 이렇게 된 거 끝을 봐야겠네. 화운비의 말이 사실이든 거짓이든 간에…… 우리는 이번에 목숨을 걸어야 할 걸세.』

말을 마친 고적산인이 암암리에 손끝으로 진기를 몰아갔다.

진기는 이전보다 더욱 활발하게 움직였다.

'헉!'

고적산인은 하마터면 비명을 내지를 뻔했다. 자신의 몸속에서 사악한 기운이 느껴진 탓이다. 이 끈적끈적한 기운이야말로 마제 화운비가 말한 마기이리라. 자신도 모르는 사이에 이렇게나 사악한 마기가 침투했다니! 고적산인의 눈이 절망으로 물들어갔다.

'화운비의 마기에 중독되었다면……'

이 한수에 모든 것을 걸 것이다. 지금 상황에서의 최선은 마제 화운비와 함께 죽는 것이었다.

고적산인은 전신 공력을 오른손의 검결지로 밀어 넣었다. 몸에는 단 한 점의 공력도 남기지 않았다. 동귀어진을 하든, 아니면 원기까지 죄다 쏟아 내든 할 생각이었다. 그래야만 혈사문과 같은 비극이 없을 것이라는 생각에서다.

드드드드.

바닥에 있던 검이 진동을 했다.

다시 한 번 고적산인의 검결지와 검이 통하게 된 것이다.

마제 화운비가 고개를 설레실레 지었다. 공력을 사용하면 혈기가 더욱 빨리 퍼질거라고 경고했지만 받아들이지 않다니…….

번쩍.

돌연 고적산인의 검에서 눈이 시리도록 푸른 광채가 흘러나왔다. 검공(劍功)의 극치에서나 엿볼 수 있는 검광(劍光)이었다.

곧이어 바람을 가르는 소리가 터져 나왔다.

쐐애액.

마제 화운비가 황급히 물러났다.

"죽으려고 작정을 했구나!"

그렇지 않다면 이런 상황에서 처음부터 저런 극한의 수법을 사용할 리가 없었다.

순간 아까부터 기회를 엿보고 있던 심인동이 검을 날렸다.

쉬이익.

심인동의 이기어검은 고적산인에 비해 화후가 부족했지만, 그래도 충분히 위협적인 것이었다.

"빌어먹을 놈들!"

마제 화운비는 저도 모르게 욕을 내뱉으며 하늘로 솟아올랐다.

마제 화운비의 발밑에서 파란 광채에 휩싸인 고적산인의 검과 심인동의 검이 종횡(縱橫)으로 얽혀 들었다.

쐐애액.

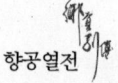
향공열전

쉬이이익.

하늘 높이 올라간 마제 화운비가 미친 듯이 광소를 터뜨렸다.

"크하하핫! 정히 원한다면 그곳에서 좋은 시간을 보내도록 해라! 나는 단심맹이 피에 잠겼다는 소문이 들리면 다시 돌아오도록 하겠다!"

마제 화운비는 허공에서 몸을 틀어 북쪽으로 날아가 버렸다.

사실 심인동의 신검합일과 고적산인의 이기어검은 마제 화운비에게 만만한 것이 아니었다. 게다가 마제 화운비는 두 사람을 상대로 모험을 할 이유도 없었다. 어차피 두 사람은 단심맹을 피로 물들이고 동귀어진 할 것이 분명했기 때문이다.

북쪽으로 한 시진 가까이 달려가던 마제 화운비가 서서히 걸음을 멈추었다.

싸움에서 이기고 기세 좋게 달려와 놓고도 마제 화운비의 얼굴은 분노로 붉으락푸르락했다. 죽기 살기로 덤벼드는 고적산인과 심인동의 기세에 놀라 적혈비를 챙겨 오는 것을 깜빡한 것이다.

"흥! 어차피 얼마 못 간다."

두 사람의 공력이 심후하다고 해도 한 달 이상은 버티지 못할 것이다. 한 달 후에 단심맹으로 가서 적혈비를 회수해도 별

문제는 없을 것이었다. 혈사문 최고의 고수였던 적혈마검(赤血魔劍)도 중독된 지 보름 만에 발작했다. 어쩌면 한 달도 긴 것인지 몰랐다.

"그때까지 조금 더 기다려 주지."

조금씩 기억을 되찾은 마제 화운비는 서두르지 않았다. 게다가 적혈비와는 심령이 이어져 있는지라 잃어버릴 염려도 없다.

한 달 동안 뭘 하고 지낼까?

아! 그동안에 마음 편하게 추억의 장소를 돌아보는 것도 좋겠지.

…….

마침내 할 일을 정하고도 마제 화운비는 움직이지 못했다. 마음 편하게 가야 할 추억의 장소가 떠오르지 않았던 것이다.

*　　*　　*

고적산인과 약속한 날이 다가오자 서문영은 대림사를 나와 용문객점에 방을 얻었다. 십팔나한과의 싸움 이후 사람들을 대한다는 게 부담스러웠지만, 다행히 사람들의 관심은 단심맹으로 가 있었다.

사실 등봉현에 모였던 대부분의 무림인들은 장안으로 떠난 뒤였다. 그때쯤 단심맹의 삼관은 이미 여러 사람들에게 알려져 있었던 것이다.

유명한 무인들이 거의 다 빠져나간 등봉현은 한가했다. 물론 가끔씩 서문영을 알아보고 아는 체를 하는 거주민도 있었다. 하지만 그런 사람들은 말 그대로 어쩌다가 한두 명에 불과했다.

게다가 그 사람들은 우연히 구경하게 된 일반 백성들인지라, 감히 서문영을 귀찮게 하지도 않았다. 그들에게 서문영은 이미 구름 위를 떠다니는 존재였던 까닭이다.

고적산인은 약속한 날에 오지 않았다. 정확하게 날짜를 정한 것이 아닌지라 서문영은 크게 신경 쓰지 않았다.

오겠다고 했으니 올 것이라고 믿었던 것이다. 사실 고적산인과 같은 고수를 위험하게 할 만한 일은 거의 없다고 해도 과언이 아니었다.

그래도 혹시나 하는 마음에 서문영은 밤늦도록 객점에 나와 있었다. 창가에 우두커니 앉아 있자니 이런저런 생각이 밀려왔다.

성공하기를 바라는 서가장의 가족들, 군문(軍門)에서 만났던 독고현, 남녀문제로 떠나야 했던 성가장, 그리고 성유화와 설지······.

'그리고 초혼요마라고 했던가?'

문득 초혼요마의 기행(奇行)이 떠올랐다. 사람 목숨을 아무렇지도 않게 여기는 그녀였지만, 단 한 번도 그녀가 악한 사람이라는 생각은 해본 적이 없었다. 마신단(魔神丹)에 대한 그녀의 태도만 보아도 그녀는 다른 칠대마인과 달랐다.

'그나저나 나도 많이 컸군······.'

처음에는 삼류문파인 비도문의 정문천에게 두들겨 맞고 지냈건만, 지금은 십팔나한을 제압한 검공으로 불린다. 군문에서는 사신(死神)이라고도 했다. 성시(省試)에 실패한 서생 치고는 대단한 성공이 아닌가? 어디 그뿐이랴! 칠대마인 중 하나와도 교분을 맺었다.

'이만하면 기인(奇人) 소리를 들어도 당연한 건데······.'

문제는 이렇게 급속도로 성공한 기인이 딱히 할 일이 없다는 점이다. 당장 성가장의 설지를 위해 태청단을 구해주고 나면 할 일이 없었다. 성격상 관인(官人)이 되기는 틀렸고, 무림인으로 살아야 하는데······ 문제는 무림인으로 산다는 게 어떤 건지 아직도 잘 모른다는 것이다.

'무관(武官)을 차리는 것도 싫고······.'

아직 창창한 나이에 '무관을 차려 제자를 가르친다'는 것은 관인이 되는 것만큼이나 고리타분한 일이 아닌가! 게다가 자신은 타인에게 전수할 만한 무공이 없다. 취팔선보는 개방의 무학이고, 성무십결은 성가장의 것이다. 그나마 다른 무공들은 대림사의 것이다.

"뭐, 나중에 자식에게는 가르칠 수 있겠지······."

자식이라고 하니 괜히 웃음이 나온다. 여자도 없는 놈이 자

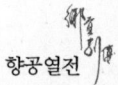
향공열전

식타령부터 하고 있다니!

혼자 중얼거리고 있는 서문영의 앞에 여아홍 한 병과 몇 가지 안주가 차려졌다.

객점 주인 강일품이 내온 것이었다.

"이건?"

"대협, 제가 드리는 것입니다."

"밤늦게까지 쉬지도 못하시고…… 미안합니다."

"어이쿠! 천만의 말씀이십니다. 대협 덕분에 지난 한 달 동안 일 년 치를 벌었습니다. 어찌나 손님들이 몰려들던지 아주 죽는지 알았습니다."

"아무튼 감사히 먹겠습니다."

"감사라니요, 변변치 않은 것을요. 더 필요하면 말씀만 하십시오."

"예."

말이 끝났음에도 강일품은 자리를 떠나지 않았다.

검공 서문영에 대한 호감으로 차마 발을 떼기 어려웠던 것이다. 강일품의 입장에서 서문영과 같은 사람은 평생 가도 한 번 만나기 어려웠다.

객점 영업시간이 훨씬 지난 지금 서문영의 시중을 자청하고 나선 것도 그런 이유에서다.

"그런데, 정말 강소성에서 송 사형과 함께 무공을 배우셨습니까?"

강일품은 아무래도 그게 궁금했다. 천하제일이라는 소림사의 십팔나한을 단신으로 제압하던 서문영의 모습은 충격이었다. 소림사 속자제자의 한 사람으로, 소림사의 무공보다 뛰어난 게 있다는 사실이 영 믿어지지 않았던 것이다.

"예, 저도 송 호법님처럼 성가장에서 무공을 배웠습니다. 송 호법님께서는 제게 많은 것을 가르쳐 주셨습니다. 제게는 스승과도 같은 분이시죠."

"헛! 송 사형이 대협께 무공을 가르쳐 주셨다고요?"

"그렇습니다."

놀라는 강일품에게 서문영이 웃어 보였다.

성가장에서 지내는 동안 송안석은 무술 전반에 대해 알기 쉽게 가르쳐 주었다. 그러니 스승이라고 해도 틀린 말은 아니었다.

"저도 송 사형이 언젠가는 크게 성공할 거라고 생각했었습니다. 성격이 까칠한 것만 빼면 아주 훌륭한 사람이지요."

"하하! 맞습니다. 좀 까칠하지만 좋은 분이시죠."

"대협, 더 드시고 싶은 게 있으면 말씀만 하십시오. 오늘은 제가 다 만들어 드리겠습니다. 주방장도 보냈으니까, 내 집이려니 생각하고 편하게 말씀하십시오. 저도 어지간한 요리는 주방장 못지않습니다. 소림사 속가제자인 제가 객점을 낸 것도 다 믿는 구석이 있어서 그런 것 아니겠습니까? 하하!"

강일품이 호탕하게 웃으며 서문영의 맞은편에 엉덩이를 걸

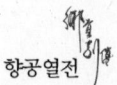
향공열전

치고 앉았다.

 소림사 속가제자 출신이기도 한 강일품은 서문영과 친분을 쌓으려고 작정하고 나와 있었다. 한때 무림에 몸을 담았던 강일품에게 서문영은 동경의 대상이다. 지금은 객점의 주인으로 살고 있지만 강일품의 꿈도 검 한 자루로 천하를 주유하는 것이었던 것이다.

 서문영도 마침 심심하던 참이라 강일품의 등장이 싫지는 않았다.

 강일품과 서문영이 웃으며 대화를 나누고 있을 때다.

 굳게 닫혀 있는 객점의 문을 누군가 두드렸다.

 강일품이 서문영을 힐끔 바라보았다. 이미 영업이 끝나 문까지 걸어 잠근 시간에 찾아온 손님인지라 조금은 내키지 않았던 것이다.

 탕탕탕.

 조용해지길 기다려도 두드리는 소리가 멎지 않자 서문영이 먼저 나섰다.

 "제가 누군지 알아볼까요?"

 그제야 강일품이 자리에서 벌떡 일어섰다. 검공 서문영이 객점의 문을 열게 할 수는 없었다.

 서문영과 친해질 수 있는 시간을 빼앗긴 것이 좀 짜증났지만 이내 마음을 가라앉혔다. 객점주인으로서의 본분을 저버릴 수는 없었던 것이다.

"이미 객점의 문을 닫았는데, 밖에 누구시오?"

강일품은 문에 귀를 바싹 가져다 댔다. 밖에서 말하는 사람의 음성을 보다 잘 듣기 위해서다.

"나는 화산파의 상무극(常無極)이오. 실례인 줄은 알지만 불빛을 보고 왔소. 아직 사람이 있는 것 같으니 문을 열어 주면 고맙겠소."

"……"

잠시 생각하던 강일품의 눈이 화등잔 만하게 커졌다.

상무극이라면 화산파 장로 절영운검(絕影運劍)으로 단심맹 천의대(天義隊)의 대주(隊主)로 이름이 드높은 고수가 아닌가?

"자, 잠시만 기다려 주십시오! 금방 열어 드리겠습니다!"

강일품은 허겁지겁 빗장을 풀었다. 한편으로 '천의대 대주라고 했으면 금방 알아들었을 텐데……' 라는 생각이 스쳤지만 지금은 물을 틈도 없었다.

객점의 문이 활짝 열었다.

재빨리 상대를 확인한 강일품이 급히 허리를 조아렸다.

정말 문밖에 서 있는 사람은 절영운검 상무극이었던 것이다. 그의 뒤로 매화오절(梅花五絶)이라 불리는 화산파의 후기지수들과 한 사람의 노도사가 보였다.

"어서 안으로 드시지요. 밤이 늦어 식사는 힘들 텐데 괜찮으시겠습니까?"

상무극이 고개를 끄덕였다. 어차피 이 시간에 다른 곳으로

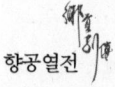

간다 해도 배를 채울 수 있는 곳은 없었다. 게다가 그가 이곳에 온 것은 다른 이유 때문이었다.

"괜찮소. 건량을 먹은 지 얼마 되지 않으니까……."

안으로 들어가던 상무극이 우뚝 멈춰 섰다. 객점 일층의 창가 쪽에 한 남자가 홀로 자작자음(自酌自吟)하고 있는 모습이 보였다.

상무극의 안색이 여러 차례 변했다. 바로 저 검공 서문영을 만나기 위해 장안에서 등봉현까지 제대로 쉬지도 못하고 달려온 까닭이다.

상무극이 조심스럽게 서문영에게로 다가갔다.

그런 상무극의 뒤로 매화오절이 그림자처럼 따라붙었다.

서문영은 상무극이 다가오는 것을 보고도 아는 체를 하지 않았다. 그의 기억 속에 상무극은 체면만 앞세우는 어리석은 사람이었다.

'십대문파의 자존심이라…….'

신책군으로 복무할 당시 천의단과 시비가 벌어졌고, 결국 천의대 대주라는 상무극의 제자와 비무를 해야 했다. 그 비무에서 승리한 사람은 자신이다. 십대문파의 제자가 이름도 없는 무장(武將)과의 비무에서 패했다는 것이 그렇게도 부끄러운 것이었을까?

그때 부대주로 있던 무당파의 장로 담운이 비무를 두고 거짓말을 꾸며냈고, 그것이 널리 퍼졌다. 그의 상관인 상무극은 모든 것을 알면서도 모른 척 넘어갔다. 애초에 상무극이 처신만 분명하게 했어도 담운과의 악연은 깊어지지 않았을지도 모를 일이었다.

화산파 출신인 검성 심인동과의 인연이 아니었다면 상무극이 곁에 오는 것도 허락하지 않았을 것이다. 하지만 심인동을 생각하면 화산파 사람에게 혹독하게 굴 수가 없었다.

'그놈의 인연이 뭔지…….'

서문영은 고개를 설레설레 젓다가 빈 잔에 여아홍을 따랐다.

성시를 본답시고 서가장에서 나와 지내는 동안 여러 사람을 만났다. 그중에는 좋은 사람도 많았지만, 두 번 다시 만나고 싶지 않은 사람도 몇 있었다.

그런데 하필 만나고 싶지 않은 사람이 찾아와서일까? 여아홍이 썼다.

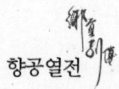
향공열전

제8장
초보영웅과 토사구팽(兎死狗烹)

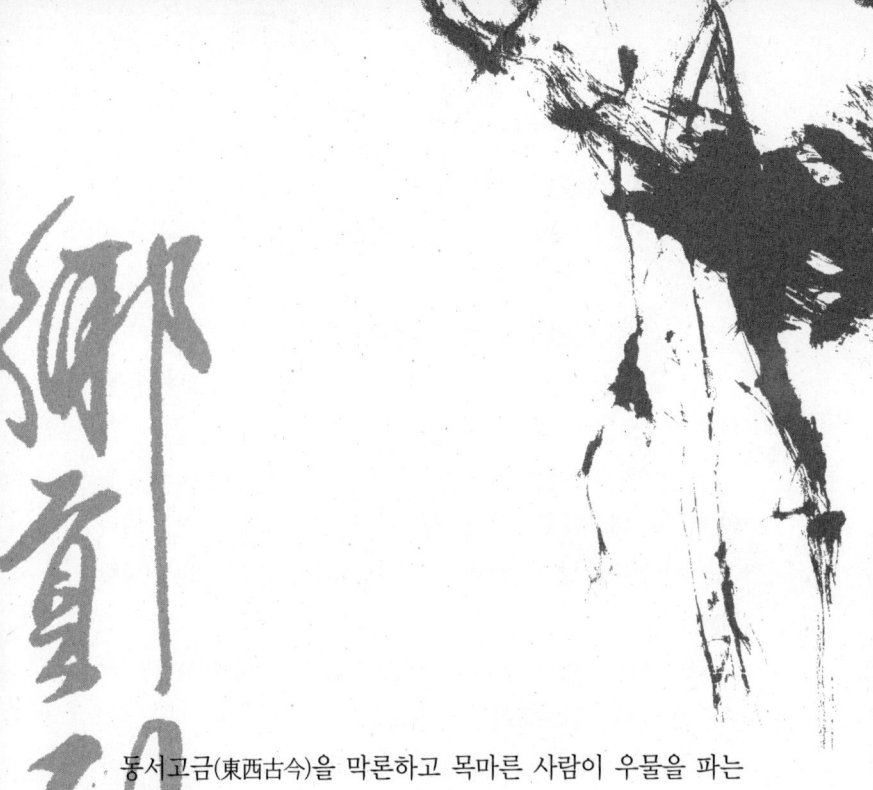

 동서고금(東西古今)을 막론하고 목마른 사람이 우물을 파는 법이다.
 서문영이 반응을 보이지 않자 화산파의 장로 절영운검 상무극이 먼저 아는 체를 했다.
 "검공 서문영 대협. 다시 뵙게 돼서 반갑소이다. 화산파의 상무극이외다."
 절영운검 상무극의 말이 뚝뚝 끊겼다.
 그도 서문영을 다시 만난다는 게 내키지 않았던 것이다. 사실 단심맹에서 그런 사고만 터지지 않았어도, 서문영과 만날 일은 없었다.

"무슨 볼일이라도 있습니까?"

서문영이 심드렁한 표정으로 물었다.

"……."

상무극의 얼굴이 살짝 찡그려졌다.

서문영은 지금 의자에서 엉덩이도 떼지 않고 있었다. 무림의 배분으로 보면 건방지기 짝이 없는 행동이다.

하지만 과거에 떳떳치 못한 일이 있었던지라, 지금 서문영의 삐딱한 태도를 문제 삼을 생각은 없었다. 다만 스치고 지나가는 것으로 끝날 줄 알았던 서문영과의 질긴 악연을 원망할 밖에…….

"단심맹…… 아니 고적산인과 검성인 심 사형(師兄)께서 서 대협을 모셔오라는 분부를 내리셨소."

상무극은 서문영이 단심맹을 싫어할지도 모른다는 생각에 급히 말을 바꾸었다.

그러면서도 마음 한편으로는 '내가 왜 이렇게 서문영의 눈치를 봐야 하지?' 의아해했다. 물론 과거에 미안한 일을 한 적은 있다. 하지만 아무리 그런 일이 있었다고 해도 절영운검 상무극의 이름은 검공 서문영보다 아래가 아니었다.

소문으로는 서문영이 십팔나한을 제압했다고 하지만, 십팔나한에게 문제가 있었다고 하니 본 실력을 발휘하지도 못했을 것이다.

그런데도 심인동과 고적산인은 무슨 대단한 사람인 양 말끝

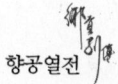

마다 검공이라 치켜세우며 서문영을 모셔 오라고 했다.

서문영이 의아한 얼굴로 상무극을 바라보았다. 심인동과 고적산인이 자신을 단심맹으로 불렀다는 것이 믿기지 않아서다. 단심맹의 공적(公敵)인 자신을 단심맹으로 부르다니?

게다가 상무극의 태도로 보아 단심맹에서 자신을 특별하게 여기고 있는 것 같지도 않는데 말이다. 지금 상무극의 얼굴에는 '고적산인과 심인동 때문에 참는다' 는 표정이 여실히 드러나 있었다.

"난 단심맹의 공적인데, 단심맹으로 오라니…… 거참, 애매한 부름이군요."

"그 부분은 염려하지 마시오. 검공 서문영 대협은 더 이상 단심맹의 공적이 아니오. 대협을 단심맹에 초대하는 날…… 맹주께서 무림첩을 돌렸소."

"쩝! 그렇다면 나도 말이 나온 김에 하나 물어 보고 싶군요. 내가 단심맹의 공적이 된 것은 어떤 이유에서 였습니까?"

"그건 대협께서 녹림의 도적과 의형제를 맺은 일 때문이오. 민감한 시기였던지라 단심맹에서는 그것을 녹림과 내통한 것으로 오해를 한 것이오. 이번 무림첩에는 그간의 오해에 대한 해명과 대협에 대한 단심맹의 공적선언 철회가 함께 담겨 있소."

"단심맹에서 멀쩡한 사람을 무림공적으로 만들었다가 다시 없던 일로 하자고 하니…… 몸 둘 바를 모르겠군요."

"서로간의 오해로 인한 좋지 않았던 기억은…… 그만 털어 버리는 것이 좋지 않겠소?"

"높으신 분들은 혼자 오해했다가 혼자 털어 버릴 수 있는지 몰라도…… 나같이 아래에서 이리 치이고 저리 치이던 사람은 쉽게 털어 버릴 수가 없습니다. 게다가 서로간의 오해가 아니라 한쪽에서 일방적으로 저를 나쁜 사람으로 몰아가지 않았습니까?"

서문영이 상무극의 눈을 지그시 응시했다.

단심맹은 물론 상무극 개인의 잘못에 대해서도 묻고 있는 것이다. 자신을 후안무치(厚顔無恥)한 사람으로 몰아간 것은 분명히 담운과 상무극이기 때문이다.

"……."

잠시 생각하던 상무극이 물었다.

"허면 대협은 어떻게 하시려고 하오? 단심맹에 가지 않겠다는 말씀이오?"

서문영이 피식 웃고 말았다.

아무래도 상무극은 과거의 일에 대해 사과할 생각이 없는 것 같았다. 십대문파의 이름은 그렇게나 크고 위대한 것이었다.

당장 상무극과 싸우지 않을 거라면, 더 따지고 들어봐야 피곤하기만 할 것이다.

누가 그랬던가! "복수는 증오심을 키우지만 용서는 그 증오심으로부터 우리를 자유롭게 해준다. 그러므로 용서는 자신을 위해서 하는 것이다"라고.

서문영은 더 이상 상무극과 시비를 가리고 싶지 않았다.

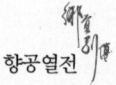
향공열전

따지고 보면 상무극의 죄란 '그릇된 것을 알고도 침묵'한 정도다. 그 정도의 죄를 짓지 않고 사는 사람이 몇이나 될까?
 웃어야 편하지. 저렇게 완고한 사람과 무슨 이야기를 한다고.
 '고적산인과 심인동 대협이 찾는다니 가긴 가야겠지만……'
 태청단을 생각하면 당장 움직이기가 곤란했다. 자신이 용문객점에 머무르고 있는 것은 순전히 고적산인에게 받기로 한 태청단 때문이 아니던가!
 "단심맹에는 갈 것입니다. 하지만 그전에 이곳에서 처리해야 할 일이 있습니다."
 "대충은 알고 있소. 그 일로 무당파의 장로 한 분이 동행하셨소."
 말과 함께 상무극이 뒤쪽으로 시선을 돌렸다.
 "철완도사(鐵腕道士)님, 잠시 오시지요."
 그제야 한쪽에 따로 서 있던 노도사가 다가왔다.
 상무극이 철완도사에게 서문영을 소개했다.
 "도사님, 이분이 바로 고적산인께서 말씀하신 검공 서문영 대협이외다."
 철완도사가 서문영을 찬찬히 살피며 말했다.
 "빈도(貧道)는 고적 사백을 대신해서 온 무당파의 통지이외다. 무당산 상청궁(上淸宮) 출신으로…… 지금은 단심맹의 대소사(大小事)를 기록하는 일을 도와주고 있소."
 한마디로 서기(書記)라는 말이다.

서문영이 자리에서 일어나 철완도사를 향해 읍(揖)을 해보였다.

무당파의 태청단이 고마워서가 아니라, 왠지 문사(文士)의 냄새가 나서 저도 모르게 정중해진 것이다.

"아, 저는 서문영입니다."

"고적 사백께 듣던 대로 헌앙(軒昂)하신 분이시구려."

"과찬의 말씀이십니다. 그런데 고적산인께 무슨 일이 생겼습니까?"

"그건……."

철완도사가 상무극에게 시선을 돌렸다.

순간 상무극이 번득이는 눈으로 주변을 살폈다. 지금 단심맹에서 일어나고 있는 일은 극비(極秘)였다. 십대문파의 위상에도 문제가 있지만, 만에 하나 이 사실을 천명회가 알게 되면 정사대전(正邪大戰)이 일어날 수도 있기 때문이다.

한차례 조사를 하고도 부족한지 상무극이 매화오절에게 말했다.

"너희는 엿듣는 자들이 있는지 주변을 살피도록 해라."

"예!"

매화오절이 사방으로 흩어졌다.

곧이어 상무극은 엉거주춤 서 있는 강일품에게도 자리를 비켜 달라고 정중히 요청했다.

결국 강일품까지 객점의 문을 닫아걸고 자리를 떠났다.

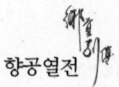
향공열전

주변이 정리되자 세 사람은 누가 먼저랄 것도 없이 자리에 걸터앉았다.

잠시 후 찻물로 가볍게 목을 축인 상무극이 말문을 열었다.

"이 일은 단심맹 최대의 비밀이니 대협께서도…… 가벼이 여기지 말아야 할 것이오."

"……"

서문영은 대답하지 않았다.

자신이 단심맹의 사람이 아니라고 생각하는 것도 있지만, 상무극의 말에 장단을 쳐주고 싶지 않아서다. 상무극의 작은 죄를 용서는 해도 잊지는 않은 까닭이다.

"고적산인과 심 대협은 마기에 중독이 되어…… 단심맹의 뇌옥(牢獄)에 갇혀 계시오."

"뇌옥이요?"

서문영이 놀란 눈으로 바라보자 상무극이 급히 말을 이었다.

"두 분은 쇠사슬로 온몸을 묶고 뇌옥에 들어가신 것으로도 모자라…… 뇌옥의 입구를 바위로 봉하라 하셨소."

"대체 왜……."

"마제 화운비의 마기에 중독이 되었다고 하시며…… 대협을 모셔오면 혹 해독이 될지도 모른다고 하셨소."

"마제 화운비?"

서문영은 아직 마제 화운비가 얼마나 대단한 존재였는지 모른다. 아직은 강호초출인 까닭이다.

그런 서문영을 위해 상무극이 간단하게 설명했다.

"마제 화운비는 삼백 년 전의 천하제일인이었소. 그의 독문 무공이 혈마기공이오. 두 분은 바로 그 혈마기공의 마기에 중독이 되신 것이오."

"아!"

서문영은 삼백 년 전의 사람이 어떻게 중독을 시킬 수 있느냐고 묻지 않았다. 고적산인이 자신을 찾는 이유도 알 것 같았다. 하지만 자신은 단지 죽은 자를 소멸할 수 있는 능력이 있을 뿐이다. 마기니 중독이니 하는 것들은 알지 못했다.

"그런데 중독이 되었으면 치료를 해야지 왜 뇌옥으로……."

"두 분께서 말씀하시기를…… 마기에 중독이 되면 이지를 잃고…… 눈에 보이는 사람을 다 죽인다고 하였소. 그런 이유로…… 스스로 뇌옥에 들어가게 된 것이오."

"하아! 그런……."

서문영의 입에서 한숨이 길게 흘러나왔다. 마공의 마기에 중독이 되어 사람을 해치게 될 거라니? 그야말로 무림에서나 일어날 법한 기사(奇事)가 아닌가!

망연자실(茫然自失)한 표정으로 앉아 있는 서문영에게 철완도사가 말했다.

"그런 이유로 빈도가 단심맹을 나서게 된 것이외다. 빈도가 고적 사백에게 받은 부탁은 약선(藥仙) 사백과 서 대협을 만나

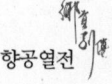
향공열전

게 해 주는 것이오."

"잘 알겠습니다. 그러니까 이곳에서 제가 만나야 할 사람은 약선이라는 분이로군요?"

"그렇소이다. 그런데 서 대협께서 약선 사백을 만나기로 한 것은 혹시……."

"예, 그것은……."

서문영이 태청단이라고 말하려고 할 때다. 철완도사가 급히 손을 저었다.

서문영은 철완도사의 갑작스러운 행동으로 말을 끊고 눈만 끔뻑거렸다. 먼저 물어와 놓고 갑자기 말을 막는 이유가 궁금해서다.

그런 서문영의 귀로 철완도사의 전음이 들려왔다.

『서 대협, 가급적 태청단의 이름은 입 밖에 내지 않는 것이 좋을 것이오. 그것 하나로 인해 강호에는 몇 번의 혈겁이 있었소. 무림인은 물론 일반인들까지 목숨을 걸고 구하려고 하는 것 중에 하나가 바로 그것인 까닭이오. 견물생심(見物生心)이라, 슬프게도 태청단은 피를 부르는 물건이라오.』

"……."

서문영은 이해한다는 듯 묵묵히 고개를 끄덕였다. 그러는 한편 자신이 무림의 생리를 너무 모르고 있다는 자책에 얼굴을 붉혔다. 태청단이 얼마나 어렵게 만들어지는지, 또 그것의 가치가 어떠한지에 대해 자꾸만 잊고 마는 것이다.

'서문영, 긴장 좀 하자.'

서문영은 몇 번이고 자기 자신에게 주의를 주었다. 지금 약선에게 태청단이 있다는 것이 알려져서는 좋을 것이 없다. 자신이야 뭐가 문제랴! 하지만 약선은 그 태청단의 제조를 위해 기진맥진했을 터이니 아마도 흉한 꼴을 면하기 어려울 것이었다.

눈앞에서 서문영이 부끄러워하자 철완도사가 민망한 표정으로 말했다.

"허, 사실은 물어본 내가 나쁜 놈이오. 설마설마 하는 마음에 그만…… 두 사백에게 그처럼 대접받을 인물이 있을 거라고는 생각해 본 적이 없어서……."

철완도사는 지금도 믿어지지 않는 표정이었다. 자신이 알고 있는 자소궁(紫宵宮)의 약선은 설사 황제가 애원한다 해도 태청단을 제조하지 않을 사람이다. 그런데 고적산인이 무슨 말을 했기에 약선이 목숨까지 걸고 그것을 만들까?

철완도사가 새삼스러운 눈으로 눈앞에 앉아 있는 서문영이라는 사내를 보았다.

이십 대 후반에 불과한 나이에 상무극과 같은 사람에게 대협 소리를 듣는다. 그 또한 믿어지지 않는 모습이었다. 십대문파에서 상무극 만큼이나 자존심이 강한 사람도 드물었다. 그런 상무극이 꼬박꼬박 대협이라고 높여주고 있다. 겉으로 보기에는 서생으로 보이는 사람을 말이다.

대화가 끊어지자 상무극이 철완도사에게 물었다.

"철완도사님, 오늘은 늦었으니 그만 쉬는 것이 어떻겠습니까?"

"허허, 그래야 할 것 같소. 나까지 데리고 오느라 수고 많이 하셨소. 약선을 만나고 나면 바로 떠나야 할 테니…… 상 대협도 들어가 쉬십시다."

"그래야겠습니다. 나이가 드니 노숙(露宿)도 쉽지 않군요."

상무극이 서문영을 힐끔 바라보았다. 이렇게 나이 먹은 사람들까지 나서서 고생하는데 알아서 행동을 잘 했으면 하는 바람에서다. 자신에게는 앉아서 인사를 받고 철완도사에게는 일어서서 고개까지 숙인 게 마음에 남았던 것이다.

서문영이 담담한 얼굴로 말했다.

"그럼 두 분은 들어가서 쉬십시오. 저는 생각할 것이 남아서…… 더 앉아 있다가 들어가렵니다."

"허허, 그럴까요?"

철완도사가 일어서자 서문영도 자연스럽게 자리에서 일어났다. 인사를 하기 위해서다.

"그럼 빈도는 이만."

"예, 쉬십시오."

철완도사가 서문영과 가볍게 목례를 주고받고는 객실로 향했다.

서문영은 철완도사와의 인사가 끝나자마자 미련 없이 의자

초보영웅과 토사구팽(兎死狗烹) 241

에 앉았다.

"······."

상무극은 서문영의 뒤통수를 머쓱한 표정으로 쳐다보다가 천천히 멀어져갔다.

철완도사와 상무극이 떠나고 일다경(一茶頃)쯤 지났을까?

한 남자가 망설임 없이 서문영의 자리로 다가왔다. 그는 매화오절의 수뇌인 한명주(漢明珠)였다.

"서 대협, 합석을 해도 되겠습니까?"

서문영이 웃으며 고개를 끄덕였다. 화산파 제자인 한명주와는 구면이었다. 처음 신책군이 되어 친구 무덕원과 함께 본대(本隊)로 가던 중에 만났던 것이다. 물론 그때의 한명주는 감히 마주 보기도 어려울 정도의 고수였다.

"하하! 이게 몇 년 만입니까? 저는 서 대협께서 크게 이름을 떨칠 것을 알았습니다."

"별말씀을요. 화산파의 매화오절만 하겠습니까?"

"그렇지 않습니다. 매화오절과 검공을 비교하는 사람은 없습니다. 솔직히 매화오절에게는 십팔나한의 세 명 정도가 한계입니다. 그나마 나한진이라도 펼치는 날에는 국물도 없지요. 하지만 서 대협께서는 나한진을 깨고 십팔나한을 제압하지 않으셨습니까? 매화오절은 백번 죽었다가 깨어나도 할 수 없는 일입니다."

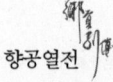
향공열전

"하하, 겸손의 말씀을요. 화산파와 소림사가 싸울 일이 없으니, 백번 죽었다가 깨어나도 할 수 없는 것이겠지요."

서문영은 한명주가 마음에 들었다.

한명주는 명문의 제자답게 몸가짐이 반듯하고 말투도 겸손했다. 처음 만났을 때나 지금이나 한명주는 한결같은 모습이었다.

"참! 제 사제들을 소개시켜 드려도 괜찮겠습니까?"

"사제라면 매화오절을 말씀하시는 건가요?"

"예. 모두들 서 대협을 만나보고 싶어 했습니다. 십대문파가 좀 딱딱한 구석이 있지만 그래도 젊은 사람들은 좀 다르거든요."

"저는 괜찮습니다만 쉬어야 하지 않나요?"

"아직 젊어서 까딱없을 겁니다."

말과 함께 한명주가 멀찍이서 살펴보고 있는 네 사람에게 손짓을 보냈다.

네 명의 화산파 젊은이들이 기다렸다는 듯 달려왔다.

사제들이 자리에 앉자 한명주가 근엄한 표정으로 말했다.

"인사들 하거라. 이분은 검공 서문영 대협이시다. 나와는 오래전에 만나 통성명을 한 적이 있으시다."

"아! 예! 저는 천상제(千常悌)라고 합니다. 대형에게서 서 대협에 관한 이야기를 많이 들었습니다. 많은 지도 편달을 부탁드립니다. 그리고……."

초보영웅과 토사구팽(兎死狗烹) 243

"짧게 해라. 기다리고 있는 사제들도 생각해 줘야지."
한명주가 천상제의 말을 끊었다.
"아! 예. 잘 부탁드립니다."
"그 말은 벌써 했잖느냐?"
"그랬나요? 하하!"
천상제가 멋쩍게 웃었다.
한명주가 그런 천상제의 어깨를 가볍게 두드리며 말했다.
"다른 녀석들도 어서 소개들 하라고. 짧게 해. 우리도 누가 찾아와서 길게 자기 소개하면, 나중에 기억 못하고 그랬잖아."
"예! 금석문(金石紋)입니다."
"저는 소지명(少知名)입니다."
"저는 막내인 무상월(武霜月)입니다."
"저는, 무림공적에서 얼마 전에 벗어난 서문영입니다."
서문영이 웃으며 짧게 목례를 했다.
"하하! 서 대협, 그런 말씀하시면 저 녀석들 주눅 듭니다. 아직 어려서 그런지 누가 무림공적이라고 하면 괜히 긴장부터 하고 그러더라고요."
대형인 한명주의 말에 둘째인 천상제가 급히 변명을 했다.
"대형, 그건 우리가 무림공적에게 칼질을 하려고 마음의 준비를 하는 거죠. 그걸 주눅 들었다고 하면 안 되는 겁니다."
"맞아요! 대형! 우리는 주눅 들지 않습니다."
"주눅이라니 당치도 않아요!"

향공열전

"푸하핫! 그래, 주눅이 아니라 마음의 준비다. 인정할 테니 그만 좀 해라."

매화오절의 대화를 지켜보던 서문영의 얼굴에 미소가 번졌다. 성가장에 있을 때는 자신도 저렇게 편안하고 즐거웠다.

성유화와 이가장의 장주는 잘 지내고 있을까?

설지는 소환단으로 좀 나아졌을까?

매화오절의 막내인 무상월이 갑자기 서문영에게 물었다.

"서 대협의 절기 하나만 보여 주실 수 있으십니까? 우리도 전설속의 경지라는 건 말로만 들어서요. 정말 그런 게 있는지 궁금하거든요."

"그런 거라뇨?"

"십팔나한을 제압했다는 무상검형(無上劍形) 말입니다."

"……"

서문영은 잠시 생각했다. 십팔나한과 싸울 때 만들어진 검형(劍形)을 보고 그런 말이 생긴 것 같았다.

'무상검형이라니? 이름도 잘 짓는군!'

기대에 찬 매화오절의 눈빛을 보고 있자니 가만히 있으면 안 될 것 같았다. 이미 매화오절과의 시간이 마음에 든 서문영이다.

이들에게 새로운 검의 경지를 보여 주는 것도 나쁘지 않으리라. 하지만 객점 안에서 성무십결처럼 파괴적인 무공을 선보인다는 것은 어불성설(語不成說)이다.

서문영은 조용히 금강검을 뽑아 탁자 위에 올려놓았다.

매화오절이 긴장한 얼굴로 금강검을 뚫어져라 노려보았다.

'이 젊은 도사들에게 무엇을 보여 줄까?'

잠시 고민하던 서문영이 손가락으로 금강검의 손잡이를 가볍게 팅겼다.

순간 금강검이 둥실 떠올라 탁자 위를 미끄러지듯이 날아갔다.

어느새 서문영의 오른손은 검결지(劍訣指)를 맺고 있었다.

"헉! 이기어검(以氣御劍)?"

무상월의 입에서 탄식이 흘러나왔다.

그러는 동안에도 금강검은 마치 물속을 노니는 물고기처럼 느릿하게 객점의 탁자 위를 떠돌았다.

"……"

매화오절은 아예 말을 잊었다. 이기어검으로 저렇게 할 수 있는 사람이 있을까? 아무리 봐도 저건 단순한 이기어검이 아니다.

'음, 역시 부족한가?'

무거운 침묵이 느껴지자 서문영은, 자신이 매화오절의 기대를 채워주지 못한 것 같다고 생각했다.

역시 전설속의 대문파인 화산파의 사람들답지 않은가! 세상 사람들은 말하기를 "화산파의 신선들은 친구를 만나러 갈 때도 검을 타고 다닌다"고 했다. 그들의 높아져 있는 눈을 만족

향공열전

시키려면 자신이 좀 더 노력해야 할 것 같았다.

순간 금강검이 움직임을 멈추었다.

우우우웅.

객점에 대놓고 묵직한 검명(劍鳴)이 울려 퍼졌다. 검명은 마치 호랑이가 포호(咆號)하는 듯 무겁고 날카로웠다.

곧이어 탁자 위로 한 자루, 두 자루, 세 자루…… 빛나는 검이 늘어났다.

눈 깜빡할 사이에 탁자 위로 열두 개의 검이 만들어졌다.

대림사의 범천십이검(梵天十二劍)이 펼쳐진 것이다.

서문영의 검결지에 따라 열두 개의 검이 탁자 위를 종횡(縱橫)으로 얽혔다.

…….

아무런 소리도 없이, 탁자 위의 허공에서 촘촘하게 얽혀가는 검형을 바라보던 매화오절은 거의 혼이 나가는 느낌이었다.

무공시연을 요청했던 무상월의 경우 입가로 침이 줄줄 흘렀지만 본인은 알아차리지 못했다.

'이, 이건, 인간의 무공이 아니야……'

고적산인과 심인동 사조가 뇌옥으로 들어가 서문영을 오라 하는 이유를 알 것도 같았다. 악마를 제압하는 건 신인(神人)만이 가능한 것이다.

팟.

한순간 눈부시게 빛나던 모든 검형이 사라졌다.

"……."

매화오절이 몽롱한 시선으로 탁자 위에 놓인 금강검을 내려다보았다.

금강검의 손잡이 구석에 음각으로 새겨진 대림사라는 이름이 유난히 크게 느껴졌다.

매화오절의 귀로 서문영의 수줍은 음성이 들려왔다.

"부끄럽습니다. 대림사의 범천십이검이라는 검법입니다. 아직 대성(大成)을 못해서……."

"아, 네에……."

매화오절의 입에서 생각 없는 대답이 술술 흘러나왔다.

그들에게 서문영의 말은 이미 경전(經典)에 버금가는 것으로 바뀌어져 있었다.

매화오절은 서문영이 두려워 눈치를 살피면서도 자리에서 일어나지 못했다. 그들 역시 명성과는 너무도 다른 서문영의 소박함이 마음에 들었던 것이다.

시간이 조금 지나자 다시 분위기는 화기애애(和氣靄靄)해졌다. 서문영이나 매화오절이 격식이나 체면을 따지기에는 아직 젊은 탓이다.

결국 서문영과 매화오절의 대화는 새벽이 되어서야 겨우 끝날 수 있었다.

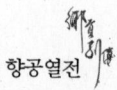

향공열전

*   *   *

 다음날 아침, 식사를 하러 나갔던 절영운검 상무극은 매화오절의 초췌해진 몰골에 가볍게 인상을 찌푸렸다. 그도 매화오절이 서문영을 만나기 위해 나간 것은 알고 있었다. 그런데 대체 얼마나 열심히 떠들었으면 내외공이 경지에 든 매화오절이 저렇게 됐을까?
 "쯧쯧! 사내대장부들이 무슨 할 말이 그렇게 많다고……."
 매화오절의 대형인 한명주가 얼굴을 붉히며 고개를 숙였다.
 "사부님, 죄송합니다. 오랜만에 마음이 통하는 사람을 만나서…… 긴장을 풀고 떠들다 보니…… 시간 가는 줄을 몰랐습니다. 주의하겠습니다."
 "그 마음이란 것은 본시 간사한 것이니 너무 좋아할 것 없느니라."
 "예."
 몸 둘 바를 몰라 하는 한명주의 표정을 본 상무극은 창밖으로 시선을 돌렸다.
 사실 그것은 어쩌면 자신의 마음을 두고 한 말인지도 몰랐다. 처음에는 서문영에 대한 호기심으로 성가장과 서가장의 편지 심부름을 마다하지 않았다. 하지만 직접 본 성가장은 변방의 작은 무관이고, 서가장은 그냥 평범한 문관(文官) 출신이 세운 장원이있다.

두 장원의 내력을 조사해 봤지만 지극히 평범했다. 비범한 조상이나 전해지는 비범한 무공도 없었다. 서문영은 어쩌다 생겨난 돌연변이였다.

간혹 강호에는 서문영처럼 별 볼일 없는 무공 속에서 저 혼자의 힘으로 고수가 되는 사람이 있다.

그런 사람들은 마치 노새처럼 그의 세대에서 종말을 고한다. 그들의 기괴한 깨달음을 이어받을 수 있는 사람이 없기 때문이다. 당연하다. 그런 깨달음이 온전히 전수될 수 있다면, 세상에서 평범한 무공이라고 불리는 것은 없을 테니까.

문득 상무극의 입가에 자조적인 미소가 떠올랐다.

서문영에게 아무런 배경이 없다는 사실에 묘한 쾌감을 느꼈던 기억이 떠올랐다. 대범한 척했지만 '십대문파도 아닌 사람에게 화산파가 밟혔다'는 것에 대한 반작용이었다.

그 뒤로는 애써 서문영을 잊으려 했다. 그러다가 끝내는 단심맹에서 담운이 퍼트리는 거짓말에도 일절 관여하지 않게 된 것이다.

'이미 오래전부터 시작된 일이라 이제와 번복하기도 어렵게 됐지만……'

생각에 잠겨 있는 상무극의 귀로 한명주의 인사소리가 들려왔다.

"철완도사님, 밤새 안녕하셨습니까?"

"허허, 인사성 바른 젊은이로고. 좋은 날씨지?"

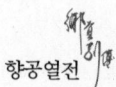
향공열전

철완도사가 다가오자 상무극이 웃으며 자리에서 일어섰다. 철완도사는 연배가 비슷하지만 친하게 지내지 않아 대하기 어려운 사람이었다.

"여러분, 좋은 아침이외다. 그런데 매화오절은 아직 피곤이 가시지 않은 얼굴인데…… 좀 더 쉬게 해야 하지 않겠소?"

철완도사와 함께 자리에 앉은 상무극이 멋쩍게 웃어 보였다.

자신의 주변에 서 있는 매화오절을 보고 하는 말이리라. 잠시 과거를 회상하느라 제자들을 쉬게 한다는 것을 깜빡했다.

"어차피 다른 볼일이 없으니…… 이제는 쉬는 일만 남았다고 할 수 있소이다."

상무극이 근엄한 얼굴로 제자들에게 주의를 주었다.

"약선을 만나고 나면 쉴 틈도 없을 것이다. 그러니 미리미리 체력을 비축해 두어야 한다. 괜히 들떠서 돌아다니다가 몸을 망치는 일이 없도록 하거라. 알겠느냐?"

"예!"

매화오절이 큰 소리로 답하자 객점의 손님들이 힐끔힐끔 쳐다보았다.

상무극이 곤란한 표정으로 손을 휘저었다. 소란스럽지 않게 빨리 물러나라는 뜻이다.

매화오절이 공손히 인사한 후에 빈자리를 찾아 물러갔다.

상무극은 혹시나 싶어 매하오절의 주변을 살폈다. 매화오절과 서문영이 급속도로 친해진 것 같아 은근히 신경이 쓰였던 것이다.

하지만 서문영의 모습은 보이지 않았다.

'늦게까지 떠들더니…… 깨워주는 사람이 없어서 아직도 못 일어난 모양이지?'

그러고 보면 영락없이 평범한 남자의 모습이 아닌가!

서문영은 확실히 평범함과 비범함이 혼재된 묘한 남자였다. 변두리를 전전하던 군인이 절세의 고수라는 것도 그렇고, 고위 관직까지 역임(歷任)했다는 사람이 녹림의 도적과 의형제를 맺었다.

도문(道門)에서 까탈스럽기로 둘째가라면 서러워할 고적산인과 약선이 그의 주변에 있는가 싶더니, 이제는 고고하기로 소문난 매화오절까지 그에게 푹 빠진 모습이다.

'그런데 철완도사에게는 예의 바른 척하면서 나에게는 왜 그렇게 뻣뻣한데?'

물론 이유가 짐작이 가지 않는 것은 아니다. 하지만 그래도 이렇게 노골적으로 하는 것은 문제가 있다. 자신은 그저 문파의 명예를 보호하기 위해 입을 다문 것뿐이다. 모든 것은 그가 굽실거리고 있는 저 무당파의 제자인 담운이 만들어 퍼트린 것이 아닌가 말이다!

'서문영과 무당파 사이에 무슨 거래가 있는 걸까?'

서문영은 담운에게 그런 꼴을 당하고도 철완도사에게 공손

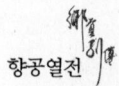
향공열전

하기만 했다. 만약 자신이 같은 일을 당했다면 무당파 사람들과는 한자리에 있지도 않았을 것이다.

이상한 것은 비단 그것뿐이 아니다. 뇌옥에 들어가는 급박한 상황에서도 고적산인은 철완도사를 대리인으로 골라 보냈다. 마기중독보다 더 큰 일이 서문영과 무당파 사이에 오가고 있는 것이다. 하지만 아무리 생각해도 그럴 만한 이유가 떠오르지 않았다.

'약선을 만난다고 하는 것을 보면 단약(丹藥)에 관계된 일 같은데…… 설마? 아니겠지…….'

태청단은 진원지기를 이용해서 만드는 성약(聖藥)이다. 물론 서문영이 요즘 유명해지긴 했지만, 무당파에서 그렇게까지 챙겨줄 정도는 아니다.

골똘히 뭔가를 생각하던 상무극이 슬쩍 운을 뗐다.

"그런데 식사 후에 따로 계획이 있으시오?"

"그분이 언제 올지 모르니 객점에서 기다릴 생각이외다."

"허어, 그분이 올 정도면…… 역시 그것 때문이겠지요?"

상무극이 다 알고 있다는 얼굴로 철완도사를 바라보았다.

"……"

철완도사는 말없이 웃기만 했다.

상무극이 무슨 대답을 원하는지 알았지만, 철완도사는 가르쳐 줄 생각이 없었다. 아무리 같은 십대문파요, 검성 심인동의 사제라고 해도 아닌 건 아닌 것이다. 서문영이 입까지 막은 자

초보영웅과 토사구팽(兎死狗烹) 253

신이 이제 와서 바보짓을 할 리가 없지 않은가!

혼자서 애가 탄 상무극이 중얼거렸다.

"솔직히 지금도 알 수가 없소이다. 고적산인과 심 사형께서 왜 그에게 집착하시는지 말이오. 죽었다던 사람이 살아났다는 소리도 그렇고…… 요즘은 다들 뭔가에 홀린 것 같다는 느낌이외다. 당최 말이 되는 소리들을 해야지 원……."

"맹주께서도 요즘 단심맹의 분위기가 많이 엉클어져 심기가 불편해 보이긴 하더이다. 오다가 들으니 천명회의 도적들이 장강(長江)을 넘었다는 소문도 있던데…… 솔직히 빈도는 단심맹의 안정을 위해서라도 서 대협이 뭔가 해주었으면 하는 바람이오."

말과 함께 철완도사가 가벼운 한숨을 내뱉었다. 고적산인과 검성이 뇌옥에서 나오지 못한다면 단심맹은 무너지고 말 것이다. 호시탐탐 노리고 있을 살귀도 그렇지만, 장강을 중심으로 천하를 이등분하고 있는 천명회 역시 문제였다.

누구의 입에서 비롯된 것인지는 몰라도 살귀가 단심맹의 최고 고수들을 폐인으로 만들었다는 소문이 돌고 있었다.

"나 역시도 잘 되기를 바라는 사람 가운데 하나외다. 다만……."

상무극이 고개를 설레설레 저었다. 그 기대를 받고 있는 사람이 서문영이라는 것이 문제일 뿐이다.

서문영만 아니라면 장안까지 업고서라도 가줄 수 있었다.

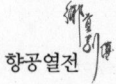
향공열전

그런데 왜 하필 기억하고 싶지도 않은 일로 엮인 서문영이란 말인가!

"아! 그러고 보니 단심맹에서 서 대협과 처음으로 조우한 사람들이…… 과거 천의단(天義團)이었다지요? 상 대협이 단주(團主)로 있었던……."

"그랬지요."

상무극이 떨떠름한 표정으로 고개를 끄덕였다. 단심맹의 서기 일을 돕고 있는 철완도사이니 내막을 훤히 알고 있으리라.

"그날의 비무는 정말 서 대협이 비겁했습니까?"

"……"

단도직입(單刀直入)적으로 묻는 철완도사 앞에서 상무극은 잠시 망설였다. 문득 과거의 실수를 바로잡을 수 있는 기회인지도 모른다는 생각이 스치고 지나갔다. 하지만 상무극은 별로 그러고 싶은 마음이 들지 않았다.

"문파가 다른 사람들 간에 일어나는 비무란 것이 늘 그렇지 않소? 이러쿵저러쿵 당사자들이 의도하지 않았던 많은 말들이…… 확대 재생산 되고 있을 뿐이오."

"헐! 아무래도 '비겁한 승리를 취한 것은 아니다'라는 말로 들리오만?"

"비무의 당사자들이 아니고서야 누가 사정을 알겠소?"

"물론 서 대협을 무림공적에서 철회할 즈음, 서 대협과 관계 되었던 사람들을 모두 만나보았수이다. 먼저 서 대협의 인품을 확인해야 한다는 맹주님의 특별 지시로 말이외다."

"헐! 군불위(君不爲)를 만났다는 말씀이오?"

"매화검영(梅花劍影) 군불위 소협은 오랜 노숙으로 몸이 좋지 않았다고만 하더이다만……. 하지만 노숙으로 인한 피로와 내상(內傷)은 하늘과 땅 차이 아니오? 기록에 보면 상 대협과 담 총관(부단주 담운)이 군불위의 내상을 증언했다고 하던데……."

"쩝, 군불위의 내상은 담 총관이 말해줘서 알았으니…… 담 총관에게 확인하면 되지 않겠소?"

상무극은 더 이상 말하고 싶지 않은지 일어설 준비를 했다.

"허허, 담 총관도 만나 봤는데…… 담 총관은 군불위가 화산파의 제자이니 상 대협이 더 잘 알지 않겠느냐고 하더이다."

"……."

상무극이 불쾌한 표정으로 철완도사를 바라보았다. 아무래도 자리를 뜬다고 해결될 문제처럼 보이지 않았다. 눈치를 보니 철완도사는 작정을 하고 말을 꺼낸 것 같았다. 어쩌면 다음에는 더 딱딱한 자리에서 같은 식의 질문을 받게 될지도 몰랐다.

'담운 이자가…… 결국…… 나에게 뒤집어씌우는구나!'

망설이던 상무극이 체념한 표정으로 물었다.

"철완도사가 나에게 원하는 것이 무엇이오? 제자들의 비무 따위의 시시콜콜한 이야기로 나를 몰아세우는 이유가 무엇이

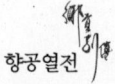

난 말이오?"

"단심맹을 떠나기 전에 맹주께서 빈도에게 따로 부탁하신 말씀이 있었소. 서 대협을 만나보고 그가 공명정대(公明正大)하다고 느껴지면, 억울한 일을 바로잡아 주라고 부탁하더이다. 오늘 빈도가 상 대협에게 묻는 이유를 이제 아시겠소이까?"

"그러니까 맹주께서는 절영운검 상무극이나 담운 총관보다 검공 서문영을 택하시겠다는 뜻이오?"

"그렇다는 말이 아니라……."

"보시오. 내가 천의단에 몸담고 강호를 떠다닌 세월이 자그마치 십 년이오. 십 년 동안 천의단을 위해 일한 나를 한직(閑職)으로 내몰더니, 그것으로도 부족해 이제는 서문영에게 머리를 조아리라는 말씀이시오? 십대문파의 정리(情理)가 이것밖에 안 되는 거였소?"

"허어, 왜 그렇게 생각을 하시오? 천의대의 대주를 바꾼 이유는 상 대협께서 더 잘 알고 계시지 않소? 그리고 맹주께서 원하시는 것은 서로 간에 억울한 일이 있어서는 안 되겠다는 뜻이외다. 서 대협이 단심맹에 오게 되면 상 대협이나 담 총관과 자주 마주치게 될 터인데…… 그런 기억을 가지고 서로 편히 오갈 수 있겠소?"

철완도사가 이처럼 열심히 상무극을 설득하는 것은 단심맹에서 서문영에게 줄 선물이 필요하다는 맹주의 생각 때문이다.

칭암진인은 무림첩을 만들고 있던 철완도사에게 서문영의

초보영웅과 토사구팽(兎死狗烹) 257

명예를 회복시켜 줄 방도를 따로 알아봐 달라고 부탁했다. 서문영을 무림공적으로 몰았던 것이 마음에 걸렸던 것이다.

철완도사는 서문영에 관한 소문과 천의단의 일지(日誌)를 검토하다가 문제점을 발견했다. 만약 서문영의 무공이 소문처럼 뛰어나다면, 서문영과의 비무에 관한 악의적인 기록과 소문은 거짓이 아닌가?

서문영에 대한 천의단의 악의적인 평가 때문에, 단심맹의 사람들은 그가 무림공적이 되었다고 해도 당연하게 받아들였는지 모른다.

지금 서문영에게 필요한 것이 무엇인지 알게 된 철완도사는 즉시 맹주에게 알렸다. 맹주는 서문영에 관한 일을 최우선으로 처리하라고 했다.

철완도사는 맹주가 서문영의 어떤 점을 높이 샀는지 알 수 없었지만, 잘못된 일을 바로잡는다는 생각에 선선히 응했던 것이다.

"철완도사께서 뭐라고 말해도 지금의 내 귀에는 토사구팽(兎死狗烹; 필요할 때 써먹고 사용이 끝나면 버린다)으로밖에는 들리지가 않소이다."

"……."

철완도사는 그 부분에 대해서는 애써 변명하지 않았다. 단심맹에 서문영이 필요한 것이 사실이고, 그래서 그의 명예를 회복시켜 주려다가 생긴 일이었다. 상무극의 입장에서는 이용

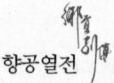
향공열전

만 당하다가 버려진다고 생각하는 것도 무리는 아니다. 만약 절영운검 상무극이 지금의 단심맹에 서문영보다 더 중한 존재였다면 이런 일은 없었을 테니까 말이다.

"상 대협, 우리가 악을 행하자는 것도 아니고, 단지 그릇된 일을 바로잡아 보자는 것이 아니오? 조금만 너그러운 마음으로 단심맹을 봐주시면 안되겠소?"

"필요에 의해서 장수를 바꿔야 하는 단심맹의 입장을 이해 못하는 바는 아니나…… 내가 서문영에게 머리를 조아리는 것은 있을 수가 없소이다. 차라리 이대로 영원히 은거를 하면 했지, 그렇게는 못하오. 맹주에게 내가 그러더라고 전해 주시구려."

"순리대로 가십시다."

"대체 뭐가 순리요? 무림공적이 하루아침에 영웅이 되고, 죽었던 자가 되살아나 중독성이 강한 마기를 뿌리고 다닌다는 게 순리요? 아니면 십 년 동안 몸 바친 곳에서 버려진 것으로도 모자라, 무림 말학에게 굴복해 주어야 하는 게 순리요?"

상무극의 얼굴이 노기로 일그러졌다.

철완도사는 상무극에게 더 말해도 소용이 없음을 알고 한숨만 푹푹 내쉬었다.

"상 대협, 내가 다시 거론하지는 않겠소만…… 맹으로 돌아갈 때까지 잘 생각해 보시구려."

"생각하고 말고 할 것도 없소이다. 서문영을 위해서 내가 나쁜 놈이 되어줄 마음은 눈곱만큼도 없으니까 말이오."

"……."

그것으로 두 사람의 대화는 끝이 났다.

상무극과 철완도사는 서로 다른 곳을 바라보았다. 서로에게 하고 싶은 말이 많았지만, 그 말을 꺼내기가 쉽지 않았다.

뒤늦게 음식이 차려졌지만 아무도 입에 대지 않았다.

'담 총관이 자신의 잘못을 나에게 전가하다니…… 화산파와 십대문파를 위한 일이라고 믿었거늘……. 사특한 자의 궤변에 휘둘린 대가인가…….'

상무극은 속으로 담운을 욕하면서도 결코 담운에게 죄를 전가하지 않았다. 비록 담운이 돌발적으로 벌인 일이라고 해도, 그것을 끝까지 묵인한 것은 자신이었다.

그릇된 것을 알면서도 침묵한 죄가 이렇게 다시 돌아 올 줄은 몰랐지만, 그것을 부정할 정도로 치졸한 삶은 살고 싶지 않았다.

한참 만에 상무극이 중얼거렸다.

"내가 한 갑자(60년)를 넘게 살고서야…… 겨우 어리석음이 죄라는 것을 깨닫게 되는구려."

"하아! 그것을 어찌 죄라고 할 수 있겠소."

"아니오. 죄요. 그릇된 말을 듣고도 바로잡아 주지 않음이 죄요. 자신의 생각이 잘못되었다는 것을 알면서도 바로잡지 못함이 죄요."

"지금이라도……."

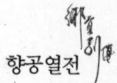
향공열전

"본래 어리석은 자는 한 가지 길만을 고집하는 법이라오. 이런 병은 고칠 수가 없소이다."

"……."

상무극이 자리에서 일어섰다.

서문영에게 고개를 숙이지 않는 것은 못난 자존심 때문이다. 평생을 검성 심인동의 사제라는 소리를 들으며 살아야 했다. 그런데 이제 무림 말학인 서문영에게까지 잘못을 빌어야 한다니? 눈에 흙이 들어가는 한이 있더라도 그런 일은 할 수 없었다.

"철완도사, 그분이 오시면 기별해 주시구려. 나는 객실에서 쉬고 있겠소."

"그러리다. 너무 고민하지 마시구려."

철완도사는 그렇게밖에 말해 줄 수 없음을 안타까워했다. 하지만 그렇다고 해서 자신이 해야 할 일을 포기 할 수는 없었다.

그것이 그릇된 것을 바로잡는 것에 있는 것임에야 눈감아 줄 수가 없는 문제가 아닌가! 만약 지금 자신이 모른 척 덮어주면, 결국 상무극의 전철을 밟는 것이 된다.

'상처는 확실히 치료하고 넘어가야…… 다른 부위가 곪지 않는 법이지…….'

멀리 매화오절의 얼굴이 근심으로 물들어가는 게 보였다. 스승인 상무극이 식사도 거르고 들어가는 모습을 본 것이다. 아니 귀기 밝은 사람들이니 무슨 이야기를 들었는지도 모른다. 하지만 철완도사는 더 이상 신경 쓰지 않기로 했다.

이 사람 저 사람 사정 봐주며 일을 처리하기에는 너무 시간이 촉박했던 것이다. 맹주는 서문영을 만나는 자리에서, 그에게 "고맙다"는 인사를 듣고 싶어 했다.

상무극에게는 안 된 일이지만, 서문영은 어느새 무림의 주요 인사로 인식되고 있었다. 자신과 같은 배분의 사람이 일개 무림인의 명예회복을 위해 발 벗고 나섰다는 것 자체가 바로 그 증거다.

입맛을 잃은 철완도사가 차를 마시며 중얼거렸다.

'서 대협, 아무쪼록 그대에게 그만한 능력이 있기를 바라오.'

무당파의 태청단과 토사구팽 당한 상무극의 비통함을 위해서라도 그래야 했다.

제9장
청룡(靑龍)의 여의주(如意珠)

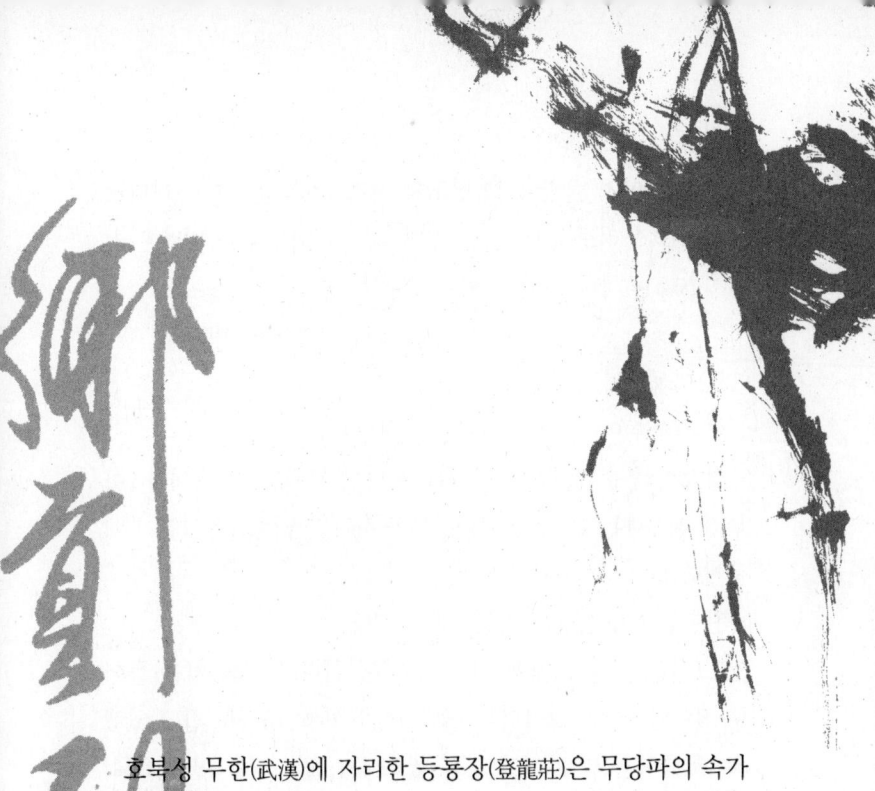

 호북성 무한(武漢)에 자리한 등룡장(登龍莊)은 무당파의 속가 제자인 무애검(無哀劍) 고산(高山)이 칩거한 곳으로 유명했다. 무애검 고산은 호북성 일대에서 가장 강한 무인이자 너그러운 사람으로 알려져 있었다.

 호북성 최고의 고수라는 그가 등룡장에 칩거한 것도 다른 사람을 상하게 하기 싫어서라고 하니 어느 정도인지 알만 하다. 그런 이유로 등룡장을 바라보는 사람들의 눈에는 선망과 존경의 념이 가득했다.

 그런데 휘영청 달 밝은 어느 밤, 그 등룡장의 주변에 일단의 무리들이 나타났다. 어둠 속이지만 그들의 눈알에서는 시퍼런 광망이 쏟아져 나왔다. 복면조차 하지 않고 당당하게 나타나 등룡장을 노려보고 있는 그 무리들은 장사(長沙)를 떠나온 천명회(天命會)의 고수 삼백 명이었다.

"요마(妖魔)는?"
혈불(血佛)이 눈을 번득거리며 물었다.
결정적인 순간에 요마가 사라지니 신경이 쓰인 것이다. 아무리 짜증나는 요마라고 해도 무공 하나만큼은 일품이었기 때문이다.
잔혈검귀가 인상을 찌푸리며 말했다.
"그년은 신경 쓰지 맙시다. 그년이 어디 우리의 말을 들어준 적이나 있소? 보나마나 어딘가에 처박혀 이라도 잡고 있겠지. 노숙하는 내내 이 타령을 했으니까. 빌어먹을 년 같으니! 칠대마인의 체면은 혼자서 깎아 먹는 년 같으니라고!"
"……"
실질적으로 삼백 명의 마두들을 이끌고 있는 사람은 혈불이었다. 그런 혈불이 생각에 잠기자 다들 멍하니 어둠만 노려보았다.
한참 만에 혈불이 품안에서 뭔가를 꺼냈다.
"생사광의가 만들어 준 마신단이외다. 저놈들에게 하나씩 나누어 줍시다."
말과 함께 혈불이 잔혈검귀와 옥면수라에게 백 알의 단약을

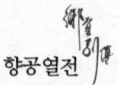

향공열전

나누어 주었다. 의외로 혈불이 꼼꼼하게 숫자를 세는 바람에 시간이 제법 지나갔다.

생각 없이 약을 챙기던 옥면수라가 중얼거렸다.

"우리가 삼백이나 되는데 이 아까운 신단을 먹여야 하나?"

"신단을 먹여야 하는 이유는 가급적 희생자를 줄이기 위해서요. 나중에 소면시마가 알면 지랄을 할 텐데, 희생이 적을수록 우리의 체면도 서질 않겠소? 게다가 단심맹까지 가는 동안 무슨 일이 생길지 알 수 없으니…… 최대한 손해 볼 일은 피해야 하는 거외다."

"아!"

옥면수라가 고개를 끄덕였다.

마신단 한 알에 그토록 깊은 뜻이 담겨 있었다니! 그러고 보니 혈불은 무공뿐 아니라 머리도 뛰어난 것 같았다.

'그러니까 소면시마와 싸우겠지만.'

다른 마인들은 소면시마가 하는 일을 대부분 못이기는 척 따라가 주는데, 유독 혈불만은 딴죽을 걸었다. 살아남은 마인들 가운데 소면시마에게 대드는 사람은 딱 두 명이다. 아무 생각 없이 욕질하는 요마와 체계적으로 시비를 거는 혈불이 그들이다.

혈불과 잔혈검귀가 약을 나누어 주자 옥면수라도 허겁지겁 분배에 나섰다.

그렇게 체계적으로 약을 뿌리다 보니 세 사람의 마두가 각자 백 명씩 거느리는 형상이 되고 말았다.

혈불이 의기양양한 얼굴로 말했다.

"여러분, 이왕 이렇게 되었으니 우리 셋이서 백 명씩 이끌고 등룡장을 도륙 내도록 합시다. 그래야 덜 혼잡스러울 것 같지 않소?"

"좋은 생각이오."

"크크, 백 명이라……. 괜찮군. 괜찮아."

수하들이 생긴다는데 잔혈검귀와 옥면수라가 반대할 이유가 없다. 나중에 요마가 와서 자기에게 수하가 없다고 난리를 피울 수도 있지만, 그건 나중의 일이었다.

"그럼 대충 가서 묻어 버리자구!"

"등룡장에 모인 게 오십 명 정도라고 했지? 씨벌, 다 죽었어!"

잔혈검귀와 옥면수라가 막 떠나려고 하자 혈불이 두 사람을 급히 잡았다.

"우리의 숫자가 월등히 많으니 무턱대고 가는 것보다 방향을 정하는 게 좋지 않겠소?"

"방향은 무슨 방향, 그냥 담 넘어 들어가서 보이는 족족 때려죽이면 되지."

잔혈검귀가 인상을 찡그렸다. 이렇게 사람이 많은데 무슨 작전이란 말인가!

그래도 혈불은 포기하지 않았다. 아무래도 나름 작전이라는

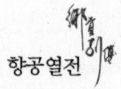
항공열전

것을 세워 보고 싶었던 모양이다.

"어허! 거 무식한 소리……. 손자병법(孫子兵法) 어딘가에 보면 쥐새끼를 잡을 때도 달아날 구멍을 마련해 주고 잡으라고 했소. 궁지에 몰린 쥐는 사람도 물기 때문이오."

"오!"

"병법까지!"

잔혈검귀와 옥면수라는 혈불의 말에 혀를 내둘렀다. 칠대마인 중에 혈불만큼 똑똑한 사람도 없을 거라는 생각이 들었다. 물론 손자병법을 구해서 그런 가르침이 있는지를 제대로 확인할 인간은 삼백 명 중에 하나도 없지만 말이다.

"게다가 약 먹고 눈 뒤집힌 연놈 삼백이 오밤중에 방향이나 제대로 잡을 수 있을 것 같소? 분명 앞장 선 놈이 침 질질 흘리면서 가는대로 우르르 몰려다닐 텐데……. 그러다가는 밤새도록 입에 거품 물고 뛰어다니는 수가 있소. 그러니 우리 세 사람은 각자 방향을 정해 기습해야 하오. 그렇게만 하면 아무 생각 없이 전진해도 등룡장은 작살나게 되어 있소."

"훌륭하신 말씀이외다! 혈불의 박학다식(博學多識)함에 나는 탄복했소. 시키는 대로 할 터이니 방향을 정해 주시오."

잔혈검귀가 따르겠다고 하자 옥면수라도 반대하지 않았다. 세 사람 가운데 두 사람이 하겠다고 하니 무조건 따라가는 수밖에 없었다.

"나는 이변에서 치고 들이 갈 테니 잔혈검귀 님은 내 반대편인 저편으로 가시구려. 그리고 옥면수라 님은 이편과 저편을 제외한 아무 쪽이나 정해서 가시면 되오."

 방향도 모르니 혈불은 그냥 손가락으로 가리키며 이편, 저편, 나머지 아무거나로 정해 주었다. 그래도 두 사람은 신기하게 잘 알아들은 듯 다시 묻지 않았다.

 마침내 혈불이 스산한 음성으로 말했다.

 "이제 추혼대 놈들을 없애러 가십시다."

 "흐흐······."

 "추혼대, 시벌 놈들. 지금까지 잘도 괴롭혔겠다. 이제는 거꾸로 우리 칠대마인들에게 사냥 당해 보아라."

 잔혈검귀와 옥면수라가 약기운에 눈이 반쯤 돌아간 수하들을 이끌고 어둠 속으로 사라져갔다.

*　　*　　*

 "지금 뭐라고 했느냐! 그들이 추혼대를 잡으러 무한에 갔다고!"

 담운을 만나고 돌아온 소면시마가 살인어부를 잡아먹을 듯 노려보았다.

 천명회의 총단이 휑해서 물어 보니 남아 있던 마인들이 수하들을 골라서 무한으로 갔다고 한다. 그것도 추혼대로 보이는 단심맹의 사람들을 쳐 죽이러 말이다. 애써 세운 천하이분지계(天下二分之計)는 물론 담운과의 거래 자체가 깨질 위기에

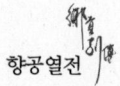
향공열전

처했으니 펄쩍 뛰지 않으면 이상한 일이다.
"그, 그래, 그들이 무한에서 바로 돌아온다고 하더냐? 아니면……."
혹시 그 기세로 단심맹까지 밀고 가겠다는 건 아니겠지? 설마 그 정도로 생각이 없을라고? 소면시마는 애써 스스로를 위로했다.
아무리 지금의 단심맹이 위태롭게 되었다고 해도, 막상 뚜껑을 열어 보기 전에는 모를 일이었다.
게다가 십대문파에는 감탄할 만한 책략가가 하나쯤은 꼭 있다. 어쩌면 지금의 저 황당한 소문들도 다 지어낸 말인지도 모른다.
삼백 년 전의 고수가 되살아나 단심맹을 박살냈다는 소문들 말이다. 천명회더러 어서 오라고 손짓하는 것 같지 않은가!
하지만 불안한 상상은 꼭 들어맞는 것일까?
"그것이, 태상들께서 모두 무한을 거쳐 단심맹까지 가겠다고 하셨습니다."
"이 개 같은 놈아! 네놈이 뭔데! 내 허락도 없이 그들에게 수하들을 내어 준단 말이냐!"
"속하는 그저 여러 태상님들을 공경하는 마음으로……."
"저런 쌀벌레만도 못한 놈 같으니라고! 쌀벌레는 쌀만 축내지 더 이상 해로운 짓은 하지 않는다! 그런데 네놈은 나의 계획을 망쳤을 뿐 아니라! 내 수하들을 사지(死地)로 내몰았다! 네놈이 그러고도 살기를 바랐단 말이냐!"

"주, 죽여주십시오! 네 분의 태상께서 명하신 일이라 감히 거역할 수 없었습니다!"

"감히…… 감히……."

그러나 소면시마는 차마 살인어부를 쳐 죽일 수 없었다. 그의 잘못이 아니기 때문이다. 생각해 보면 이 모든 일은 다섯 명의 마인이 서로 천명회의 주인임을 자처하다가 생긴 것이다.

너도 나도 태상이라고 하니 아랫것들에게 무슨 죄가 있을까! 누구 한 사람의 명령을 따른다는 개념이 천명회의 마두들에게 없었다. 그러니 지금처럼 자신이 자리에 없는 동안 다른 마인이 병력을 모아 싸우러 나가면 막을 도리가 없는 것이다.

"에잇! 병신 같은 것들! 어깨 위에 달린 게 단지 밥이나 처먹으라고 있는 줄 아나! 어리석은 연놈들 같으니! 돌아오지 말고 모두 뒈져 버려라!"

…….

칠대마인들에게 저주를 퍼붓던 소면시마가 갑자기 입을 꾹 다물었다.

문득 앞으로의 일을 걱정해야 한다는 데 생각이 미친 것이다. 가만히 있는 벌집을 건드렸으니 나름 준비를 해야 했다.

'삼백 명 중에 몇이나 살아 돌아올지가 관건이로군…….'

자신의 지시를 따르지 않지만 그 네 사람의 마인도 필요했다. 혼자서는 단심맹의 기라성 같은 고수들을 감당할 자신이 없었다.

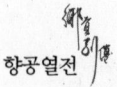
향공열전

'개 같은 연놈들아! 너희들이 죽을 자리는 거기가 아니다.'

그 네 명의 마인은 나중에 단심맹의 최고 고수 네 명과 동귀어진을 해줘야 했다.

네 명의 연놈이 죽을 자리를 상상하니 그제야 진정이 됐다.

소면시마는 땅에 머리를 처박고 부들부들 떨고 있는 살인어부를 돌려보내고 자신의 방으로 들어갔다.

'아직 나에게는 마신단이…… 응?'

방구석에 마신단을 담아 놓은 작은 항아리를 보는데, 위치가 약간 미묘했다. 아무래도 다른 사람의 손을 탄 느낌이다.

소면시마는 벌렁거리는 마음을 겨우 진정시키며 다가갔다.

아니나 다를까! 주둥이를 곱게 밀봉하는데 사용한 종이가 구겨져 있다. 누군가 내용물을 꺼내가고 상당히 성의 없이 닫은 모양이다.

'이 씨벌 연놈들, 여기도 손을 댔으면 내가 직접 달려가 다쳐 죽인다.'

바스락.

뚜껑을 열고 보니 마신단 천 개는 어디로 가고 바닥에 깔린 수십 개가 전부다.

와르르.

소면시마는 항아리를 뒤집어 마신단을 전부 꺼냈다. 그리고 한 알 한 알 정성스럽게 세어 다시 항아리에 담아갔다.

"……구십팔, 구십구, 백……."

숫자는 백에서 더 나가지 못했다. 남은 마신단이 없는 까닭이다.

소면시마의 메마른 입술에서 인간의 오욕칠정이 빠져나간 듯한 소리가 흘러나왔다.

"아아! 어느 미친놈이 감히 내 방에 들어와 마신단을 구백 알이나 훔쳐갔단 말이냐…… 꼭 구백 알을……."

소면시마가 망연자실한 눈으로 항아리를 바라보았다. 천명회에 그 정도로 간덩이가 부은 놈이 없으니 보나마나 네 명의 마인들 가운데 하나다.

그중에서도 유력한 범인은 정확한 걸 좋아하는 혈불이다. 사라진 구백알도 그렇지만, 자신의 자리를 항상 넘보던 미치광이 중이 아니고서야 이렇게 어리석은 짓을 벌일 사람이 없었다. 그 마신단이 어떤 약인데…….

"나도 아까워서 결정적인 순간에 몇 번 사용하려고 신주(神主) 모시듯 했건만……."

말 그대로 죽 쒀서 개를 준 격이다. 생사광의가 하산한 지 오래니 어느 세월에 그를 다시 잡아 마신단을 만들게 한단 말인가!

"죽어버려!"

꽈릉.

천둥치는 소리와 함께 소면시마의 숙소가 폭삭 무너졌다.

건물의 잔해 속에서 터덜터덜 걸어 나온 소면시마는 그것으로도 분이 풀리지 않았는지 돌아다니며 기물을 부수기 시작했다.

재수 없이 근처에서 얼쩡거리던 몇 명의 마두들은 소면시마의 손에 걸려 즉사했다.

 천명회의 건물을 절반 가까이 부수고, 이십여 명의 마두들을 제 손으로 쳐 죽인 뒤에야 소면시마의 광기는 가라앉았다.

 흥분을 가라앉힌 소면시마는 살인어부를 시켜 남은 수하들을 박박 긁어모았다. 떡본 김에 제사까지 지낸다고, 이 기회에 단심맹을 쳐들어갈 생각이었다.

 사실 네 명의 마인이 끌고 간 최정예를 잃는다면, 칠대마인은 또다시 뿔뿔이 흩어져야 했다. 그러니 남은 수하들을 이끌고 삼백 명과 합류하는 수밖에 없었다.

 그나마 위안이 되는 것은 담운에게 전해들은 몇 가지 이야기와 요즘 떠도는 소문을 합하니 단심맹의 위기가 영 거짓말 같지는 않았다는 것이다.

 이백 명의 수하들과 함께 반파(半破)된 천명회를 떠나는 소면시마의 표정은, 속세의 집착에서 벗어난 고승과도 같이 담담했다. 어차피 이번 한 번의 전쟁에서 실패하면 토번(吐藩)이고 어디고 간에, 멀리 달아나 버릴 작정이었다.

  *   *   *

 객점의 문이 열리는가 싶더니 수십 명의 무당파 도사들이 쏟아져 들어왔다.

　무당파 도사들은 다짜고짜 철완도사부터 찾았다.

　철완도사가 나타나자 무당파 도사들은 죽어가는 노도사 한 사람을 부축해 왔다.

　철완도사가 슬픈 얼굴로 노도사의 손을 맞잡았다. 짐작하고는 있었지만 막상 다 죽어가는 모습을 보니 마음이 참담했던 것이다.

"빈도가…… 약선이오."

　약선이 왔다는 말에 방문을 열었던 서문영은 한 걸음 물러서고 말았다. 바싹 마르고 생기(生氣)조차 느껴지지 않는 노도사의 인사에 놀란 것이다.

"……."

　태청단을 만드느라 죽어가는 것일까?

　예상치 못한 상황에 자책감이 밀려들었다. 한 사람을 살리기 위해 다른 한 사람이 죽어야 한다니, 이 얼마나 서글픈 일이란 말인가!

"다른 분들은 그만 자리를 피해 주시게."

"……."

　철완도사는 무당파의 원로이자 맹주의 최측근인지라 누구도 이견을 제시하지 않았다.

　자소궁에서부터 따라온 도사들은 처연한 표정으로 약선을

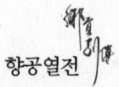
향공열전

일견(一見)한 뒤에 한 사람씩 빠져 나갔다.

마침내 세 사람만 남겨졌다.

"하아, 하아……."

힘겨워 보이는 약선의 숨소리가 방 안에 울려 퍼졌다.

서문영은 약선이 내뿜는 숨소리의 무게에 눌려 꼼짝도 하지 못했다. 지금 무당파가 자신에게 주려고 하는 것은 단지 태청단이 아니라 약선의 생명이었다.

"험, 빈도는 고적산인의 부탁으로 두 분을 만나게 해 주러 이 자리에 왔소이다. 고적산인께서 이 자리에 오지 못한 것은 마제 화운비의 마기에 중독이 되셨기 때문이오. 고적산인께서는 스스로 오지 못하는 사정을 설명한 뒤에 약선에게 이 말을 전해 달라고 하셨소."

잠시 말을 끊은 철완도사가 약선의 눈을 지그시 들여다보았다. 그에게 이 한 마디 말을 분명히 전해야 했기 때문이다.

"약선이 만든 태청단은 청룡(靑龍)의 여의주가 되어 줄 것이다."

"하아, 하아, 하아……."

약선의 숨이 가빠졌다.

서문영은 차마 고개를 들지 못했다.

그런 서문영을 오래도록 바라보고 있던 약선이 중얼거렸다.

"미안해…… 할 것 없네……. 본래…… 하아, 우리 자소궁의…… 도사들은…… 하아, 하아, 등선(登仙)하기 전에…… 하아, 하아, 태청단을 만드는 게…… 꿈이지. 하아, 하아……."

약선이 품안에서 은으로 만든 작은 함을 꺼내 서문영에게 내밀었다.

서문영은 감히 그것을 받지 못하고 망설였다.

순간 힘겹게 숨을 몰아쉬던 약선의 눈에 광망이 번득였다. 죽기 전에 잠시 정신을 차린다는 회광반조(回光返照)였다.

약선은 더 이상 숨을 헐떡이지 않았다. 구부러져 있던 허리도 꼿꼿이 폈다.

"하아! 이미 등선하였어도 이상할 것이 없는 내가 여기에 온 것은…… 마지막으로 사백과 그대를 보기 위해서였네. 이승에서의 인연이 덧없는 것임을 알지만, 왜 그렇게 미련이 남는지…… 그대의 머리 위에 떠 있는 법륜(法輪)을 보고 있자니, 사백의 말을 따르기로 한 게 잘한 거라는 생각이 드는구면."

"……."

약선의 말에 철완도사가 서문영의 머리를 힐끔 바라보았다. 그러나 텅 빈 공간뿐, 약선이 말하는 법륜은 보이지 않았다. 철완도사는 약선이 죽음에 이르러 헛것을 보고 있다고 생각했다. 그렇게 생각하니 마음에 무거운 추를 하나 매단 느낌이다. 어쨌든 약선은 동문 사형제였던 것이다.

"저는…… 이것을…… 감히 받을 수 없습니다."

서문영이 거절하자 약선이 환하게 웃으며 말했다.

"지금의 나에게는 이미 백약(百藥)이 무효(無效)라네. 그대의

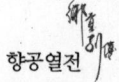
항공열전

따뜻한 마음을 보게 되니 정말 기분 좋구먼. 나는 그대가 좀 더 무서운 사람인 줄로만 알았다네."

"……."

"평생의 소원이던 태청단도 만들고, 청룡의 고운 심성까지 보게 되다니…… 더 이상 여한이 없구먼. 허허허!"

"……."

서문영은 고개를 더욱 떨구었다.

청룡? 고운 심성? 말도 안 된다. 자신은 단지 설지를 위해 태청단을 구한 것뿐이다.

더구나 앞으로 해야 할 일들은 그런 우아한 것과는 더더욱 먼 것들이었다. 망자들의 혼을 끊고, 원수를 갚아야 하는 일을 어느 심성 고운 청룡이 할까?

"부디 마음의 길을 따라 흔들림 없이 가시게……."

"예……."

서문영이 머리를 조아렸다.

…….

약선의 꺼질 듯하던 숨소리가 더 이상 들리지 않았다.

그래도 서문영은 고개를 들지 않았다. 오래도록 바닥에 머리를 붙이고 앉아 약선의 마지막 말을 음미했다.

"마음의 길을 따라 흔들림 없이 가시게……."

그러고 보니 언젠가 고적산인도 같은 말을 했었다.

"자네는 '마음이 원하는 길로 가다가 크게 손해를 보았다'고 생각 할 수도 있네. 앞으로도 계속 비슷한 일이 일어날지도 모르지. 어쨌든 적당히 타락한 사람들이 흥(興)하는 세상이니까. 하지만, 자네만큼은 마음이 원하는 길을 끝까지 가주기 바라네. 아무 생각 없이 마음 가는대로 따르는 가운데 더 큰 깨달음이 숨어 있기 때문이지(無常行心微妙法)……. 돌이켜 보면 내가 반선(半仙)의 경지에 들게 된 것도 바로 그런 마음을 잃지 않았기 때문이라네."

문득 지금까지 살아왔던 장면들이 하나씩 스치고 지나갔다. 어떤 때는 마지못해, 또 어떤 때는 즐거운 마음으로 인생을 살아왔다.

성시에 실패하면서부터 자신의 인생은 엉클어진 것이나 마찬가지였다.

태풍에 휘말린 조각배처럼, 군문과 강호를 떠돌았다.

자신의 이기심과 어리석음으로 무림과 은원이 생겼고, 그 바람에 마음을 주었던 독고현마저 잃고 말았다.

그리고 오늘은 자신의 무지로 인해 약선이 우화등선(羽化登仙)하기까지 했다.

고적산인에게 태청단은 도사의 원정내단으로 만든다는 말을 들었지만, 그게 어떤 의미인지 미처 헤아리지 못했다.

결국 약선은 설지를 살리기 위한 자신의 이기심에 제물이 된 것이나 마찬가지였다.

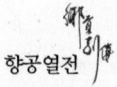
향공열전

다시는 어리석은 짓을 반복하지 않으리라 다짐했건만, 왜 하는 일마다 이처럼 가슴이 미어지게 되는 것일까?

'어리석구나, 어리석구나 서문영이여……'

서문영은 자신이 어리석은 사람이라는 것 이외에는 어떤 생각도 할 수 없었다.

서문영이 머리를 처박고 움직이지 않자 철완도사가 조심스럽게 말했다.

"서 대협, 괴로운 심정은 알겠지만…… 그만 일어나십시다. 밖에서 기다리고 있는 자소궁의 도사들을 불러야 하지 않겠소?"

"……"

서문영은 고개를 들었다.

약선의 환한 미소가 눈에 들어왔다.

마지막 가는 모습까지 자신에게 부담을 주지 않으려는 약선의 배려가 느껴졌다.

'감사합니다.'

약선은 생면부지(生面不知)의 타인을 위해 죽어 줄 수도 있는 인간의 모습을 보여 주었다.

서문영은 그게 고마웠다. 문파를 위해서건, 곤경에 빠진 누군가를 위해서건, 약선은 자신의 하나뿐인 목숨을 걸고 그 일을 완수한 것이다.

이기적인 인간 세상에서 디럽혀진 마음이 정화되는 느낌이

들었다.

서문영에게 약선이 전해준 태청단은 그런 의미에서 인간에 대한 희망이기도 했다.

　　　　　　*　　*　　*

자소궁의 제자들이 약선의 유체(遺體)를 가지고 돌아가자마자, 철완도사는 서문영을 찾아갔다. 무당파의 일이 끝났으니 이제 단심맹으로 가 주었으면 하는 바람에서다. 하지만 서문영은 설지에게 태청단을 전해 주는 문제로 고민하고 있었다.

철완도사는 방으로 들어가 서문영을 보자마자 대뜸 물었다.
"서 대협, 언제쯤 출발하실 생각이시오?"
태청단을 받았으니 이제 단심맹으로 가야 하는데, 정작 당사자인 서문영이 미동도 하지 않으니 답답했던 모양이다.
"실은 한 가지 문제가 있습니다."
"무슨 문제가 남았소?"
"이야기가 길어질 수도 있으니 잠시 앉으시지요."
"알겠소이다. 뭔지 몰라도 빨리 매듭짓고 떠나십시다."
철완도사는 한쪽의 의자에 걸터앉으면서도 떠나자고 했다. 지금 철완도사의 관심은 온통 단심맹에 가 있었던 것이다.
"태청단을 필요로 하는 곳은 강소성에 있는 성가장입니다.

단심맹에서 일이 없었다면 제가 직접 가지고 갈 예정이었지요."

 서문영은 태청단을 필요로 하는 곳이 강소성의 성가장임을 가르쳐 주었다.

 뜻밖의 말에 깜짝 놀란 철완도사는 눈을 휘둥그렇게 치켜뜨고 말았다. 무림의 기보라 할 수 있는 태청단을 성가장에 보내려고 하다니?

 "실례인 줄은 알지만…… 성가장의 어느 귀인(貴人)에게……."

 자신도 무당파의 제자인지라 저도 모르게 사용처를 묻고 만 것이다.

 "성가장의 무술사범인 설지라는 분이 내상으로 쓰러져 계십니다. 저에게 무공을 가르쳐 주신 분이기도 하지요. 태청단은 그분을 위해 구하려던 것이었습니다."

 "아! 스승이셨구려. 그런데 이를 어쩐다. 단심맹으로 가는 게 늦어지면 큰 사단이 벌어질 텐데……."

 "사단이라면?"

 "고적 사백께서 말씀하시기를…… 두 분의 무공이 너무 높아 사슬로 묶은 게 얼마나 도움이 될지 모르겠다고 하셨소이다."

 "아!"

 "만약 사슬이 깨지면 뇌옥 안에서 두 분이 상잔(相殘)을 하게 되실 지도 모른다고 히시고…… 혹여 뇌옥이 진동하면 궁수들을 대기시켜 두었다가…… 홀로 나오는 사람을 죽이라고도 말씀하셨소이다."

"……."

고적산인이 한 말이니 거의 틀림이 없을 것이다. 서문영은 마음이 조급해졌다. 의리와 도리를 생각하면 단심맹으로 가야 한다. 하지만 약선이 목숨까지 걸고 만들어준 태청단을 생각하면, 어떻게든 설지에게 보내야 했다.

"그러시면 혹여 물건을 저 대신 성가장까지 가지고 갈 사람을 찾아 주실 수는 없겠습니까?"

태청단이 무림의 보물인지라, 사문영은 철완도사에게 부탁하는 수밖에 없었다. 믿을 만한 사람은 송 호법뿐인데, 그는 이미 소환단을 가지고 떠난 지 오래였다.

"허어! 빈도에게 찾아보라고 해도…… 믿을 만한 고수들이 죄다 장안(長安)에 있는 터라……."

철완도사가 곤혹스러운 표정을 지어 보였다. 사정은 딱하지만 단심맹의 일로 십대문파의 듬직한 사람들은 거반 장안에 가 있었다.

"그러시면 상 대협은 어떻습니까?"

"……."

서문영의 입에서 상무극의 이름이 나오자 철완도사는 숨까지 멎을 정도로 놀라고 말았다.

누구보다 서문영과 상무극의 관계를 잘 알고 있기 때문이

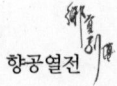
향공열전

다. 게다가 지금 상무극은 서문영의 일로 상당히 심기가 상해 있었다. 서문영 때문에 단심맹에서 토사구팽 당했다고 믿고 있는 까닭이다.

"물론 상 대협도 괜찮기는 하지만……."

철완도사는 가급적 상무극은 제외하려고 했다. 차라리 고양이에게 생선을 맡기고 말지, 지금의 상무극에게 어떻게 태청단을 맡긴단 말인가!

하지만 서문영은 고집을 꺾지 않았다. 당연히 상무극을 인간적으로 완전히 신뢰해서가 아니다. 단지 매화오절을 보내는 것보다 안전하다는 생각에서다. 게다가 상무극은 전에도 한 차례 방문한 경험이 있으니 오가다가 길을 헤맬 염려도 없었다.

"아무리 생각해도 강호의 경험이 많은 상 대협이 좋겠습니다. 매화오절도 좋지만 아직 젊어서…… 지금처럼 어수선한 때에는 원치 않는 시비가 벌어질 수도 있습니다. 저는 매화오절과 단심맹으로 갈 터이니…… 상 대협을 성가장으로 보내주십시오."

"하아!"

철완도사의 입에서 장탄식이 흘러나왔다. 말은 맞는 말이다. 경험과 무공이 훨씬 뛰어난 상무극이 적임자다. 하지만 그것은 어디까지나 천의단의 단주로 있을 때의 상무극이다. 지금의 상무극은 뭔가 속에 맺힌 게 많아서 어떻게 될지 장담할 수 없었다.

　게다가 상무극은 서문영 때문에 단심맹에서 버림받았다고 생각하는 사람이다.

　그런 사람에게 서문영을 대신해 성가장으로 가달라고? 아무리 자신이라고 해도 그건 차마 못할 소리였다. 만에 하나 그런 상무극에게 태청단을 맡겼다가 사고라도 터지면? 그야말로 예고된 대재앙이 아닐 수 없다.

　'아무리 상무극이 검성의 사제라 해도 지금의 심리상태로 보아 태청단을 빼돌리고도 남는다.

　그런 뒤에 칼로 몇 차례 자해(自害)를 하고, 느지막이 나타나 천명회에 탈취당했다고 하면…… 끝장이다. 절대 그런 일이 일어나게 해서는 안 되지. 암! 그게 어떤 물건인데…….'

　결국 철완도사와 서문영의 대화는 합의점을 찾지 못하고 끝나고 말았다.

　답답해진 서문영이 자리에서 벌떡 일어섰다.

　"철완도사님, 이런 식으로 시간만 잡아먹을 수는 없습니다. 단심맹이나 성가장 어느 한쪽도 늦어져서는 안 된다고 봅니다. 차라리 상 대협을 만나 본인의 의견을 들어 보는 것이 어떻겠습니까?"

　서문영이 앞장서 나가자 철완도사는 얼떨결에 그 뒤를 따라갔다.

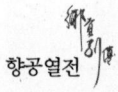
향공열전

*   *   *

 그 시간 상무극은 예정대로 서문영과 함께 단심맹으로 돌아가야 하나, 멀리 떠나야 하나 망설이고 있었다. 단심맹에서 받은 상처를 생각하면 그대로 은거해야 마땅하지만, 뇌옥에 갇혀 있는 사형을 생각하면 그럴 수도 없었다.
 진퇴양난(進退兩難)의 처지에서 갈팡질팡 하고 있을 때다.
 "안에 상 대협 계십니까?"
 문밖에서 들려오는 소리는 검공 서문영의 목소리였다.
 상무극이 급히 일어나 검을 허리에 찼다. 서문영이 자신을 찾아 올 일이란 시비를 가리기 위한 것밖에 없다.
 '흥! 검공이라는 이름보다 절영운검이라는 이름이 더 뛰어남을 깨닫게 해주마.'
 서문영이 패배한다면 맹주도 자신을 버린 것에 대해 후회할지도 모른다. 그런 생각만 해도 괜히 가슴이 뿌듯했다.
 "들어오시오."
 한바탕 싸우기로 결심한 상무극은 다시 의자에 걸터앉았다. 무림의 선배가 되어 투기(鬪氣)를 먼저 드러내고 싶지 않았다. 어차피 서문영과의 싸움은 철완도사의 입을 통해 맹주에게 늘어가게 될 것이다. 그렇다면 최대한 무림의 선배다운 모습을 보여 주어야 한다. 그래야 서문영을 꺾어도 마지못해 그렇게 한 것이 된다.

하지만 상무극은 자리에서 벌떡 일어서고 말았다. 서문영의 뒤로 철완도사가 함께 오고 있었기 때문이다. 서문영과 철완도사라면 시비가 아니라 임무에 관한 볼일일 것이었다.

"두 분이 어쩐 일로······."

"······."

서문영은 어떻게 말을 꺼내야 할지 몰라 잠시 망설였다.

그 틈에 철완도사가 불만이 가득한 눈으로 상무극을 바라보았다.

상무극에게 마지막 압박을 가하고 있는 것이다.

태청단의 심부름에 상무극이 적임자라는 것을 알고 있는지라, 어떻게든 서문영과 상무극이 좋은 관계를 맺기 바랐던 것이다.

하지만 상무극에게 그런 철완도사의 순수한 뜻은 먹혀들지 않았다.

상무극이 철완도사를 마주 쏘아본 것이다.

'당신은 내가 서문영에게 머리를 숙이기 바라는 모양인데······ 흥! 이미 은거를 결심한 내가 자존심을 버릴 것 같은가!'

생각할수록 짜증이 치밀어 오른다.

결국 참지 못한 상무극은 다짜고짜 서문영에게 물었다.

"대체 무슨 일로 나를 찾아왔소? 우리 사이에 따로 할 말은 없는 것으로 알고 있는데."

서문영이 공격적인 상무극의 태도에 약간 긴장한 표정으로

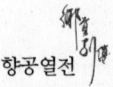
항공열전

말했다.

"실은 상 대협께 한 가지 청하고 싶은 것이 있어서 왔습니다."

"그게 무엇이오?"

상무극은 속으로 '과거의 비무가 어쩌고 해도 나는 일절 응대하지 않겠다'고 중얼거렸다.

"아시겠지만 약선께서 오셨던 것은 제게 태청단을 건네주기 위해서였습니다. 하지만 이 태청단이 사용될 곳은 성가장입니다. 성가장의 무술 사범께서 내상으로 사경(死境)을 헤매고 계시거든요. 어떻게든 빠른 시일 내에 이 태청단을 그분께 전해 드려야 합니다."

"성가장이라면 강소성의 그?"

상무극이 황당하다는 표정으로 서문영을 바라보았다. 그 변방의 무술 사범과 어떤 관계인지는 몰라도 태청단은 그런 곳에 쓰라고 있는 것이 아니었다.

"예, 아시다시피 단심맹의 일도 시간을 다투는 것인지라…… 우리 중에 누군가 성가장으로 대신 가주어야 할 것 같아서요."

"확실히 그렇구려. 서 대협의 몸이 두 개가 아닌 다음에야…… 어느 한쪽은 다른 사람이 주어야 할게요. 혹시 매화오절에게 심부름을 시킬 것이라면 허락해 드리리다."

상무극은 태청난을 그린 한심한 곳까지 보낸다는 것이 마음에 들지 않았지만, 서문영이 단심맹으로 가야 하는 상황을 아는지라 흔쾌히 승낙했다.

한 걸음 떨어진 곳에서 듣고 있던 철완도사가 어색한 미소와 함께 끼어들었다.

"빈도도 매화오절을 추천했소만…… 서 대협께서는 매화오절이 젊고 경험이 부족해서 다른 사람이 대신 가주었으면 하더이다."

"설마 그게 나를 말하는 거요?"

상무극이 놀란 눈으로 자신을 가리켜 보였다. 두 사람 중 누구라도 만약 자신을 대리인으로 생각했다면, 그건 정말 현실감각이 떨어진 인간이라고 할 수 있었다.

서문영과는 당장 칼부림이 나도 이상하지 않은 사이고, 철완도사와는 단심맹의 야박한 처사로 서로를 믿지 못하는 관계였다. 그러니 둘 중 누구도 자신을 대리인으로 보낸다는 생각을 하지 않았어야 정상인 것이다.

"서 대협께서는 상 대협께서 이 일을 맡아 주셨으면 하는 눈치 같았소. 물론 상 대협께서 거절하신다면 할 수 없지만 말이외다. 사실 현재 우리의 상태에서는 매화오절을 보내는 게 더 낫다고……."

잠시 멍한 표정으로 듣고 있던 상무극이 철완도사의 말을 끊었다.

"확실히 매화오절은 아직 젊어서 그런 중요한 심.부.름.에

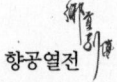
향공열전

는 어울리지 않는지도 모르오. 모름지기 심.부.름.이란 경륜이 풍부한 자가 해야 안정감이 있지 않겠소?"

상무극은 의도적으로 심부름이라는 말을 강조했다. 지금 자신에게 와서 하는 말이 얼마나 상처가 되는지 알라는 의미다.

토사구팽의 문제로 옥신각신했던 철완도사는 대번에 얼굴이 어두워졌다. 자존심 상하는 표현을 쓰면서 끝내 자신이 하겠다니, 수상하지 않은가?

서문영 역시 상무극이 괜히 자기비하(自己卑下)를 하는 것 같아 내키지 않는 표정이었다.

저런 사람들 치고 심성이 올곧은 사람도 드물다는 염려에서다. 하지만 먼저 청해놓고, 막상 하겠다는 사람에게 맡기지 않을 수도 없는 노릇이었다.

"……."

마지막에 가서 망설이던 서문영은 결국 품안에서 은으로 만든 함을 꺼내 상무극에게 건네주고 말았다.

"아무쪼록 잘 부탁드립니다. 그리고 제가 가지 못하게 된 경위도 잘 좀 말씀드려 주십시오. 단심맹의 일이 끝나는 대로 찾아 뵙겠다고도 전해 주시고요."

"알겠소이다."

상무극이 재빨리 태청단이 든 함을 품안에 집어넣었다.

철완도사의 눈썹이 꿈틀거렸다.

한순간 상무극의 모습이 도적처럼 보였기 때문이다. 게다가 지금 상무극의 얼굴에 떠오른 득의의 미소는 결코 심부름꾼의 그것이라고 볼 수 없었다.

하지만 태청단이 상무극의 손으로 넘어간 이상 믿어줘야 했다.

"상 대협, 태청단은 우리 무당파의 성약이니…… 아무쪼록 탈 없이 전해주시기 바라외다."

문득 저 태청단을 만들기 위해 죽어간 약선의 얼굴이 떠올랐다. 약선도 저 성약이 서문영을 위해 쓰여지기를 바랄 것이다.

'약선, 부디 태청단을 지켜주시오.'

아주 잠시 동안 세 사람은 각자 상념에 잠겼다.

철완도사는 이미 우화등선한 약선에게 '태청단을 지켜 달라' 고 간절히 기도했다.

서문영은 행여나 '자신이 또다시 어리석은 짓을 한 건 아닌가?' 수도 없이 되물었다.

그리고 검성 심인동의 사제이자 절영운검이라 불리는 상무극은 매화오절에게 할 작별인사를 생각했다.

* * *

철완도사와 서문영이 나가자 상무극은 즉시 매화오절을 불러들였다.

언제나 객실 주변을 맴돌고 있던 매화오절은 스승의 부름에

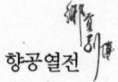
향공열전

바람처럼 달려왔다.

상무극은 지옥으로 걸어 들어가는 사람의 얼굴로 제자들을 쓸어 보았다. 모두가 어릴 때부터 자신의 손으로 직접 거두어 가르친 애제자들이다. 이제 떠나면 다시 보기 어려울 것 같다고 생각하자, 괜히 눈시울이 뜨거워 졌다.

"너희들 모두 고생이 많았다."

한명주가 조심스럽게 스승의 안색을 살피며 물었다.

"스승님, 무슨 안 좋은 일이라도 있습니까?"

물론 한명주를 비롯한 매화오절은 스승의 괴로움을 잘 알고 있다. 며칠 전에 철완도사와 스승의 말다툼을 들었기 때문이다.

한명주는 스승이 서문영에게 사과를 했으면 하고 바랐다. 하지만 부모와 같은 상무극에게 감히 그런 말을 꺼낼 수는 없었다. 게다가 스승님은 사과를 하느니 은거하겠다고 하실 정도니, 그런 말은 무덤까지 가지고 가야 했다.

"사람에게는 인생에 있어 세 번의 기회가 온다고 했느니라."

"……"

매화오절은 상무극의 말에 귀를 기울였다. "사람에게는 인생에 세 번의 기회가 온다"는 말은 처음 듣는 소리였던 것이다.

"내가 화산파에 입문하게 된 것이 그 첫째요……."

상무극은 격동에 차서 잠시 말을 끊었다.

생각해 보면 화산파는 오늘의 자신을 낳아준 어머니요, 어릴 적 곁에 있던 친구요, 이제는 자식 같은 제자들이 거니는 곳이다. 그런 화산파를 떠나야 할지도 모른다고 생각하니 절로 눈시울이 뜨거워졌다. 하지만 이제 와서 약한 모습을 보이고 싶지 않았다.

"너희를 제자로 받아들여 함께 지내게 된 것이 그 둘째요……."

상무극은 매화오절을 한 사람 한 사람 눈에 담았다. 마치 우화등선을 앞두고 있는 심정이었다. 매화오절에게 아직 가르치지 못한 것이 많았는데, 헤어져야 한다니 가슴이 먹먹했다. 육순이 넘어서도 이렇게 시린 감정을 느끼게 될 줄은 정말 몰랐다.

"그리고 세 번째는……."

상무극은 말하지 않았다. 세 번째는 검성 심인동의 이름을 뛰어넘을 수 있게 해줄지도 모를 태청단과의 만남이라는 것을.

사형의 이름에서 벗어날 수만 있다면, 악마에게 혼이라도 팔 수 있다.

서문영에게는 미안한 일이지만 태청단을 가지고 심산유곡(深山幽谷)으로 들어갈 생각이었다.

"스승님, 세 번째는 무엇입니까?"

평소 과묵한 셋째 제자인 금석문이 물었다. 세 번의 기회라는 말이 어지간히 마음에 와 닿았나 보다.

"그것은 뭐랄까…… 예기치 않은 기연 같은 것이니라. 너희도 인생에 기연이 찾아온다면 꽉 잡고 놓지 말아야 할 것이다."

"예! 제자들은 손에 잡은 기연을 절대로 놓치지 않겠습니다."

순수한 매화오절의 대답에 상무극은 얼굴이 화끈 달아올랐

향공열전

다. 자신은 지금 태청단을 훔쳐 달아날 생각뿐이었다. 그런데 제자들은 그런 자신의 가르침을 다 받아들이고 있었다. 자신의 가르침에 한 점의 거짓도 없다는 듯이 말이다.

"……."

상무극은 슬그머니 창밖으로 시선을 돌렸다. 멀리 이름 모를 산이 보였다.

상무극이 저도 모르게 중얼거렸다.

"산을 바라보는 자는 많아도 막상 오르는 자는 적다. 나는…… 나는…… 저 산에 오르고 말 것이다."

마음속에서는 벌써 함을 열어 태청단을 복용했다.

그리고 십이주천의 운기가 끝날 즈음이면 꿈에나 그리던 검선의 경지도 멀지 않으리라.

"검선(劍仙)이 된다……."

심상치 않은 상무극의 혼잣말에 한명주가 한숨을 내쉬고 말았다.

아무래도 스승이 말 못할 고민을 품고 있는 것 같은데, 그게 뭔지 짐작이 가질 않았던 것이다.

한명주의 한숨은 금세 매화오절들에게 전염이 되었다.

상무극은 젊은 제자들의 한숨 소리에야 겨우 현실로 돌아왔다.

"헐! 젊은 놈들이 웬 한숨들이냐?"

한명수가 급히 머리를 조아리며 답했다.

"스승님께서 슬픈 얼굴로 산에 오르겠다고 하시니…… 걱정이 돼서……."

"헐, 이제 보니 이 스승이 눈을 뜨고 졸았나 보구나. 낯 뜨거우니 어디 가서 그와 같은 소리는 입 밖에도 내지 말거라."

"예."

절영운검 상무극과 매화오절의 모임은 그것으로 끝이었다.

그날 저녁 절영운검 상무극은 성가장이 있는 동쪽, 철완도사와 서문영, 매화오절은 단심맹이 있는 서쪽으로 갈 길을 달리했다.

제10장
행복 끝 지옥 시작

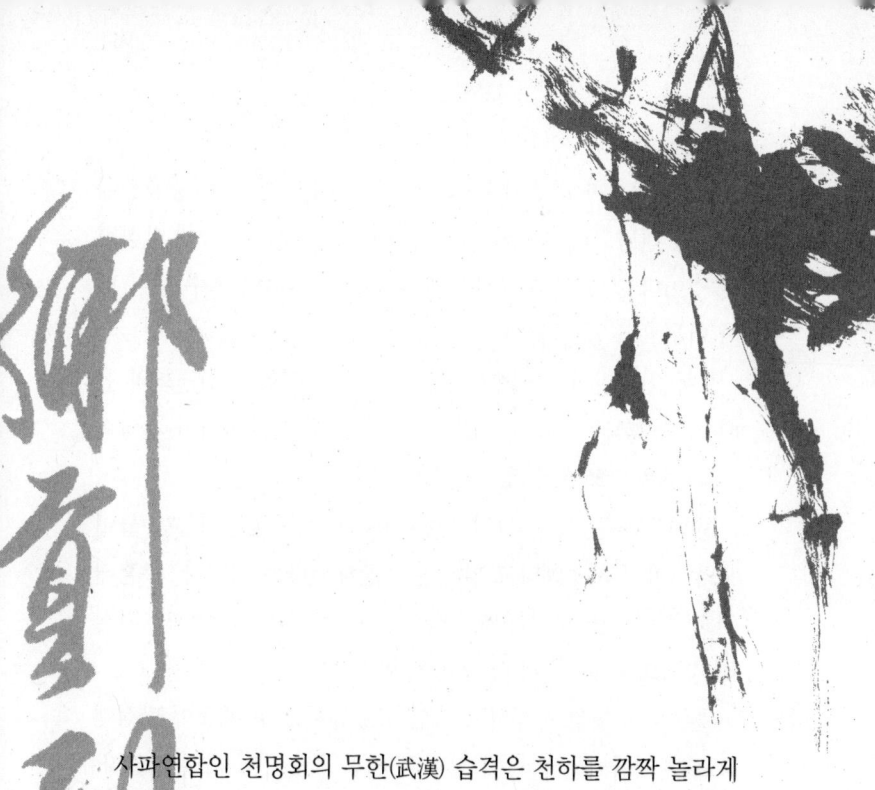

 사파연합인 천명회의 무한(武漢) 습격은 천하를 깜짝 놀라게 했다. 누가 봐도 그것은 정사대전의 출발이었기 때문이다.
 훗날 1차 전쟁으로 명명된 천명회의 무한 습격은 천명회의 승리였다.
 그 싸움에서 단심맹은 큰 피해를 입었다. 최정예라고 할 수 있는 추혼대(追魂隊)의 고수 삼십여 명이 등룡장에서 사망하고 만 것이다.
 겨우 살아남은 이십여 명은 야음(夜陰)을 틈타 하남성까지 달아났다. 등룡장의 무사 사십여 명이 몰살을 당한 것을 감안하면 일방적인 학살이라고 할 수 있었다.

단심맹은 1차 전쟁의 패배로 크게 상처를 받았다. 등룡장에 동원된 천명회의 고수가 삼백여 명이라는 것이 나중에 밝혀졌던 것이다. 그날 등룡장에는 등룡장과 추혼대의 고수 백여 명이 머무르고 있었다.

보통 십대문파의 연합인 단심맹은 사파연합인 천명회의 삼배수(三倍數) 무력을 자랑했다. 즉 단심맹 고수 하나가 천명회 고수 셋을 당해낼 수 있다는 뜻이다.

천하가 놀란 것은 그날 등룡장에 있던 단심맹의 고수들이 오악검파의 최정예라고 알려진 추혼대였다는 점이다. 추혼대의 전력이 천명회의 오배수라고 알려진 것을 생각하면, 확실히 천명회의 승리는 기적이라고 할 만했다.

물론 추혼대를 구성하고 있던 고수들이 살귀 때문에 단심맹으로 빠져나가는 바람에 임시로 채워진 숫자도 적지 않았다. 그렇다고 해도 추혼대에 선발되는 오악검파 제자의 무력을 생각하면, 확실히 천명회는 예상밖의 선전(善戰)을 한 셈이었다.

그런데 천하가 깜짝 놀라 뒤집어질 일은 연이어 벌어졌다.

천명회가 달아난 추혼대를 뒤쫓아 하남성에 진입한 것이다. 하남성에는 무림의 태산북두(泰山北斗)로 알려진 소림사가 있다.

근래 들어 대림사 때문에 상처를 받기는 했지만, 소림사는 여전히 무적(無敵)의 이름이었다.

그런 소림사를 피해 지금까지 어느 사파연합도 하남성에는 발을 들이지 않았다. 그런데 그런 무림의 금기(禁忌)가 천명회

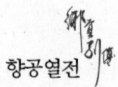
향공열전

에 의해 깨지고 만 것이다.

 소림사 지객당 앞에 이백여 명의 무림인들이 모여 갑론을박(甲論乙駁)을 거듭했다.
 피에 절은 옷차림으로 가장 눈에 뜨이는 사람들은 호남성에서부터 쫓겨 온 추혼대의 생존자 이십여 명이다.
 그들의 옆에는 추혼대를 돕겠다고 합류했다가 함께 도망 다니게 된 삼십여 명의 호남성 출신 속가제자들이 바싹 붙어 있었다.
 중간에 철탑처럼 서 있는 칠십 명의 무승(武僧)은 소림사의 본산(本山) 제자들이다.
 그리고 소림사 무승들의 뒤에 기세 좋게 서 있는 팔십여 명의 고수들은 하남성 인근에서 모여든 단심맹의 속가제자들이었다.

 추혼대의 본대(本隊)는 단심맹에 가 있고, 쫓기고 있는 사람들은 분대(分隊)라고 할 수 있었다.
 추혼대의 분대를 이끌고 있던 부대주(副隊主) 무적철검(無敵鐵劍) 석도문(石道門)이 사람들의 앞으로 나아갔다. 아무래도 회의가 끝날 것 같지 않아 정리할 생각인 것 같았다.
 청성파의 원로고수인 석도문이 나서자 장내가 단숨에 조용해졌다.

……,

떠들던 사람들이 주목하자 석도문의 입가에 소박한 미소가 걸렸다. 단심맹은 십대문파로만 구성이 되어 어느 때라도 통솔하는데 어려움이 없다.

비록 소림사까지 쫓겨 오기는 했지만, 이와 같은 일사불란(一絲不亂)함은 희망으로 다가왔다.

"여러분, 도적의 무리는 고작해야 삼백이외다. 소림사에 모인 수가 이백이 넘으니 천명회는 더 이상 도발하지 못할 것이오. 이제부터 우리가 해야 할 일은 오직 하나요! 단심맹과 공조하여 하남성에 진출한 천명회를 없애나가는 것 말이오!"

"옳소!"

사람들이 순순히 받아들이자 석도문은 몇몇 열혈고수들에게 주의를 줬다.

"그러나 괜한 분기를 이기지 못해 개인이나 문파 별로 단독 행동을 하다가는 적에게 당할 수도 있소! 단심맹에서 연락이 올 때까지 분하고 억울해도 잠시만 참고 견딥시다! 며칠 지나지 않아 천명회의 도적들은 어둠 속으로 숨어들게 될 것이오!"

"알겠소이다!"

"옳으신 말씀이오!"

반대하는 이들이 없자 석도문은 무리들을 해산시켰다.

흩어져 가는 사람들에게 석도문은 입이 부르트도록 당부를 했다.

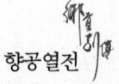
향공열전

"여러분, 단심맹의 지원이 오기 전까지 소림사의 산문(山門) 밖으로는 나가지 마시오! 우리는 지금 소림사를 지키기 위해 모인 것이라는 것을 잊어서는 안 되오!"

어떤 이들은 진지하게, 또 어떤 이들은 건성으로 고개를 끄덕였다.

목에 핏대를 세우며 외치는 석도문에게 소림사의 장로 하나가 다가와 말했다.

"석 대협, 아무리 그래도 어차피 빠져나갈 사람은 나갑니다. 그러니 그냥 내버려두십시오. 어차피 천명회도 감히 숭산(嵩山) 인근에는 얼씬거리지 못할 것입니다."

"알고 있소이다만…… 그게 마음처럼 안 됩니다그려. 이번의 천명회는 느낌이 너무 달라서…… 걱정스럽소."

"허허, 천하의 추혼대 부대주신 무적철검께서 무얼 그토록 걱정하십니까?"

"하아!"

석도문의 입에서 한숨이 길게 흘러나왔다.

무한의 등룡장에서 겪은 천명회는 다시 생각하고 싶지 않았다. 그 흉광을 뿜어내는 눈과 일그러진 얼굴들, 그리고 입가로 뚝뚝 흘리던 침……. 진짜 마인(魔人)이라는 이름에 걸맞은 모습이었다.

"그들 삼백여 명의 무공은 믿어지지 않게 강했소. 소림사에 이백여 명이 모여 있다고 해도…… 그건 절대적으로 안전한 숫자는 아니외다."

"아무리 그래도 추혼대와 소림사 본산의 제자가 백여 명이나 되지 않습니까?"

살아남은 추혼대와 소림사 본산의 제자라면, 말 그대로 최소한 삼배수인 삼백 명은 감당할 수 있다. 거기다가 속가제자 백여 명까지 더해졌으니 필승(必勝)이었다.

"……."

석도문은 묘한 표정으로 웃기만 했다. 괜한 말로 아군의 사기를 꺾고 싶지 않아서다.

하지만 속으로는 '만약 그들이 등룡장에서와 같은 모습으로 몰려온다면 우리는 소림사를 천명회에 내어 줘야 할지도 모르오' 라고 중얼거렸다.

　　　　　　*　　　*　　　*

하남성이 천명회로 소란스러울 무렵 철완도사와 매화오절, 서문영은 낙양(洛陽)에 도착했다.

낙양의 밤거리를 부지런히 걸어가던 철완도사가 안타깝다는 듯 중얼거렸다.

"쯧쯧, 지난번에 들렀을 때만 해도 이렇지는 않았건만……."

거리를 오가는 인파 중에 절반은 무림인이었다. 그것도 대

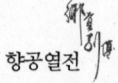
향공열전

부분 정파의 협객일 거라고 생각하기에 무리가 따르는 흉험한 인상이다.

실제로 그중 몇 사람들은 떼로 어울려 활극을 벌이기도 했다. 누가 봐도 사파의 인물들이 거리로 뛰쳐나온 것이었다.

한명주가 인상을 찌푸리며 말했다.

"호북성에 있던 단심맹의 거점이 깨지고, 하남성까지 밀린 게 원인이겠지요?"

"허허, 그렇지 않다면 저들이 감히 무리지어 다니며 패악을 저지를 수 있겠소?"

낙양의 현재 모습은 대륙 전체의 분위기를 그대로 보여주는 것이었다. 단심맹이 천명회에 밀리는 양상이 전개되면서부터 섬서성을 제외한 모든 곳에서 사파가 세를 떨치기 시작한 것이다.

"아! 주먹이 운다!"

매화오절의 둘째인 천상제가 곳곳에서 시비를 일으키고 있는 사파고수들을 보며 아쉬움을 나타냈다.

그런 천상제를 보며 서문영은 상무극에게 맡기기를 잘했다고 스스로를 위로했다.

섬서성에서 가까운 낙양도 저런데, 반대편이라고 할 수 있는 강소성 인근의 형편은 어떠할지 눈에 그려졌다. 보나마나 더 많은 사파인들로 북적거릴 것이고, 젊은 피를 가진 협객들은 씰언적으로 사건에 휘말리게 될 것이었다.

행복 끝 지옥 시작 305

"철완도사님, 지난번의 그 객점으로 갈 생각이십니까?"

한명주의 물음에 철완도사가 고개를 끄덕였다. 깨끗하고 음식도 입에 맞았던 기억 때문이다.

"달리 아는 곳이 있다면 모를까…… 빈도는 낙양에 아는 곳이 없는지라. 혹시 소협이 아는 곳이 있다면 그리로 가도 좋소만."

"아닙니다. 저도 그 객점이 괜찮았기에 여쭤 본 것입니다."

"다행이구려."

철완도사가 한명주를 향해 웃어 보였다.

사실 별 생각 없이 묵은 곳이지만 제법 괜찮은 객점이었던 모양이다. 한명주처럼 젊은이들에게도 마음에 들었다니 말이다.

주변을 감상하며 일각(一刻; 15분)쯤 걸었을까?

마침내 저 멀리 풍운객점(風雲客店)이라는 거대한 건물이 눈에 보였다.

철완도사 일행은 이층의 객실을 얻은 뒤 다시 일층에 있는 식당으로 내려왔다.

노숙을 하느라 제대로 식사를 하지 못했기 때문에 배를 채우려는 것이다.

음식이 나올 때까지 서로의 얼굴을 보며 한숨 돌리고 있을 때다.

매화오절의 다섯째인 무상월이 걱정된다는 듯 입을 뗐다.

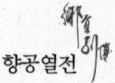
향공열전

"대형, 사부님께서는 지금 어디쯤 계실까요?"

"글쎄다. 모르긴 몰라도 우리가 낙양에 왔으니…… 사부님도 섬서성에는 도착하셨겠지."

"하아! 저는 자꾸 사부님의 말씀이 마음에 걸립니다."

"뭐가 그렇게 걸리느냐?"

"사람에게 세 번의 기회가 찾아온다는 말씀을 하실 때 표정이 슬퍼 보이셨습니다. 평소 하지 않으시던 말씀이기도 하지만, 그 눈빛은 정말……."

철완도사가 왠지 불안한 눈으로 무상월을 바라보았다. 그렇지 않아도 상무극과의 일이 자꾸 마음에 걸리는데 제자들이 저렇게 말하자 벌써부터 가슴이 두근거린다.

"무 소협, 무슨 일인지 자세히 말씀해 주실 수 있겠소?"

"아, 예. 스승님께서 떠나시기 전에 저희 사형제들을 한자리에 불러 모으셨습니다. 그리고 강호를 살아가는 데 필요한 가르침을 주셨지요."

"그런데…… 그 기회는 무슨 말씀이오?"

"예, 스승님께서 말씀하시기를 사람에게는 인생에 있어 세 번의 기회가 온다고 했습니다. 그리고 말씀하시기를 '내가 화산파에 입문하게 된 것이 그 첫째요. 너희를 제자로 받아 들여 함께 지내게 된 것이 그 둘째요. 그리고 세 번째는'……."

문득 무상월은 말을 멈추었다. 세 번째를 말할 때 스승의 말할 수 없이 기묘한 표정이 떠오른 것이다.

"그래, 세 번째는 무엇이었소?"

철완도사가 말라가는 입술을 침으로 적시며 물었다.

서문영까지도 무상월의 입에 시선을 고정했다.

"예, 그렇지 않아도 스승님께서는 한참을 망설이셨습니다. 그때 셋째인 금사제가 물었지요."

"스승님, 세 번째는 무엇입니까?"
"그것은 뭐랄까…… 예기치 않은 기연 같은 것이니라.
너희도 인생에 기연이 찾아온다면 꼭 잡고 놓지 말아야
할 것이다."

무거운 침묵이 감돌았다.

매화오절은 철완도사와 서문영의 안색이 굳어지자 더 이상 말을 하지 못했다.

철완도사가 떨리는 음성으로 되물었다.

"그것으로…… 끝이요?"

매화오절의 첫째인 한명주가 조심스럽게 답했다.

"아닙니다. 스승님께서 저희들에게 마지막으로 '산을 바라보는 자는 많아도 막상 오르는 자는 적다. 나는 저 산에 오르고 말 것이다. 검선이 된다' 라는 말씀을 하셨습니다."

철완도사가 무심코 중얼거렸다.

"산을 바라보지 않고…… 오른다고……."

"그때의 스승님의 표정이 너무 좋지 않아서…… 저희 사형제들이 몇 번이나 무슨 일이 있냐고 여쭈었지만…… 가르쳐 주지 않으셨습니다. 두 분께서는 혹시 저희 사부님께서 무슨 일로 그러시는지 짐작이 가십니까?"

"어허! 어허! 어허!"

갑자기 철완도사가 미친 사람처럼 중얼거렸다.

한순간 상무극이 제자들에게 말한 산이 무엇인지 알아차린 것이다.

산은 태청단이다. 바라보는 자는 그것을 배달해야 하는 자신의 처지일 것이다.

물론 사람인 이상 태청단을 삼키고 싶어 하는 마음이 드는 것은 이해할 수 있다.

하지만 그렇게 해서는 안 된다. 절영운검 상무극이 사형인 검성의 그늘에 가려 평생 빛을 보지 못했다고 해도, 검선이 되기 위해 태청단을 꿀꺽 해서는 안 되는 거다. 그 태청단에는 약선의 생명과 고적산인의 소망과 서문영의 의지가 담겨 있다.

그 소리가 워낙 컸던지라 주변의 손님들이 힐끔힐끔 곁눈질했다.

하지만 이미 마음이 새카맣게 타들어 가고 있는 철완도사에게 다른 것은 보이지도 않았다.

"어리석은 절영운검이 기어코 일을 내는 건가! 검성의 사제(師弟)가! 회산파의 장로가! 십 년이나 단심맹 천의단을 이끌던 무림의 지사(志士)가! 안 돼네! 안 돼! 그래서는 안 돼……."

철완도사의 처절한 독백에 매화오절은 불안한 눈으로 철완도사를 바라보았다.

"도사님, 저희 사부님께서 무슨 일이라도……."

한명주는 철완도사가 노한 것이 과거 천의단과 서문영 간의 비무 때문인 것으로 오해했다.

'우리 매화오절이 스승님을 대신해 사죄하면 좀 풀어지지 않을까?'

마음을 굳힌 한명주가 다시 물으려 할 때다.

"흐흐! 단심맹의 쥐새끼들이 풍운객점에 있었나 보군."

뒤쪽에서 일단의 무림인들이 걸어왔다. 그들은 모두 열 명으로 하나같이 범상치 않은 모습이었다.

그렇지 않아도 서문영과 철완도사에게 미안함을 느끼고 있던 한명주가 급히 자리에서 일어섰다.

뒤이어 매화오절의 사형제들이 우르르 일어섰다.

"당신의 말대로 우리는 매화오절이오. 그렇게 말하는 당신들은 누구이기에 감히 단심맹을 모욕하는 거요?"

한명주의 말에 손님들이 술렁거렸다.

화산파의 매화오절은 일반인에게까지 널리 알려진 무림의 신진고수들인 까닭이다.

"흥! 네놈은 우리의 이름을 물을 자격도 없느니라."

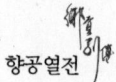
향공열전

한명주의 앞에 우뚝 선 천살도부(千殺導斧)가 가소롭다는 듯 냉소를 쳤다.
 사실 천살도부에게 매화오절은 낯간지러운 이름일 뿐이다. 천살도부는 이미 이십 년 전에 무림에서 십악(十惡)으로 악명을 떨친 바 있기 때문이다.
 십악은 칠대마인보다는 못하지만 녹림십왕(綠林十王)이니, 혼세삼악(混世三惡)이니, 남북쌍마(南北雙魔)니 하는 괴물들보다 더 무섭다고 알려져 있었다.
 상대가 천살도부라는 것을 알지 못한 한명주가 울컥해서 한마디 쏘아붙이려는 순간이다.
 뒤늦게 상대를 확인한 철완도사가 일어나 한명주의 앞으로 나섰다.
 "헐, 이제 보니 천살도부가 아니시오? 음산(陰山)에 들어가신 것으로 알고 있었는데 언제 나오신 것이오?"
 "철완 말코야, 네놈은 우리가 보이지도 않느냐?"
 천살도부의 뒤에서 한 노인이 걸어 나왔다.
 노인을 발견한 철완도사의 얼굴이 하얗게 질려갔다.
 "독행노조(獨行老祖)……."
 철완도사의 중얼거림이 끝나기가 무섭게 손님들이 빠져나갔다.
 독행노조는 남북쌍마의 스승으로 무림에서 자취를 감춘 지 사십 년이나 된 노마(老魔)였다.

독행노조의 손에 죽은 십대문파의 고수만 백여 명에 달했을 정도다.

사실 단심맹 최고의 무력단체로 알려진 추혼대는 오악검파에서 독행노조의 손에 죽은 제자들의 복수를 위해 만든 것이기도 했다.

태청단 배달사고가 예견되는 가운데 독행노조까지 만난 철완도사는 그냥 죽고만 싶은 심정이었다.

철완도사는 독행노조의 무서움을 누구보다 더 잘 알고 있었다. 청년 시절 한때 복수의 일념으로 추혼대에 몸담은 적이 있는 까닭이다.

만약 뒤에 서문영과 매화오절이 없었다면, 체면 불구하고 달아났을 것이다. 하지만 지금 자신은 단심맹이라는 무거운 이름을 등에 지고 있었다.

죽음을 각오한 철완도사가 독행노조를 응시했다.

"독행 노선배, 이제는 그만 세속의 번잡함에서 물러나실 때도 되지 않으셨습니까?"

"허허, 물러났는데…… 제자들이 찾아와 자꾸만 복수를 하자고 하니…… 나라고 별수 있느냐? 제자들 등쌀에 바깥바람을 쐬러 나왔느니라."

"제자들이라 하심은 남북쌍마를 말씀하는 것이오?"

순간 어디선가 두 명의 노인이 유령처럼 나타났다.

"그럼 네놈은 우리 스승님께서 다른 제자를 더 두신 줄 알

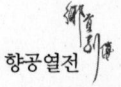

았느냐? 크하하핫!"

 이번에는 남북쌍마까지 등장하자 현기증을 느낀 철완도사가 비틀거렸다.

 그런 철완도사에게 천살도부가 음산한 미소를 지으며 말했다.

 "늙은이, 여기 있는 우리 네 사람만으로도 단심맹을 박살내고도 남음이 있다는 걸 알 텐데…… 너는 그냥 자결하는 게 어떠냐?"

 "허허, 아무리 독행 노선배가 있다고 해도…… 단심맹에 고적산인과 검성이 계심을 잊었단 말이오?"

 "푸훗! 고적산인과 검성이 서로 동귀어진 하였다는 소문이 파다한데 무슨 개수작이냐? 네놈의 세치 혀에 우리가 놀아날 것 같으냐!"

 "믿거나 말거나 내키는 대로 하시구려. 이 몸이 직접 두 분과 만났는데, 동귀어진이라니…… 허허."

 "흥! 상관없다. 어차피 지금 당장 단심맹으로 갈 것도 아니니까. 그래서, 네놈은 자결을 하겠다는 것이냐, 말겠다는 것이냐?"

 "다른 젊은이들의 생명은 보존시켜 주시겠소?"

 천살도부가 철완도사의 뒤를 힐끔 바라보았다.

 매화오절과 벌써부터 혼이 빠진 얼굴로 중얼거리고 있는 젊은 남자가 보였다. 한눈에 봐도 파릇파릇한 강호이 새내기들이다.

　저런 풋내기들의 목숨을 거두어 봐야 자신의 명성에는 흔적도 남지 않는다. 게다가 저런 잔챙이들은 아랫것들의 몫이기도 했다.

　마음을 정한 천살도부가 독행노조를 바라보았다. 아무래도 독행노조가 무리의 우두머리이니 그의 의견을 존중해야 했던 것이다.

　"허허, 이 몸은 추혼대가 아니면 관심이 없느니라."

　독행노조가 허락하자 천살도부가 철완도사에게 말했다.

　"네놈과의 옛정을 생각해서 특별히 자결할 기회를 주마. 더불어 저런 피라미들은 잡는 맛도 없으니까 살려주도록 하겠다."

　"약속은 지켜 주리라 믿소."

　몸을 돌린 철완도사가 매화오절에게 말했다.

　"다섯 분은 서 대협을 모시고 이 자리를 떠나도록 하시오."

　"아닙니다! 도사님만 남겨두고 어찌 저희만 달아날 수 있겠습니까! 함께 싸우겠습니다!"

　대뜸 한명주는 함께 싸우겠다고 했다.

　사실 이제 이십 대인 한명주는 독행노조와 남북쌍마는 물론 천살도부도 알지 못한다. 얼핏 누군가의 이야기를 통해 들은 기억이 나지만 그뿐이다.

　그런 이유로 살기를 포기한 철완도사와는 처지가 달랐다.

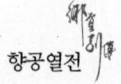
향공열전

게다가 한명주는 믿는 구석이 있었다.

한명주가 망설이지 않고 서문영의 곁으로 다가갔다.

그런 한명주를 따라 매화오절도 서문영의 좌우로 흩어졌다.

매화오절의 얼굴에는 일말의 두려움도 찾아볼 수 없었다. 마치 서문영과 함께라면 아무것도 문제될 게 없다는 표정들이다.

"허, 내 자네들의 심정을 모르는 바가 아니나…… 저들은…… 의기(義氣)만으로 어찌 해 볼 수 있는 상대가 아니라네. 저들의 마음이 변하기 전에 서 대협을 모시고 나가게. 어서."

"……."

그러나 매화오절은 요지부동이다.

일찍이 용문객점에서 서문영의 무공을 견식한 적이 있는 매화오절이다.

그들에게 서문영은 무신(武神)이나 마찬가지였다. 검을 든 무인이 무신을 곁에 두고 달아난다니? 그건 말도 안 되는 소리였다. 오히려 일제히 검까지 뽑아들었다.

차창.

"우리는 싸우겠습니다!"

한명주의 단호한 말에 철완도사의 얼굴은 절망으로 물들어갔다.

매화오절이 검을 뽑았으니 마두들은 더 이상 체면이 어쩌고 하면 봐주려고 하시 않을 것이다. 칼끝을 들이대는 순간 철저

하게 응징하는 것, 그게 무림의 법칙이었다.

독행노조가 어이없다는 얼굴로 천살도부를 바라보았다.
단지 어리다는 이유로 살려 주기로 마음먹었다. 그런데 그 어린 것들이 먼저 검을 빼들고 싸워 보자니 황당한 것이다.
"쯧, 이래서 사람은 평소에 하던 대로 해야 해. 괜히 안 하던 짓을 하니까, 눈꼴사나운 광경을 보게 되지 않냐 말이야. 요즘은 어린 것들의 기가 너무 살았어. 세상이 어찌 되려고 저러는지…… 내 앞에서 저렇게 무도(無道)한 짓을 하다니. 있을 수 없는 일이야. 있어서도 안 되는 일이고……."
갑자기 독행노조의 음성이 커졌다.
"생각할수록 화가 나는구먼! 내 앞에서 칼을 뽑아! 검성이라 해도 내 앞에서 먼저 칼을 뽑지 못하는데! 감히 저 핏덩어리들이!"
광폭한 외침과 함께 독행노조의 얼굴이 벌겋게 달아올랐다.
독행노조의 주변에 있던 마두들이 슬금슬금 뒷걸음질 쳤다. 독행노조가 광분하면 물불을 가리지 않는다는 것을 아는 까닭이다.

절망에 사로잡혀 고개를 푹 숙이고 있던 서문영이 중얼거렸다.
"상 대협이 정말 다른 마음을 품은 것일까요?"
"……."

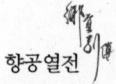
향공열전

철완도사는 물론 매화오절까지도 서문영의 물음에 일순 답하지 못했다.
지금까지도 서문영이 상무극의 문제로 고민하고 있을 줄이야!
그러나 누군가는 서문영의 물음에 답을 해야 했다.
독행노조를 주시하며 진땀을 뻘뻘 흘리고 있던 철완도사가 서둘러 말했다.
"아마도 그럴 것이오. 상무극은 서 대협 때문에 단심맹에서 토사구팽 당했다고 믿고 있으니…… 무슨 짓인들 못하겠소? 평생 검성의 그늘에 가려 지내며 생성된 열등감과 불만이 서 대협의 일로 폭발하고 만 것이오. 자신의 입으로 검선 운운 했다면…… 성약을 다 흡수할 때까지 당분간 세상에 나오지 않을지도 모르오. 지금으로서는 절영운검이 마음을 돌려먹기를 바랄밖에는……."
"그렇지요? 아직 끝난 것은 아니겠지요?"
서문영은 상무극이 태청단을 훔쳐 달아났다고 믿고 싶지 않았다. 상무극의 인간성을 신뢰해서가 아니다.
당장 설지의 목숨이 달린 일이니, 상무극은 무조건 성가장으로 가줘야 했다.
상대에 대한 의심과 반드시 가줄 것이라는 일방적인 기대 사이에서 서문영은 미칠 것만 같았다.
한명주가 조심스럽게 물었다

"저, 무엇 때문에 그렇게 근심하시는지 저희가 알아도 되겠습니까?"

"……."

서문영이 망설이자 철완도사가 대신 답했다.

"서 대협께서 스승의 치료를 위해 상 대협에게 태청단의 맡기셨다네. 그런데 자네들의 말을 들으니 배달사고가 나는 분위기라……."

"……."

매화오절은 서문영이 스승에게 태청단을 맡겼다는 말에 하늘이 무너지는 기분이 들었다.

과연 그래서 스승은 그런 말을 남긴 것이었다. "너희도 인생에 기연이 찾아온다면 꽉 잡고 놓지 말아야 할 것이다"라고 말이다.

"하, 하지만, 스승님께서 그런 말씀을 하신 것은 다른 이유 때문일 수도 있으니…… 너무 심려하지 마십시오. 저희 스승님…… 그런 분이 아니십니다."

한명주는 부끄러움과 걱정으로 정신이 아득했지만, 아직 벌어지지도 않은 일로 스승을 욕되게 만들고 싶지는 않았다. 그가 알고 있는 상무극은 천의단의 단주로 지낸 날들을 일생의 보람으로 여기는, 진정한 무림의 지사였다.

스승은 단 하루도 허투루 지낸 적이 없는 성실하고 부지런한 사람이기도 했다. 다른 사람들은 전서구(傳書鳩)로 보고 받

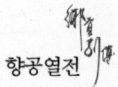
향공열전

을 일도 스승은 직접 뛰어다니며 처리했다.

그런 부지런함 때문에 서문영과도 악연으로 얽히게 되었는지 모른다. 천의단과 함께 강호 구석구석을 누비다가 그런 일이 벌어졌으니 말이다.

"철완! 너! 이 미친! 개! 후레자식아! 지금 나를 무시하는 것이냐!"

독행노조의 거침없는 욕설에 서문영은 현실로 돌아왔다.

서문영이 자리에서 부스스 일어섰다.

소리 지른 사람을 바라보다 보니 서문영의 시선은 독행노조를 향하고 있었다.

"나도 믿고 싶습니다."

"……."

왠지 묵직하게 들리는 서문영의 말에 독행노조는 방금까지 하던 욕도 잊고 말았다.

"뭘 믿는다는 게냐?"

서문영이 독행노조의 앞으로 걸어 나갔다.

"상 대협이 신의를 저버리지 않을 거라는 것을…… 믿는다는 말입니다."

"상 대협이 누군데?"

"화산파의 절영운검 상무극 대협을 말하는 것입니다."

"아! 그 상무극이로군……. 그런데 상무극이 이리로 온다고

행복 끝 지옥 시작 319

했느냐?"

 독행노조는 풍전등화(風前燈火)의 위기에 놓인 철완도사와 어린 것들이 상무극을 기다리고 있는 거라고 생각했다. 그래야 이야기가 맞아 떨어지기 때문이다.

 현실적인 한쪽은 상무극이 와줄 리가 없다고 괴로워하고, 아직 철이 덜든 다른 쪽은 상무극이 도와주러 올 것이라고 주장하는 것이리라.

 '흐흐, 상무극이 와봤자 한입거리도 안 된다는 것을 어린놈들이 알면 까무러치겠지?'

 그렇게 생각하니 들끓던 속이 좀 가라앉는 느낌이다. 독행노조는 고양이가 생쥐를 가지고 노는 심정을 알 것도 같았다.

 하지만 그런 독행노조의 환상은 이내 깨져 버렸다.

 "강소성으로 떠난 상 대협이 여기 올 리가 없지 않습니까?"

 "……"

 독행노조가 살포시 인상을 찡그렸다. 젊은 놈의 맹한 표정을 보니 아무래도 직접 물어야 원하는 답을 들을 수 있을 것 같았다.

 "그럼, 네놈은 대체 누굴 믿고 내 앞에 서 있는 것이냐?"

 "그러는 당신은 대체 누굴 믿고 아무에게나 이놈 저놈 하는 거요?"

 본래 서문영은 상대에게 맞춰 말을 하는 사람인지라, 노인에 대한 예우는 어느새 멀리 사라지고 말았다.

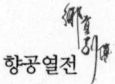
향공열전

"헐, 살다 살다 이런 미친놈은 처음일세. 이 몸이 바로 독행노조시다!"

말과 함께 독행노조의 갈고리 같은 손이 서문영의 목젖을 향해 날아갔다.

서문영이 날아오는 독행노조의 손을 마주 잡으며 답했다.

척.

"이 몸은 검공(劍公)이시다!"

남들이 보면 독행노조가 서문영과 깍지를 끼었다고 생각할 정도로 자연스러웠다.

하지만 이 순간 독행노조의 두 눈은 부릅떠져 있었다.

'어헉! 아수라파멸조(阿修羅破滅爪)가 막혔다?'

독행노조의 등줄기로 식은땀이 흘러내렸다.

아수라파멸조를 완성한 이후, 지금까지 손에 닿는 것은 무엇이든 죄다 부서졌다. 그런데 맹해 보이던 젊은 놈의 손아귀에 잡히자 아무리 해도 힘을 쓸 수가 없었다. 독행노조는 남은 손과 발로 공격을 해보고 싶었지만 자칫 추하게 보일까봐 참았다.

'이, 이건 또 어디에서 나타난 괴물이냐!'

은거하기 전까지 오십여 년간 천하를 누비고 다녔건만 일대 일로 자신의 앞에 서는 자가 없었다.

오악검파마저도 자신을 상대하기 위해서는 개떼처럼 몰려다녔다. 그런데 평범한 글방 서생 같은 놈에게 깍지가 껴져 움직이지 못한다니? 미치고 환장할 노릇이었다.

"험, 험, 본인의 절기는 조법(爪法)이 아니라 검법(劍法)이다. 너는 감히 나의 검법을 견식해 볼 담력이 있느냐?"

단 한 수만에 독행노조의 말투는 한풀 꺾여 있었다.

강호의 격언을 따른 것이다. 노인과 어린아이와 여자와 서생을 조심해야 오래 살 수 있다는.

지금까지 검술만 공부하던 서문영에게는 듣던 중 반가운 소리였다.

"어디 하번 구경해 봅시다."

서문영이 독행노조의 손을 풀어 주었다.

손이 풀리자마자 독행노조는 천천히 다섯 걸음이나 물러났다.

독행노조의 그런 모습에 제자인 남북쌍마는 물론 천살도부까지도 믿지 못하겠다는 표정이었다.

독행노조는 본래 저렇게 신중하게 싸우는 사람이 아니다. 게다가 상대는 눈을 몇 번 부라리면 오줌이라도 지릴 것 같이 약해 보였다.

독행노조가 검신에서 희고 검은 빛이 도는 쌍검을 손에 들었다.

남북쌍마의 입이 쩍 벌어졌다.

저 두 자루의 쌍검은 스승이 혹시 만나게 될지도 모를 검성과 고적산인을 위해 차고 나온 것이었다.

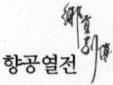
향공열전

그렇다면 저 기백 없어 보이는 검공이라는 놈이 그 정도의 무공을 가졌다는 말이 된다. 무공이 극에 이르면 평범해 진다고 하지만, 검공이라는 청년은 그냥 본래부터 평범한 인간으로 보였다.

주변 사람들이 놀라거나 말거나 독행노조의 검은 이미 움직이고 있었다.

쉬이익.

검기를 가득 머금은 백검(白劍)이 서문영의 목으로 날아들었다.

서문영은 한 걸음 옆으로 비켜서며 발검(拔劍)했다.

챙.

백검이 가볍게 팅겨났다.

이번에는 흑검(黑劍)이 반대편 허리로 파고들었다.

서문영이 다시 뒤로 물러나며 금강검으로 흑검을 걷어냈다.

차앙.

스스슥.

독행노조가 이번에는 무려 열 걸음이나 뒤로 물러났.

두 번의 칼질을 마친 독행노조의 입가에는 비릿한 미소가 걸려 있었다. 흑백쌍검을 밀어내는 상대의 검에서 딱히 위력적인 느낌을 받지 못한 탓이다.

제자들 앞에서 당한 깍지의 굴욕을 생각하면 이쯤에서 필살기를 보여 주어야 한다. 상대는 피할 엄두도 낼 수 없는 필살기를 말이다.

"크하핫! 갈기갈기 찢어주마!"

마침내 독행노조가 최고의 절기 사망유희(死亡遊戱)를 펼쳤다.

흑백의 쌍검이 쏟아진 화살처럼 날아갔다.

속도와 방향이 다른 두 자루 검은 이내 광폭한 빛줄기에 휩싸였다.

그리고 흑백의 두 가닥 빛줄기는, 마치 독사처럼 엉켰다가 떨어지기를 반복하며, 서문영에게로 쏘아갔다.

쉬이익.

쐐애애액.

멀찍이서 구경하던 마두들이 미친 듯 달아났다.

광분한 독행노조가 어검술을 하필이면 쌍검으로 펼쳤기 때문이다.

독행노조가 아차! 하는 순간, 제어에서 풀린 검은 피아(彼我)를 가리지 않고 베고 말 것이었다.

객점의 벽에 등을 붙이고 선 철완도사는 완전한 절망에 사로잡혔다. 쌍검의 어검술이라니! 검성에게도 저런 공력은 없다.

사색이 된 철완도사와 대조적으로 매화오절은 흥미진진한 표정이었다.

답답해진 철완도사가 나직이 말했다.

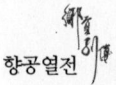
향공열전

"주변이 소란할 때 몸을 빼야 하니 준비들 단단히 하시구려."

"급하면 먼저 나가 계십시오. 저희는 서 대협의 절기들을 한 번 더 보고 싶습니다. 이런 때가 아니면 서 대협께서 칼이나 뽑겠습니까?"

한명주는 싸움에서 눈도 떼지 않고 있었다. 마치 서문영이 당연히 이길 거라는 얼굴로 말이다.

"한 소협, 서 대협이 아무리 고수라 해도, 상대는 독행노조외다. 독행노조는……."

철완도사는 독행노조가 어떤 사람인지 매화오절에게 가르쳐 줘야겠다고 생각했다. 독행노조의 공포를 모르니 달아날 기회마저 스스로 버리려는 것이다.

다급해진 철완도사가 독행노조의 이름을 막 내뱉은 순간이다.

서문영의 금강검이 먼저 날아온 흑검을 베었다.

쩡.

이어 백검이 금강검의 궤적 속으로 스스로 들어갔다.

금강검이 느릿하게 품안에 들어온 백검을 갈랐다.

쩡.

곧이어 독행노조의 흑백 쌍검이 허리가 잘린 채 서문영의 앞에 떨어져 내렸다.

챙강. 챙강.

독행노조가 얼이 나간 표정으로 흑백쌍검을 바라보았다. 내력으로 충만한, 더구나 눈에 보이지도 않을 정도로 빠른 흑백쌍검을 동시에 잘라 버리다니? 이해할 수 없는 것은 나중의 백검이다. 그건 아무리 봐도 스스로 상대의 검날에 몸을 바치는 것처럼 보였다.
　"그, 그건…… 무슨 수법이오?"
　상대의 태도 변화에 서문영이 머쓱한 표정으로 답했다.
　"칠성연환(七星連環) 지수검영(只收劍影)이라는 수법이오. 말해 준다고 아시겠소?"
　서문영이 알고 있는 성무십결의 칠단공인 지수검영은 '상대의 검을 모두 거두어들이는 수법'이었다. 다른 사람은 어떻게 사용할지 몰라도, 적어도 자신에게는 그랬다.
　"거, 검공이라고 하셨소?"
　"거검공이 아니라, 그냥 검공이오."
　"허허, 중요한 약속이 있어서 그런데…… 혹시 본인에게 볼일이 없으시다면…… 가 봐도 되겠소? 검공의 검술을 더 보고 싶지만…… 너무 중요한 약속인지라……."
　"노인장이 보여주겠다고 한 게 아니었소? 바쁘면 가보시구려."
　"아! 내 정신머리 하고는! 이래서 늙으면 죽어야 한다니까! 그럼, 이만."
　독행노조는 서문영에게 살짝 고개를 숙여 보인 뒤, 혹시라도 다시 부를까 겁이 나는지 뒤도 돌아보지 않고 사라졌다.

스승인 독행노조가 달아나자 남북쌍마 역시 서문영에게 몇 번이고 허리를 숙여 보인 후 밖으로 빠져 나갔다.

순식간에 홀로 남겨진 천살도부가 서문영에게 정중히 머리를 숙이며 말했다.

"아무쪼록 좋은 시간되시기를 바랍니다."

뜻밖의 인사에 서문영이 고개를 끄덕였다. 풍운객점에 온 것은 식사와 잠자리를 위한 것이었으니, 그의 인사는 자리에 맞는 것이었다. 다만 그가 객점의 주인이거나 점소이가 아니라 천살도부라는 게 의아한 것이지만 말이다.

인사를 마친 천살도부는 자연스럽게 수하들을 챙겨 객점을 나갔다.

서문영은 스스로를 단심맹이나 천명회의 어느 쪽도 아니라고 생각하는지라, 마두들이 오가는 일에 크게 마음을 두지 않았다.

어쩌면 녹림의 산적과 의형제를 맺고, 초혼요마에게 도움을 받은 기억으로 마두들에게 관대한 것인지도 모른다.

전대의 마두들이 모두 사라지자 서문영은 본래의 자리로 돌아갔다.

"서 대협, 독행노조를 왜 그냥 보내셨습니까? 그 괴물은 전 전대의 마두로 강호의 안녕을 위해서라도 반드시……."

"……."

서문영은 말없이 음식을 먹기만 했다.

철완도사는 속으로 '최소한 독행노조를 은거 시키든지, 몇 가지 약조라도 받아냈어야 하는데…….'라고 구시렁거렸다.

칠대마인에 버금가는 마인의 출현은 철완도사에게 달갑지 않은 것이었다. 독행노조 일행이 천명회로 가면 결국 단심맹의 적이 될 것이기 때문이다.

　　　　　　＊　　＊　　＊

마침내 멀리 단심맹의 현판이 보였다.

파란 많았던 여행이 끝났다고 생각한 철완도사가 안도의 숨을 내쉬며 말했다.

"허허, 드디어 단심맹에 도착한 것 같습니다. 서 대협, 그리고 화산파의 소협들, 그동안 고생 많으셨소. 이제 고생 끝 행복 시작이외다. 허허허."

매화오절이 환하게 웃으며 고개를 끄덕였다. 그들도 스승의 탈선이라는 뜻밖의 마음고생으로 심신이 지쳐 있었던 것이다.

즐겁기만 한 다른 사람들과 달리 단심맹을 바라보는 서문영의 눈에서는 살기가 번득였다.

"놈, 너는 행복 끝 지옥 시작이다."

〈9권에서 계속〉

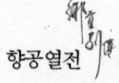
향공열전

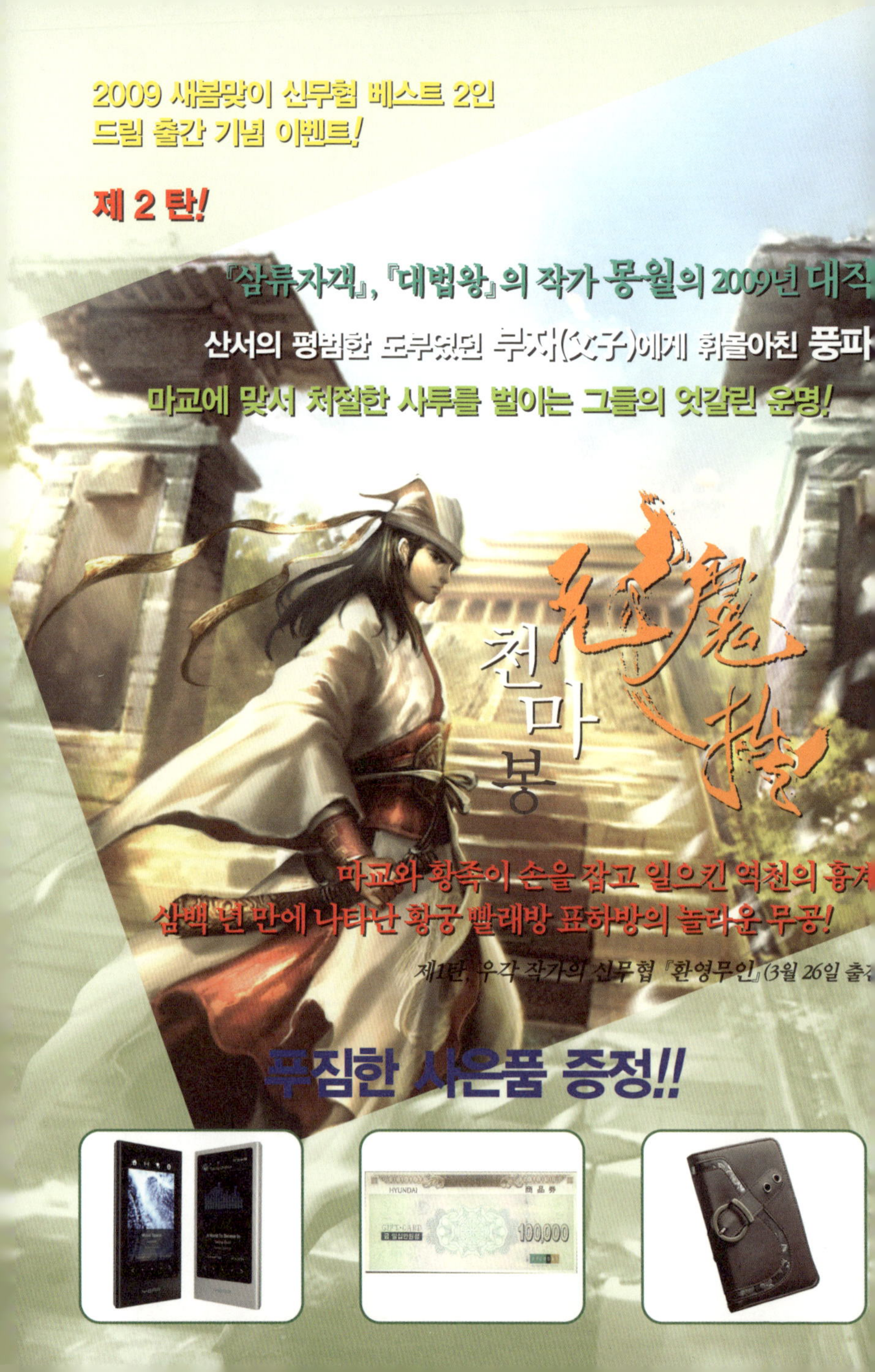

2009 새봄맞이 신무협 베스트 2인
드림 출간 기념 이벤트!

제 2 탄!

『삼류자객』, 『대법왕』의 작가 몽월의 2009년 대작

산서의 평범한 도부였던 부자(父子)에게 휘몰아친 풍파

마교에 맞서 처절한 사투를 벌이는 그들의 엇갈린 운명!

천마봉 天魔捲

마교와 황족이 손을 잡고 일으킨 역천의 흉계
삼백 년 만에 나타난 황궁 빨래방 표하방의 놀라운 무공!

제1탄, 우각 작가의 신무협 『환영무인』 (3월 26일 출간)

푸짐한 사은품 증정!!

EVENT ONE

이벤트를 진행하는 2종의 책을 '모두 구입하신 분들 중' 추첨을 통해 사은품을 드립니다.

[사은품]
1명 : <삼성 YEPP YP-P3C (8G)> + 2종의 3권(작가 친필사인)
('EVENT ONE에 참여하신 분들 중 20명'에게 작가 친필사인이 들어 있는 2종의 3권을 드립니다.)

[응모요령]
1,2권 띠지에 부착된 응모권 4개를 오려 드림북스로 보내주세요.

EVENT TWO

이벤트를 진행하는 2종의 책을 '개별적으로 구입하신 분들 중' 추첨을 통해 사은품을 드립니다.

[사은품]
2명 : <백화점 상품권(10만원)> + 구입한 도서의 3권(작가 친필사인)
(『환영무인』(1명), 『천마봉』(1명))

[응모요령]
1,2권 띠지에 부착된 응모권 2개를 오려 드림북스로 보내주세요.

EVENT THREE

책을 읽고 감상평을 올리시는 분들 중 11명을 추첨하여 사은품을 드립니다.

[사은품]
으뜸상(1명) : 외장하드 320GB SATA HDD + 서평을 쓴 도서의 3권(작가 친필사인)
우수상(10명) : 문화상품권(1만원) + 서평을 쓴 도서의 3권(작가 친필사인)

[응모요령]
1. 이벤트 진행 도서들 중 하나를 읽고 인터넷 서점(YES24)리뷰란에 감상평을 올려주세요.
2. 그 감상평을 복사하여 웹 게시판(개인 블로그 및 홈페이지)에 올려주신 후, 게시물의 URL을 '드림북스 편집부 이메일'로 보내주세요.

[보내주실 곳] (우)142-815 서울시 강북구 미아8동 322-10
(주)삼양출판사 2층 드림북스 이벤트 담당자 앞
드림북스 편집부 e-mail : sybooks@empal.com

[이벤트 기간] 2009년 3월 30일~2009년 5월 15일
[당첨자 발표] 2009년 5월 25일(당사 홈페이지 및 장르문학 선문 사이트에 발표합니다.)

드림북스 홈페이지 http://www.sydreambooks.com
드림북스 블로그 http://www.blog.naver.com/dream_books
문피아 사이트 http://www.munpia.com/출판사 소식/드림북스
조아라 사이트 http://www.joara.com/출판사 소식

※ 응모권을 보내주실 때는 '이름, 연락처, 주소'를 정확히 기입해 주세요.
※ 사은품은 이벤트 진행도서 2종의 3권의 책이 모두 출간된 직후 일괄 배송합니다.
※ 사은품은 상기 이미지와 다를 수 있습니다.